달이 이끄는 이세계 여행

아즈미 케이

베렌
긍지 높은 엘더 드워프.
거대 거미(미오)의 습격을 받고
있던 차에 토모에의 도움으로
목숨을 구했다.
토아
「세계의 끝」에서 활동하고 있던
모험가.
임무 의뢰에 실패해서
사로잡혀 있었다.
에마
마코토가 이세계에서 처음으로
접촉한 오크.
외모와는 달리 몸에서 향기로운
냄새가 난다.
리논
토아의 여동생. 곤란하던 차에
마코토 일행의 도움을 받았다.

주요 등장인물
미스미 마코토
본작의 주인공. 츠쿠요미에 의해 이세계로 소환된 평범한 고등학생. 특기는 궁도.
미오
본래 모습은 굶주림에 지배당했던 거대한 거미. 마코토와 계약함으로써 사람의 모습을 지니게 되었다.
토모에
본래 모습은 「신(蜃)」이라고 불리는 용. 마코토와 계약함으로써 사람의 모습을 지니게 되었다. 시대극 마니아.

프롤로그

평소와 다를 바 없는 하루였다.

일어나서 아침을 먹고 도시락을 쌌다.

등교해서 궁도부의 아침 연습을 마친 후 수업을 받고 다시 동아리 활동에 참가했다. 그리고 부원들과 시답잖은 장난을 치며 귀가했다.

느긋하게 욕조에 몸을 담그고 가족들과 저녁을 먹은 후에 한숨 돌렸다. 한가을의 긴긴 밤을 독서와 인터넷을 즐기면서 지냈다. 그리고 잠자리에 들었다.

그뿐이었다. 평소와 전혀 다를 바 없는, 아무런 특징도 없는 평온한 하루였다.

"그러니까 난 집에서 자고 있어야 해."

그런데 나는『여기』에 있다. 아니, 애초에『여기』는 어디지?

어두운 공간이었다—. 머뭇거리면서 바닥이나 벽을 손으로 더듬고 다닌 결과, 아무래도 어딘가의 방에 있다는 사실을 알 수 있었다. 다만 사방을 둘러싸고 있는 벽 여기저기에 어렴풋이 별과 같은 희미한 빛이 떠올라 있는 것처럼 보였다. 그래서인지 밤하늘을 올려다보고 있는 듯한 착각을 불러일으켰다.

물론 나의 방은 아니다. 가구도 아무것도 없었다. 애초에 출입구조차 찾아낼 수 없었다.

방 모퉁이에 기댄 채 오늘 하루의 기억을 더듬으면서, 대체 뭐가 어떻게 돌아가고 있는 건지 머리를 굴리고 있던 그때—.

『상당히 냉정한 성격이로군.』

“?!”

목소리? 하지만 주변을 둘러봐도 누군가가 다가온 기척은 없었고 무언가가 변화한 것도 아니었다.

『울고불고 난리치지도 않고, 주위를 뒤져본 후에는 방 모퉁이에서 경계하며 상황을 정리하고 있어.』

목소리는 뒤이어 계속 말을 이었다. 노인이 말하는 듯한 낮은 음성이었다. 스스로의 정체를 언급할 생각은 없어 보였다.

“누구야?”

『신, 이라고 하면 믿겠는가?』

“무리야.”

이 녀석 대체 무슨 소릴 하는 거야?

『그거 유감이로군. 알고 있겠지만, 자네는 지금부터 이세계로 가게 될 걸세. 말해 두지만 일방통행이기 때문에 원래 세계로 돌아오지는 못할 것이야.』

“이봐, 잠깐! 기다려!!”

대화가 성립되지 않고 있다고! 거기다 어이없는 소리를 거침없이…….

『그곳에서 해야 할 일은 담당자에게 묻게나. 그럼 미안하다만, 마지막으로 이 상황을 이해하고 납득한다는 취지의 사인을…….』

"할까 보냐!!"

그만 언성을 높이고 말았다. 당연한 얘기였다. 영문을 모르겠는데!

『호오, 마음에 들지 않는가? 이상하군……. 자세한 설명은 받았을 거라고 들었는데.』

목소리의 장본인은 조금 난감하다는 분위기를 풍기면서 말꼬리를 낮췄다.

자세한 설명은 받았을 거라고? 농담에도 정도가 있다.

"그런 이야기는 들은 적 없어! 알겠어?! 애초에 말야, 이세계가 어쩌고저쩌고 그런 얘기를 듣고 덜컥 믿는 멍청이가 어디 있겠냐고?! 설명을 받고 납득하는 쪽이 이상한 거지!"

있는 힘껏 외쳤다.

『흠, 아무래도 자네는 정말로 아닌 것 같군. 이거 실례했네. 면목이 없군.』

"저기 말야, 면목이 있고 없고가 문제가 아니라, 제대로 집에 보내 주는 거지?"

『물론일세.』

목소리는 그렇게 대답했다.

어쨌든 말이 통하는 녀석 같다. 만약에 여기서 「무리야, 뭐 알아서 찾아가든지 말든지」 같은 소리를 듣고 쫓겨나거나 그런 일이 벌어지면 어쩔 방도가 없다.

아니면 「사실은 넌 이미 죽은 몸이거든~?」 같은 소리를 듣고 무턱대고 이세계라는 곳으로 전생당하던가? 아니, 잠들 때까지 멀쩡히 살아 있었던 기억이 있으니까 이 패턴일 가능성은 낮다.

어찌 됐건, 살았다~.

『아니, 정말로 미안하네……. 흠, 그렇다면 누나나 여동생이 대상인가?』

……방금 한 말은 취소다. 이 녀석, 도저히 웃어넘길 수 없는 소리를 중얼거렸다. 그 발언은 혼잣말 같은 느낌이었지만 확실하게 내 귀에도 들렸다.

"이봐, 방금 뭐라고?"

『음? 자네가 설명을 받지 않았다면, 아마도 자네의 누이들 중 한 사람이 설명을 받았을—.』

"그럴 리가 없잖아! 누나나 마리한테 손가락 하나라도 댔다간 용서 안 할 거야!"

틀림없이 나에게는 누나와 여동생이 있다. 세 살 위의 유키코 누나와 두 살 아래의 마리라는 여동생이다.

오늘 두 사람 다 특별히 이상한 분위기는 없었다. 이런 이상한 사태에 관해 설명을 받았으리라고는 도저히 생각할 수 없었다.

나 대신 둘 중에 한 사람을 데리고 가겠다고? 웃기지 말라고 해.

『하지만 말일세. 자네는 미스미 가문의 장남인 미스미 마코토 군 아닌가?』

"어떻게 내 이름을 알고 있는 건데?"

『나는 미스미 가문의 자녀라면 이 일에 대해 설명을 받았을 거라고 들었네만?』

목소리는 한층 곤혹스럽다는 듯 말했다. 한마디 말도 없이 납치한 것치고는 내 쪽의 곤혹스런 상황을 이해해주고 있는 것 같았다. 약간 마음이 누그러들었다.

음, 일단은 냉정해지자. 그러고 보니 상대의 이름조차 몰랐다.

"저기 말야, 일단 그쪽 이름이라도 가르쳐 주는 게 어때?"

『아, 그러고 보니 자기소개를 아직 하지 않았군. 이름도 대지 않고 미안하네. 나는 츠쿠요미라고 하네.』

"츠쿠요미…… 츠쿠요미? 아니 설마 그 츠쿠요미?"

『호오, 알고 있었나? 참으로 박식한 소녀이로고.』

"신화에 등장하는 **그** 츠쿠요미노미코토(月讀命)[#1]?"

『자네의 말이 맞네. 다른 두 사람에 비해 나는 마이너한 편이라서 말일세.』

아니 뭐 틀린 말은 아니지만, 그래도 거물인 건 틀림없다. 신화나 역사는(극히 일부분이긴 하지만) 굉장히 좋아하는 편이라, 목소리의 장본인이 진짜라고 한다면 그야말로 대단한 존재라는 사실은 알 수 있었다.

"그 츠쿠요미 님께서 어째서 우리 집에 관해 알고 계신 거죠?"

『……정말로 아무것도 모르는 모양이군. 알겠네, 순서대로 설명해주지.』

그렇게 츠쿠요미 님은 친절한 태도로 일의 전말을 설명해주었다. 츠쿠요미 님이 설명한 내용은 그야말로 마른하늘에 날벼락—요약하자면 다음과 같은 내용이었다.

우리 부모님은 이세계에서 일본으로 전이된 사람들인 것 같다.

#1 츠쿠요미노미코토 일본 신화에 등장하는 달과 밤의 신. 미하시라노우즈노미코 3남매 중 둘째. 나머지 둘에 비해 존재감이 흐린 편이다.

초장부터 아주 황당한 이야기지만 말하자면 두 분이 이세계 출신이었다는 것이다.

그러고 보니 어렸을 때부터 부모님과 누이들을 제외한 친척들과 만난 적이 없었다. 부모님은 우리에게 조부모는 일찍이 타계하시고 친척들과의 인연도 끊어졌다고 설명했다. 그런 이야기들을 듣고 대충 납득은 하고 있었지만 설마 이런 상상을 초월하는 이유가 있었을 줄이야.

이세계 시대의 인연으로 우리 부모님은 이세계의 신과 하나의 계약을 나눴다고 한다.

『언젠가 너희들의 소중한 것을 하나 바쳐라.』

그것이 현 상황의 원흉인 것 같다.

사신(邪神)이냐! 그 녀석은! 그 고약한 계약은 대체 뭐야?! 이세계가 어쩌고저쩌고 그런 얘기는 전혀 들어본 적도 없다고!

하지만 우리 부모님은 그 계약을 받아들일 수밖에 없을 정도로 극한 상황에 처했던 것 같다.

그러고 보니 부모님은 누나와 여동생, 나 세 사람에게 집안일 전반에 대한 교육을 철저하게 시키셨으며, 어째서인지 격투기를 하나씩 습득하도록 강요했다. 설마 그건 복선이었나? 언제 독립하더라도 괜찮도록?!

하지만 아버지, 어머니. 제 궁도는 격투기……라고 할 수 있는 걸까요? 그건 좀 다르다고 생각합니다만, 뭐 난 몸이 약한 편이라서 어쩔 수 없었지만—.

아버지가 리얼리티 넘치는 판타지 소설이 특기인 작가를 직업으로 삼고 있는 것도, 실제로 그런 세계를 경험했기 때문인가? 그 드래곤 스테이크의 맛에 대한 묘사와 마구간의 불편한 잠자리에 대해 언급하는 장면은 틀림없이 실감이 넘쳐흘렀다. 그냥 옛날 게임의 오마주라고 생각하고 있었는데—.

저쪽 세계는 아버지의 작품에 나오는 검과 마법의 판타지 라이프를 그대로 옮겨 놓은 장소라고 한다.

그런 연유로 반드시 누군가가 저쪽 세계로 가야만 한다. 하지만 불행 중 다행으로 능력적인 측면에서는 상당히 괜찮게 전이되는 것 같다. 아무래도 여러 가지 부담이 사라지는 관계로 우리 세계에서 저쪽 세계로 소환되는 사람들은 대부분 초인이 된다고 한다.

츠쿠요미 님의 말에 따르면 이쪽 세계에 살고 있다는 것은 여러 가지 의미로 대단한 일이라고 한다.

예를 들면 우리에게 있어서 환상의 산물에 지나지 않는 마법을 발현하기 위한 힘의 원천— 마력은 원래 인간이라면 누구나 지니고 있는 것이다.

그런데 지구에서는 항상 외부로부터의 압력을 받고 있는 상태이기 때문에, 그 마력이 몸 안쪽 깊숙한 곳에 봉인당한 상태라고 했다. 그러므로 이 세계에 사는 대부분의 사람들은 마력을 인식조차 할 수 없다. 다만 지극히 소수에 지나지 않지만 일부의 사람들은 스스로의 몸 안에 있는 그 힘을 깨닫고 압력을 물리침으로써 초인적인 능력을 발현시킬 수도 있다는 것이다.

마찬가지로 육체에도 초중력 상황에서 생활하는 듯한 대단히 강력한 부담이 걸려 있는 상태라는 모양이다. 그런 이유들로 인해 지구는 굉장히 가혹한 장소라는 이야기를 들었다. 나는 이야기를 듣고도 아직 감이 잘 잡히지 않았지만 신이라고 불리는 존재들의 가호나 축복의 힘도 거의 도달하지 못하는 불모의 세계가 바로 내가 오늘까지 살아온 세계라고 한다. 따라서 마력과 육체는 이세계로 이동하는 과정에서 그 부담들로부터 해방되어 강화되는 것 같다.

그냥 평범하게 살아왔을 뿐인데, 이렇게 안이한 편의주의 설정은 뭐지?

하지만 저쪽 세계에서 초인이 될 수 있다고 해도 엄청나게 무거운 옷을 벗으면서 본래 힘을 해방하는 느낌이기 때문에, 갑자기 무슨 불로불사가 된다거나 그런 일은 없고 그냥 평범하게 죽을 수도 있다고 한다.

"이야~ 아까는 갑자기 고함을 질러서 죄송했습니다. 여러 가지로 고생이 많으시군요. 츠쿠요미 님도."

그럭저럭 이야기를 듣고 있다 보니 서로의 가족에 대한 얘기도 나누게 되었다. 그러는 와중에 대단히 특징적인 누나와 동생 사이에 끼인 츠쿠요미 님의 맘고생을 위로하고 있었다. 처음 만나는 나에게까지 푸념을 하실 정도니 정말로 피곤한 경험을 하고 계신 거겠지.

『으음, 내 마음을 이렇게까지 알아주다니!! 이렇게 상쾌한 기분은 몇백 년 만인지 모르겠군……. 하지만 따지고 보면 마코토 공도 피곤한 입장이 아닌가?』

츠쿠요미 님은 두 자매 사이에 끼인 나의 복잡한 입장에 대해서도 이해해주셨다. 여러 가지로 배려가 필요하단 말이지, 누나와 여동생 사이에 끼어 있으면…….

미인 누나와 미소녀 여동생이 있어서 부럽다는 말을 들어도 어차피 남매란 말이야. 오히려 그렇게 시기하는 인간들이 성가실 뿐이라고!

츠쿠요미 님은 내가 지금까지 느껴 왔던 맘고생에도 공감을 해주셨다.

단언하지. 만약에 츠쿠요미 님 오직 한 사람에게 신앙을 바치는 종교가 있다면 나는 그 종교에 이 한 몸을 바칠 거야! 츠쿠요미 님 만세!

"그러니까 저희들은 평범하게 생활하고 있는 것처럼 보이지만, 실은 굉장한 곳에 살고 있었군요. 그건 그렇고 여신님은 좀처럼 나타나지 않는군요."

『온갖 다양한 세계 중에서도 가장 가혹한 세계라네. 다른 세계의 출신자들로 치자면 심해 밑바닥이나 용암 바다에 살고 있는 거나 마찬가지라고 할 수 있지……. 음, 정말 늦는군, 그 녀석.』

예시가 정말 장난이 아니네요, 츠쿠요미 님. 참고로 그럭저럭 이야기에 열중하고 있을 때 츠쿠요미 님이 갑자기 눈앞에 나타났다. 츠쿠요미 님은 노인이라고 추측했던 내 예상과는 달리 은색 생머리를 기른 미청년의 모습이었다. 키는 나보다도 크고 깔끔한 인상을 주는 외모였다.

그리고 지금은 츠쿠요미 님이 내주신 차를 마시면서 어느샌가 출현한 탁자를 사이에 두고 잡담을 나누고 있었다. 그리고 『담당자』라는 저쪽 세계의 여신을 기다리는 중이었다. 츠쿠요미 님에 따르면 저쪽은 유일신이라는 여신과 정령이라는 존재로 구성된 세계라고 한다. 그리고 그 『여신』이라는 존재가 담당자인 것 같지만—.

아직도 모습을 드러내지 않았다.

참고로 말해 두자면 나는 츠쿠요미 님이 제시한 영문을 알 수 없는 서류에 이미 사인을 한 상태였다……. 물론 납득을 한 후에 말이다.

그럴 수밖에 없는 것이, 내가 가지 않으면 누나나 여동생이 끌려가기 때문이다.

고민이야 했지. 정말 엄청나게—!

우선 첫 번째로 게임을 할 수 없게 된다. 지금부터 가는 세계에는 기계가 존재하지 않으므로 반입은 금지라고 한다. 핸드폰이나 PC도 가지고 갈 수 없다. 플레이 도중인 게임은 포기할 수밖에 없었다.

뿐만 아니라 마이 PC에는 가족에게 보여줄 수 없는 19세 미만은 해선 안 되는 게임이 설치되어 있다. 내가 집을 비운 사이에 가족들이 그것들을 찾아내면 변명의 여지가 없다.

여러 가지로 생각을 하다 보니 불안감이 커지기만 했고, 츠쿠요미 님에게는 그런 사정을 완곡하게 돌려 말하며 이세계로 가는 인물을 우리 가족 이외의 사람으로 해달라는 부탁도 해 보았다.

악역 같은 대사지만 미스미 가문 이외의 사람이 가도 된다면 어디의 누가 되건 알 바 아니었다.

궁지에 몰리면 나의 자그마한 그릇이 들통나버리는군.

하지만 소용없었다. 츠쿠요미 님은 단호하게 그럴 수 없다고 거부했다.

따라서 나에 관한 것은 냉큼 포기할 수밖에 없었다. 스스로의 낮은 우선순위에 당사자인 내가 가장 놀랐다. 하지만 최소한 우리 집에 남아 있는 숨겨진 흑역사나 부정의 유산들만큼은 어떻게든 처리하고 싶다!

앞으로 만날 수 없는 가족들이 이런 거나 저런 거를 발견하게 되면―.

"마코토에게 이런 취미가 있었다니……."

"내 아들이지만 이렇게 취미에 절조가 없었단 말인가!"

"이런 변태 동생이! 설마 나를 쳐다볼 때도 이런 시선으로?!"

"오빠 불결해!"

으아아아아아아!! 안 돼애애애애앵!!

견딜 수가 없어!! 상상만 해도 죽을 것 같아!!

『염려하지 말게.』

하지만 츠쿠요미 님은 의지할 수 있는 사나이였다. 그는 수치에 몸부림치면서 광기에 빠지기 일보 직전인 나에게 이렇게 말했다.

『사나이의 꿈이라고 할 수 있는 수많은 서책이나 게임 소프트웨어, 그리고 마코토 공의 HDD(하드 디스크) 속에 들어 있는 내용물은 이 내가 책임지고 소거해 두겠네.』

츠쿠요미 님은 자애로 가득 찬 눈동자로 나를 바라보면서 고개를 끄덕였다. 이분은 모든 것을, 그야말로 모든 것을 알고 계셨구나.

신이야, 당신 신이라고! 설령 마이너한 신이라고 해도 내 안에서는 당신이 지금 1위야! 주신으로 등극했다고!

HDD 같은 꽤 전문적인 용어도 알고 계시네요. 뭐, 그런 건 이런 상황에선 아무래도 좋은 일이었나. 이걸로 아까 전에 뇌리를 스쳐 지나간 악몽을 기우로 끝낼 수 있다는 사실에 그저 감사할 따름이었다.

"그런데, 저쪽 세계로 가면 근력이나 마력이 굉장해진다는 말씀은 알아들었는데요."

『음.』

"그것 말고 뭔가 특수 능력 같은 건 사용할 수 없나요? 예를 들면 소설이나 만화 주인공들이 쓰는 것 같은……."

대량의 마력을 쓸 수 있다면 그런 건 필요 없을지도 모른다. 하지만 남자의 로망으로서 이능력(異能力)을 꿈꾸는 건 자연스러운 거잖아.

이세계로 가서 특수한 능력을 사용할 수 있다는 건 일종의 클리셰잖아! 그렇다면 쓰고 싶은 게 인지상정이라고! 만화나 소설에 나오는 거지만 말이야! 뭐, 지금 내가 그야말로 그런 체험을 하고 있으니까.

저쪽 세계에는 판타지에선 단골 레퍼토리라고 할 수 있는 엘프나 드워프, 수인 같은 존재들도 있다는 듯하니, 그런 녀석들을 상대하려면 이능력 정도는 쓸 수 있는 편이 괜찮지 않겠어?

아니, 그렇다기보단 뭔가 능력을 지니는 편이 안전하기도 하고 안심되기도 하고!

『물론 사용할 수 있다네.』

“정말인가요? 어떤? 어떤 능력을 쓸 수 있는 거죠?”

밑져야 본전이니까 그냥 말이나 꺼내봤을 뿐인데—, 뭐가 됐건 일단 질러보는 것도 나쁘지 않군.

『거기까진 알 수 없네. 면목이 없지만, 가고 난 후에야 어떻게 될지 파악할 수 있을 걸세. 현재 단계로썬 애매한 이야기밖에 할 수 없군. 나도 가능하다면 조언을 해주고 싶은 참이네만 한번 마코토 공이 저쪽 세계로 건너가 버리면 교신도 할 수 없을 테니…….』

“그런가요? 그건 혹시 선호하는 능력을 창조할 수 있다는 만능 같은 느낌인가요? 지금은 공백일 뿐이고.”

『아니, 아닐세. 이건 내가 지닌 신으로서의 속성과 관계가 있는 이야기라네.』

“?”

『나는 밤이나 달을 관장하고 있다고 알려져 있네만, 실제 속성은 꽤나 애매한 신이라네. 그런 의미로 말하자면 자네가 말한 『공백』이라는 표현도 나의 속성을 표현하는 단어로써 틀린 말은 아니겠군. 나의 힘을 가능한 한 마코토 공에게 부여할 생각이지만, 그 힘이 어떻게 싹틀지는 마코토 공의 적성에 따라서 천차만별이라고 할 수 있지.』

츠쿠요미 님은 설명을 마친 후 나에게 가까이 다가오라고 손짓했다.

츠쿠요미 님은 내가 옆자리에 앉으니 이마에 손을 대고 무언가를 몸 안으로 주입했다. 그것은 이마에서 목뒤를 타고 내려가 등뼈를 따라 온몸을 돌아다니더니, 이윽고 나의 몸 안쪽으로 가라앉았다. 이것이 츠쿠요미 님의 은혜인가?

"후아—. 무언가가 안쪽에 쌓여 가는 게 느껴지네요. 이게 힘의 원천인가요?"

『정답이야. 이해가 빠르군. 능력을 파악하는 것도 의외로 빠를지도 모르겠어. 인식 능력은 문제없었고 이제 남은 순서는 그것을 외부로 출력하는 이미지를 떠올릴 수만 있다면 아마도 능력을 발동시킬 수 있을 걸세. 굳이 말하자면 손바닥을 통해 방출시키는 느낌이 가장 이해하기 쉬울 것이야. 참고로 말해 두겠다만 지금은 아직 무리라네. 여기는 아직 이쪽 세계에 속한 공간이기 때문이지.』

한번 시도해보려고 했지만 츠쿠요미 님이 웃으면서 지적했다.

『마코토 공은 계약상의 결과라고는 하나 요청을 받고 전이되는 셈이니, 저쪽의 여신으로부터도 능력을 하사받을 걸세. 지금까지 살았던 원래 세계를 버리고 가는 거니까 최소한 이 정도의 보너스는 받을 자격이 있지.』

츠쿠요미 님은 또다시 면목이 없다는 듯 머리를 숙였다.

"아니요, 츠쿠요미 님. 오히려 저는 감사하고 있어요. 만약…… 제가 당신의 말씀을 거절하고 아무런 설명도 없이 누나나 여동생 중 어느 쪽이 사라졌다면, 저는 평생 후회했을 거예요."

『자상한 소년이로고, 마코토 공은…… 음, 드디어 행차한 모양이군.』

"겨우 왔군요. 얘기가 길어졌네요. 아니, 길어져 버렸네요."

『자네가 소망한다면 목소리를 기록해서 그대로 전하거나 꿈을 통해서 발현시킬 수도 있네만, 정말로 이것만 전달해도 괜찮겠나?』

“예, 그걸로 충분해요.”

츠쿠요미 님이 손에 지니고 있는 것은 두 통의 편지였다.

이별하게 될 가족에게 무언가 남길 수 없는지 물어본 나의 질문에, 츠쿠요미 님은 여러 가지로 고심하신 끝에 다양한 옵션을 제시했고 결국 나는 편지를 선택했다. 부모님에게 보내는 편지와 누이들에게 보내는 편지, 도합 두 통이었다.

부모님은 이세계라고 하면 알아들으시겠지만 누나나 마리에게 사실을 있는 그대로 전하는 것은 망설일 수밖에 없었다. 따라서 가족에게 보내는 편지는 두 통을 따로 써서 남겼다. 부모님이 그런 내용들까지 포함해서 두 사람에게 전달하실 거라면 그건 두 분의 재량에 달린 이야기였다.

기계는 가지고 갈 수 없었지만 그 이외에 저쪽으로 가지고 갈 수 있는 물건을 물어보자 츠쿠요미 님은 아주 소량의 물건을 가지고 갈 수 있도록 허가해주셨다. 나는 책 몇 권과 필기구(볼펜이나 샤프는 반입 불가였기 때문에 연필과 만년필로 했다)를 선택했다. 어느 정도의 식량도 가지고 가고 싶었으나 츠쿠요미 님은 어째서인지 이 또한 난색을 표하셨다. 소환에 여러 가지로 정해진 법칙이 있는 걸까?

“응? 우옷?!”

소지품을 확인하고 있을 때 갑자기 나의 몸이 반투명해졌다는 사실을 깨달았다.

『뭣이?! 나에게 인사도 하지 않고 데려갈 생각인가?! 대체 무슨 생각을 하고 있는 게야, 그 멍청한 계집은!』

츠쿠요미 님도 당황하고 있었다. 지금은 이세계로 전이하기 전의 조짐이라는 사실을 알고 있으니까 안심할 수 있었지만, 갑자기 이런 꼴을 당했다면 공포에 떨면서 울부짖었을지도 모르겠군.

『미안하네! 이제부터 마코토 공이 만나게 될 신은 약간…… 아니, 숨겨도 소용이 없군. 상당히 문제가 있는 신이라네. 하지만 그, 가능한 범위 안에서라도 좋으니, 너그럽게 봐주시게.』

츠쿠요미 님은 정말로 배려심이 깊은 분이셨다. 틀림없이 지금까지도 여러 가지 대인 관계에서 완충재 역할을 담당한 경험이 많으실 것이다. 얼마나 고생했을지는 안 봐도 뻔했다.

나는 웃으면서 끄덕였다.

나에게 이세계로 갈 결심을 굳히게 해주고 대단한 존재도 아닌 내 이야기를 들어주면서 마음을 진정시켜준 츠쿠요미 님의 말씀이다. 어느 정도 방약무인한 여신이라도 받아들여야지—.

◇◆◇◆◇

……그렇게 생각했던 적도 있었지요.

"백금으로 된 방이라는 건가?"

나는 압도당하고 있었다.

아까까지는 밤하늘로 둘러싸인 듯한 방에 있었지만 지금 내가 있는 장소는 이번에는 휘황찬란하고 새하얗게 빛나는, 눈이 나빠

질 것 같은 방이다.

『어머나, 벌써 왔니?』

첫마디가 들려왔다. 이게 여신의 목소린가?

『츠쿠요미 영감의 힘도 꽤 약해진 모양이네. 그런 마조히스트들이나 좋아할 세계에 있으니 당연한 건가?』

두 마디째. 아마도 여신의 목소리일 것이다.

『애초에 오랫동안 만나지 않았다고 해서, 내 성격까지 잊어버리고 남자를 후보로 뽑았으니 노망난 건 확실한 것 같네! 아하하하하!』

세 마디째. 여, 여신? ……응, 아마도 여신의 목소리일 것이다.

『내 취향에 딱 맞는 여자애들이 두 사람이나 있었으니까, 둘 중에 한 사람을 보내면 됐잖아? 쳇…… 내가 보험을 걸어 두지 않았다면 어떻게 될 뻔했어?』

네 마디째. 여, 여, 여시, 여신?

『휴우, 노인네 상대로 내가 참아야지 어쩌겠어? 그래서 말인데, 미스미? 너는, 네 부모와 내가 맺은 계약에 의해 이 세계로 소환된 건데―.』

다섯 마디째. 아, 이건 틀림없이 질 나쁜 농담일 거야.

『사실은 잠깐 한눈을 판 사이에 이쪽 세계의 종족 간 밸런스가 무너져 버렸어. 어쩌다 보니 휴만이 엄청 위기 상황이더라고? 마족인지 아정령(亞精靈)인지 온갖 족속들이 날뛰기 시작하는 바람에…….』

잠깐 한눈을 판 사이에, 라고?

『그래서 계약에 관한 기억을 떠올렸는데, 휴만 아이들이라면 한잠……이 아니라 눈 깜짝할 사이에 자손을 늘릴 테니, 소환해서 아이들의 심부름을 시키려고 생각했거든. 응?』

……지금 이 녀석, 한잠 잔다고 말할 뻔했지?

『아하하하하!! 너 정말로 그 두 사람의 아들이니? 아니, 잠깐, 잠깐만 기다려 봐. 어머나, 상녀하고 차녀는 나름 괜찮은 편이잖아? 우아—, 이건 좀 너무했네. 무리야. 아, 혹시 모르니 다시 한 번 확인.』

츠, 츠쿠요미 님. 이건 저한텐 무리일지도 몰라요.

『아, 일단 피는 이어져 있구나. 너 참 비참하구나~. 미운 오리 새끼도 정도가 있잖아?! 백조 성분 0퍼센트. 너 진짜 못생겼다—.』

인마, 너 계속 지껄이면 물어뜯는다.

『너 같이 못생긴 애한테 힘을 부여한다니 난 못해. 무리야. 미안하지만 시야에서 사라져줄래? 존재 자체가 불쾌하니까.』

……분노가 머릿속을 몇 바퀴 돌더니 오히려 머릿속이 상쾌해지고 있었다. 이렇게 심각한 자기중심 캐릭터는 본 적이 없었다.

다른 세계에서 제멋대로 사람을 끌고 와 놓고는 이런 말투로 사정없이 매도를 퍼부어도 된단 말인가? 말도 안 돼. 유행밖에 신경 쓰지 않는 요즘 세상의 여고생들도 너보단 태도가 성실할걸?

"……."

안 되겠어. 뭐라고 퍼부어주고 싶어도 말이 나오질 않는다.

뭐라고 말하면 좋을지 감이 안 잡혀서 그저 입을 뻐끔거리고 있을 수밖에 없었다.

『뭘 두리번거리니? 혹시 대화도 안 되는 거야? 와, 진짜 심했다. 나, 이 세계에선 유일신이자 처녀신이거든? 너 같은 녀석하고 같은 공간에 있는 것만으로도 죄가 너무 무겁다고. 임신하면 어떻게 책임질래?』

이, 이 녀석이 신…… 이 녀석이 유일신.

싫어. 시, 싫다고! 이런 녀석이 신 노릇을 하고 있는 세계가 멀쩡한 세계일 리 없어! 절대로 가고 싶지 않아. 츠쿠요미 님, 부탁이에요. 진심으로 구해주세요. 진짜로 무리라고요!

『벌써 와버렸다 이 말이지…… 소환에도 반품이 되면 좋을 텐데.』

"너, 너 말야! 그쪽이 멋대로 소환해 놓고 이래도 되는 거야?!"

『우와, 야만스러워라! 드디어 말문이 트이나 했더니 겨우 지껄이는 소리가 그거야? 목소리조차 추하다니, 심부름이라도 시켜볼까 생각했지만 역시 넌 필요 없어.』

"뭐어?!"

『내 세계의 모험담에 어울리는 용사는 이미 따로 수배해 놨거든? 넌 나한테 민폐 끼치지 말고 세계의 끝에서 잠자코 있으렴, 알겠니? 이야, 정말 보험을 들어 놔서 다행이었지—.』

알겠냐고?! 그럴 리가 있냐아아!!

난 나름대로 각오를 마치고 원래 세계를 버리고 여기로 왔거든!

『이미 상당히 고도가 낮아졌으니, 떨어뜨리는 것만으로는 죽지도 않을 테고. 에휴—, 저쪽 세계의 인간들은 정말 끈질기단 말이지. 아 토 나와.』

만난 지 몇 분 지나지도 않았는데 이 정도로 오만방자한 소리를 듣게 될 줄은 상상도 못했다. 이런 부당한 처우를 당할 이유는 없지 않아?! 안 그래?!

『그리고 하나 말해 두겠는데, 나의 아름다운 세계에 사는 주민들에게 너의 불량품 종자를 뿌리는 것만큼은 하지 말아줘. 결혼도 제발 부탁이니 참아줬으면 해. 세계가 더럽혀지니까.』

더 이상 듣고 싶지 않았다. 이런 경험은 처음이었다.

이건 정말로 절망적이다……. 지금부터 자신이 가야 할 세계의 유일신이 어쩔 도리가 없는 상대라는 사실이 판명됐습니다. 심각한 사태라고 할 수 있지요.

『아, 그렇지. 너한테 힘을 넘기는 건 저어엉말 질색이지만, 『이해』를 부여하는 정도라면 뭐 어쩔 수 없지. 타협하자. 미래를 위해서?』

멋대로 납득하고 있다. 정말로 이거 농담이 아니다. 아니 애초에 신이라는 건 이렇게 거만한 태도가 보통인가? 츠쿠요미 님이 특별한 건지, 이 녀석이 특별한 건지 알 수가 없다. 내 정신 위생을 생각하면 후자를 믿고 싶군.

『잠깐 미스미? 듣고 있어?』

“왜?”

더는 존댓말을 쓰고 싶다는 생각도 들지 않았다. 하지만 틀림없이 용서받을 수 있다고 생각한다. 그래, 내 쪽이 옳다고!

『네가 마족이나 마물과 이야기할 수 있게 휴만 이외의 언어를 『이해』할 수 있도록 해주겠다고 했어. 그러니까 가능하면 수준이 낮은 오크나 고블린하고 섞여서 생활하렴. 다른 종족, 만에 하나라도 휴만에게 민폐를 끼치면 재미없어? 그럼, 가버려.』

“말투 한번—, 뜨, 으아아아아아?!”

『아—! 비명 소리까지 추해! 잠깐 님프 너희들! 이 공간을 철저하게 세척하도록 해! 또 솟아나면 소름 끼치니까!』

갑작스럽게 밑으로 낙하하는 감각이 온몸을 덮쳤다.

마지막으로 들은 목소리. 또 솟아나면 소름 끼친다고? 내가 무슨 검은 악마 바퀴벌레의 화신이냐?!

바퀴벌레들도 나름대로 열심히 살아가고 있거든?

최소한 여기서 「아아, 죄송해요. 사실은 당신을 봤을 때부터 첫눈에 반했답니다. 모든 것은 신위(神位)를 지키기 위해. 너무 엄격하게 대해서 죄송해요」라던가 눈물을 흘리면서 「아아, 아버님(누구야 그게?)! 왜 저로 하여금 이런 처사를 시키시는 건가요? 그에게 이런 시련을 부여하다니!」 같은 소리라도 했다면 약간은 용서가 될지도 모르는데…….

아니, 그건 있을 수 없는 얘기지.

여신의 발언은 전부, 철두철미하게 자연스러웠고 망설임 같은 건 전혀 없었다.

저 빌어먹을 여신…… 아니, 여신이라고 두 번 다시 부를까 보냐!!

빌어먹을———!!

1

번쩍이던 방에서 또다시 주위가 모습을 바꾸며 밤하늘로 변했다.

HAHAHA!

낙하하고 있다. 여신 녀석, 나를 정말로 공중에서 떨어뜨렸어♪

하늘은 불길할 정도로 어둡다. 그리고 춥다!

"으아아아아아아아아아아아아아아!!"

살을 에는 듯한 차가운 바람 때문에 눈에서 멋대로 눈물이 넘쳐 흘렀다.

눈 밑에 펼쳐진 광경은 황야처럼 보였다. 아니 잠깐, 이거 아무리 봐도 초고층 빌딩 정도의 고도에서 떨어지고 있는 거 아냐? 아무리 생각해도 사망 엔딩이잖아?!

이런 높이에서 떨어져서 죽지 않는다니 절대로 있을 수 없는 얘기라고!

여신은 우리 세계의 인간이 쓸데없이 끈질기다고 했지만 이 정도라면 아주 간단하게 산산조각이 나고 말걸?!

그 빌어먹을 여신이 말한 대로 죽는다고? 여기서?

방법은?! 뭔가 살아날 방법은 없나?

주변을 둘러봤다.

하늘.

대지.

……끝.

역시 무리잖아!

—아버지, 어머니. 저를 저쪽 세계에서 낳아주셔서 감사합니다.

저 여신 밑에서 생활하는 꼴을 당하지 않아서 정말로 다행이었다고 생각해요. 저 여신은 가호는커녕 저주나 걸지 않으면 다행인 녀석이니까요.

유키코 누나와 마리는 제가 이쪽으로 소환됐으니, 더는 위험한 꼴을 당하지 않을 거예요.

불과 십수 년에 지나지 않았지만 두 사람의 아들로서 생활할 수 있던 건 제 긍지에엽?!

아, 혀 깨물었다.

폼도 제대로 못 잡는구나. 마지막인데.

아, 그렇지. 최소한 눈이라도 감고 있자.

조금이라도 덜 아팠으면…….

지금까지 『달이 이끄는 이세계 여행』을 읽어주셔서 감사—.

『……공……마코……토 공! 마코토 공!』

"아아, 츠쿠요미 님. 당신의 목소리가 환청으로 들리기 시작했어요. 왜 당신이 이쪽 세계의 신이 아닌 건지 정말 유감스러워요."

『마음을! 다잡게! 들리는가?!』

진짜 츠쿠요미 님?!

하지만 교신은 불가능하다고 하지 않았었나?

『이럴 수가. 어떻게 이런 일이? 그대들의 대화는 전부 들렸다네. 면목이 서질 않는군. 설마 여신이 이런 폭거를 저지를 줄이야.』

"츠쿠요미 님! 정말 만나고 싶었어요!"

어째서인지 말이 더듬더듬, 발음이 서툴다. 하지만 신경 쓰지 않는다. 그럴 여유도 없다.

『분명 마코토 공이라면 이 정도는 조금 아프다고 느끼는 정도로 끝날 거라고 생각하지만…… 하지만 그렇다고 해서 이런 짓을 해도 된다는 뜻은 아닐세!』

"예? 괜찮다고요? 이 정도 높이에서 착지해도?"

아직도 지면과의 거리는 상당하다. 주마등 효과 같은 걸로 인한 인식 시간의 연장이라도 벌어지고 있는 걸까?

『2층 베란다에서 매트리스를 향해 추락하는 정도의 충격은 있겠지만, 부상을 당할 일은 없을 걸세.』

"와우."

예상했던 것보다 훨씬 초인이었다. 나 굉장하네? 원래 세계에서 걸려 있던 부담이라는 건 대체 얼마나 강했던 거야?

『마코토 공은 원래 세계에서 단련을 쌓은 몸이니 그런 걸세. 단련이 없었다면 매트리스가 없을 경우의 충격은 있었을지도 모르겠군.』

"그 단련이…… 의외로 효과가 있는 거였군요."

『하지만 아무리 그래도 이 정도 높이에서 낙하한다는 것은 무서울 것이네. 내가 어떻게든 수를 써보지. 안심하게나. 그보다도 자네에게 전하고 싶은 말이 있네.』

츠쿠요미 님은 말을 꺼내기 곤란하다는 분위기를 연출하고 있었다. 그러고 보니 아까도 생각했지만—.

"저기, 저하고는 교신할 수 없는 거 아니었나요?"

『음, 덕분에 상당히 무리를 하고 있네. 아마도 몇백 년 정도는 잠들어야 할 걸세.』

"하……?"

무심코 입에서 영문을 알 수 없는 소리가 새어 나왔다. 설마 그렇게까지 해서 나를 도와주다니…… 그렇지, 원래 신이란 건 이런 거라고. 아니, 이런 게 바로 사람들이 바라는 신의 모습이지.

평온한 흰색 빛이 온몸을 둘러싸면서 낙하 속도가 감소하기 시작했다. 츠쿠요미 님의 말은 거짓이 아니었던 것 같다.

『그보다, 그 여신이 마코토 공을 맞이하러 왔을 때 상당히 시간이 걸리지 않았나?』

"아, 예."

『그 계집, 일을 저지르고 말았네. 세계가 연결되어 있었던 것을 이용해서 이쪽 세계에서 두 사람 정도를 채 갔지 뭔가!』

뭐, 뭐라고요오오!!

그건 완전 유괴범이잖아?!

그래도 여신이잖아? 그런 짓을 저질러도 되는 거야?

"그, 그렇다면! 설마……!"

가장 먼저 떠오른 얼굴들은 누나와 마리였다.

『아니, 마코토 공의 가족은 아닐세. 하지만 둘 중 한 사람은 상당히 가까운 인간이야. 마코토 공의 소환을 거행하면서 그 술식에 포함시키는 식으로 소환했으니, 어쩌면 자네의 지인일지도 모르겠군. ……나도 방심하고 있었어.』

신들의 규칙에 대해선 잘 모르겠지만, 츠쿠요미 님의 초조한 모습을 보면 그 여신이 원리 원칙을 완전히 위반한 건가……?

『나는 아마도 지금부터 곧바로 잠들게 될 것이네. 그렇게 되면 자네가 살아 있는 동안 만날 일은 없을 걸세. 하지만 이번 사건은 나와 알고 지내는 신들에게 전달하여 향후의 대응을 부탁하도록 하지. ……아무리 창조를 여러 차례 거행한 적이 있다고 해도, 이 정도의 만행을 저질렀으니 그에 어울리는 벌을 받아야 할 것이야.』

츠쿠요미 님의 목소리가 점점 잦아들어 갔다. 정말로 무리를 해서 교신하고 있구나……. 젠장.

정말로 그 녀석이 츠쿠요미 님보다 상위의 신이란 말이야? 그런 엉망진창으로 일을 저지르는 녀석이……?

"그 두 사람은 괜찮은가요?"

『음, 두 사람 다 어딘가의 성으로 소환된 모양일세. 무사히 휴만과 접촉하고 있군. 그…… 여신으로부터 방대한 양의 가호를 부여받아…….』

츠쿠요미 님은 말을 꺼내기 곤란해하면서 그렇게 말했다.

와우, 취급의 차이가 정말 엄청난데?

『자네의 마음은 이해하고도 남네. 이미 자네와 원래 세계의 접점은 소멸하고 말았으니, 이런 부탁을 들어줄 신분이 아니라는 사실도 알고 있고. 그래도 만약 다른 두 사람과 만나게 된다면 신경을 써 주시게. 자네와 같은 세계의 동포가 아닌가.』

아, 정말 이 사람은 대체 얼마나 선량한 분인가?

"여신의 힘을 풀코스로 부여받았는데, 걱정할 필요가 있을까요?"

상당한 힘을 지니고 있다는 여신의 가호라면 모르긴 몰라도 엄청 강할 것 같은데.

『신의 힘, 이라는 의미로 말하자면 마코토 공이 가장 강할 걸세. 마력도 마찬가지지. 원래 세계에서 무사히 성장한 데다가 휴만의 혈통을 계승하고 있으니 비교 자체가 안 될 것이야.』

그리고 츠쿠요미 님은 뒤이어 말했다.

『스스로 말하긴 좀 쑥스럽네만, 내가 어버이 신으로부터 이어받은 힘이나 지금까지 축적한 힘도 상당한 양일세.』

어버이 신이라는 건 이자나기, 이자나미[#2]를 말하는 건가?

『저런 여신과 비교해서 가호가 모자랄 일은 없을 것이야. 안심하게.』

우와~ 자신만만.

『이런 사태에 처했을 뿐만 아니라 본래 용사로서 짊어져야 할 역할도 저 여신이 스스로 박탈했으니 두고 볼 것이 없네. 츠쿠요미의 이름으로 허락한다. 그대, 미스미 마코토여! 새로운 세계에서의 자유를 인정한다. 뜻대로 하도록!』

츠쿠요미 님도 역시 화가 나 있었다. 역시 츠쿠요미 님은 최고야!

허락해주시기도 전에 어차피 그럴 생각이었어요!

허가까지 받았으니 거칠 것도 없다, 야호!!

나는 달빛에 휩싸여 천천히 추락하고 있었다.

『기나긴 혼의 윤회 속에서, 다시, 만나길, 고대, 하…….』

츠쿠요미 님의 목소리는 천천히 사라지고 있었다.

"예!!"

나는 스스로가 믿는 신을 향해 큰 목소리로 대답했다.

여신?

그게 뭐죠? 맛있는 건가요?

나는 천천히 (불모의) 대지에 내려섰다.

#2 이자나기, 이자나미 일본서기(日本書紀), 고사기(古事記)에 등장하는 부부이자 남매 신. 츠쿠요미의 부모 신.

◇◆◇◆◇

아무리 주변을 둘러봐도 황무지만이 펼쳐져 있었다.

한결같이 이어지는 황야와 바위산.

이런 상황은 이제 좀 봐달라고? 벌써 오늘로 이세계에 내려선지 사흘이 지났다.

이제 슬슬 자그마한 변화라도 하나쯤 생기면 얼마나 좋을까?

어쨌든 황무지는 너무나도 광대했다. 눈치채고 보니 원래 위치로 돌아와 버린다든가 하는 최악의 사태를 피하기 위해, 저 멀리 보이는 유달리 높은 산을 목표로 삼아 밤낮을 가리지 않고 그저 계속해서 걸었다.

그런데도 그 산에 가까워지는 낌새가 전혀 없었고 신기루일지도 모른다는 생각에 몇 번이나 마음이 꺾일 뻔했다.

정말 완벽할 정도로 그 누구하고도, 그 무엇과도 만나지 못했다.

굉장한 일인 것 같아. 사람은커녕 동물조차 한 마리도 본 적이 없다고?

먹을 수 있어 보이는 물체도 전혀 없었다. 지푸라기 비슷한 풀은 가끔 보였지만 역시 먹는 것은 무리일 것이다. 그 지푸라기조차 드문드문했지만!

굶고 있는데도 여전히 몸이 움직이는 이유는, 육체가 초인 스펙이라서 그런가? 평범하게 생각하면 훨씬 전부터 체력 저하로 움직이지 못할 것 같은 상황이었다.

츠쿠요미 님에게서 하사받은 『힘』을 사용해보려고 능력의 발현을 시도했는데 실패(?)했다.

손바닥으로 모으는 이미지가 효과적이라는 츠쿠요미 님의 조언을 실천해봤지만 아직 확실하게 감이 잡히지 않는다. 틀림없이 힘이 모이고 있다는 감각은 느껴졌지만 아무런 일도 일어나지 않았다.

땅바닥에 손을 대고 힘을 방출해보려고도 했지만 이것도 헛수고였다.

……여러 가지로 시도는 해보고 있는데 말이지.

손에 물체를 놓고 능력의 발현을 시도해보면 그 물체가 찔끔 움직인다. 이것이 지금 내가 행사할 수 있는 유일한 능력의 발현일 것이다.

하지만 자유자재로 움직일 수 있는 것도 아니고 경련을 일으키듯이 실룩실룩 떨릴 뿐이다.

수수께끼였다. 최소한 현재 상황을 타파하는 데는 전혀 소용이 없었다.

일단 이 힘은 츠쿠요미 님으로부터 하사받은 귀중한 능력이다. 그분에 한해서 실수는 없다고 믿고 싶다.

좀 더 여러 가지로 시험해보고, 빨리 이 힘에 대해 이해해야만 한다…….

그건 그렇고, 덥다.

낮에는 아지랑이가 뭉게뭉게 피어오른다. 지금도 그렇다.

그리고 밤에는 바위 표면에 서리가 내린다.

이곳은 인간에게 있어서 꽤 열악한 환경인 것 같습니다, 예. 새삼스럽지만 초인 스펙에 감사합니다.

상당한 속도로 한 방향을 향해 나아가고 있었다. 저 산에 도착할 즈음에는 틀림없이 무언가 상황에 변화가 찾아올 것이다. 아니, 찾아와 주세요. 부탁입니다.

사흘 동안 바람 소리와 자신의 발소리 말고는 들은 기억이 없다.

보통은 이런 상황에선 이벤트 같은 게 일어나는 거 아냐? 이렇게 되기 전에!!

"아, 그렇지. 나, 용사가 아니라서 그렇구나—. 미운 오리 새끼라서."

입에서 혼잣말이 새어 나왔다. 아무도 없다는 쓸쓸함 때문인지, 의미도 없이 머릿속의 생각을 입 밖으로 내는 경우가 늘어났다. 슬프다.

게슴츠레한 눈으로 저 멀리 보이는 산을 바라봤다. 저곳에 사람이 사는 마을이 있을 거라고 믿고 싶다.

두 사람의 용사님들은 지금쯤 뭘 하고 있을까?

틀림없이 왕족인지 귀족인지 하는 족속들한테 극진한 대접을 받으면서 맛있는 음식을 잔뜩 먹고 있겠지?

그 녀석들하고 비교하면 나는—.

등 뒤를 돌아보았다.

한결같이 이어지는 검붉은 황야가 보였다. 내가 걸어온 길이다.

신기루가 보일 때마다 전력으로 질주했기 때문에 첫날에 내려선 장소에서 상당히 먼 거리까지 걸어왔을 것이다.

처음엔 적당히 걷고 있으면 누군가와 만나거나 사람들이 사는 마을이 보일 거라고 간단하게 생각하고 있었다.

하지만 철두철미하게 아무것도 없었다. 움직이는 그림자 하나조차…… 하후우.

『……살……요!』

그 목소리는 매우 희미했지만 내 귀가 지금까지의 인생을 통틀어서 모든 변화에 가장 민감해진 상태였기 때문에 놓치지 않았다고 생각한다.

걸음을 멈췄다.

귓가에 손을 갖다 대고 조용히 눈을 감았다.

어디지? 어디에서 들려온 거야?

집중했다. 뭐가 어찌 됐건 집중했다. 자그마한 물방울이 떨어지는 소리도 놓치지 않겠다는 마음가짐으로…….

목소리는 확실하게 들려왔다. 확인해라!

『……요……살……려!』

또다시 들려왔다. 이번에는 확실하게 들렸다!

"이쪽, 이다아아아아아아아!!"

나는 눈을 크게 떴다. 『번쩍!』이라는 효과음이 필요할 정도로 크게 떴다!

절찬 금식 중이긴 하지만! 배도 어어엄청 고프지만!

나는 이쪽 세계로 온 이후로 가장 힘차게 대지를 박차고 달려 나갔다.

『사, 살려줘요—!!』

목소리는 한층 더 정확하게 들려왔다. 저곳, 바위산 근처에서 들려온 소리였다.

"옙! 기꺼이—!!"

나는 흔쾌히 승낙하고 질주했다. 이미 흥분 게이지는 가득 차올랐다. 필살기 같은 게 연발로 나갈 것 같은데?

보였다. 점차 확실하게 시야에 들어왔다. 초시력 덕택인 것 같군. 원래 세계에선 시력이 좋지 않은 편이었기 때문에 은근히 마음에 드는 변화였다.

이윽고 시야에 들어온 존재들을 보고 약간 기겁했지만 이제 멈출 수는 없다.

……2족 보행하는 돼지가 됐건, 목이 2개 달린 개가 됐건 상관없었다. 처절한 고독보다는 훨씬 낫고말고!

게임에선 하늘을 나는 돼지도 있었고 목이 3개 달린 지옥의 파수견 같은 녀석들도 나온단 말이야! 3차원에서 튀어나왔다고 해서 이왕 이리된 거 신경 쓸까 보냐! 난 초인이라고! 불만 있냐?

여기서 본 느낌으로는 비명을 지른 건 2족 보행하는 돼지 쪽이었던 것 같다. 이미지로 치자면 판타지에 자주 등장하는 오크라는 녀석들에 가까운가?

그리고 그 돼지를 습격하고 있는 것은 목이 2개 달린 개였다. 마물끼리 싸움을 벌이고 있는 건가?

어느 쪽에 가담할지는 명백했다. 비명을 지른 쪽이다! 당신 덕분에 생물과 만날 수 있었으니까—!

저쪽도 나의 접근에 눈치챈 것 같다. 양쪽 다 흙먼지를 일으키면서 접근해 오는 누군가(나)에게 주의를 기울이고 있었다.

고맙군. 이런 상황이라면 오크 군(가칭)은 안전할 것이다. 내가 개를 처리할 수 있을 경우의 이야기이긴 했지만.

『네 녀석은 누구냐!! 방해할 생각이냐?!』

목이 2개 달린 개가 울부짖었다. 나를 위협하기 위한 포효로부터, 어째서인지 그 녀석의 의지가 느껴졌다. 나는 그 사실에 상당히 깜짝 놀랐지만, 아까 들려왔던, 무슨 언어인지 알 수 없었던 비명도 오크 군(가칭)이 지른 것이었으니 문제없다! 신경 안 쓴다!

"안녕! 나는 인간 마코토! 앞으로 잘 부탁해!"

개가 사정거리 안쪽으로 들어왔다. 나는 달려온 기세를 이용해 그대로 뛰어올라 개를 향해 날아 차기를 발사했다.

"우오오랴아아아아!"

개를 날려버려서 오크 군(가칭)과의 거리를 벌리게 할 생각으로 날린 일격이었지만—.

『앗, 너무 빠르다!! 으앗?!』

결국 그것이 개의 유언이 되고 말았다.

나의 날아 차기가 개의 2개 달린 얼굴 사이로 명중했다.

거기까진 예상대로였지만…… 그대로 꿰뚫고 지나가 버렸습다.

어?

상대는 마물이었거든요? 아니 마물이건 뭐건 그 이전에, 아무리 전력 질주를 했다고는 해도 흔해빠진 운동화로 한 번 찼을 뿐인데 아무리 스펙이 높아도 이건 좀 너무한 거 아냐?

"어, 음."

내 마음속은 상당한 공황 상태였지만 일단은 겨우 착지할 수 있

었다. 그리고 조심조심 등 뒤로 고개를 돌렸다.

"으아, 사, 사고 쳤다……."

그곳에는 처참한 광경이 펼쳐져 있었다. 개의 몸 중에 절반은 엉망진창으로 박살이 나서 그 파편이 사방으로 튀어 있었고, 그나마 원형을 유지하고 있는 나머지 절반은 힘없이 엎드려 있었다. 대체 뭘 어떻게 당하면 이런 꼴이 되는지 궁금할 정도로 참혹한 모습이었다.

나는 마치 트럭과 정면충돌이라도 한 듯한 그 모습을 보고 자기도 모르게 눈을 돌리고 말았다.

미안해요. 죄송해요. 정말 죄송합니다.

설마 이렇게 될 줄은 생각도 못했어. 정말이라고!

스스로 일을 벌여 놓고 웃기지 말라는 생각도 들었지만 똑바로 쳐다볼 수도 없었다.

오크 군(가칭)과 눈이 맞았다.

나를 보는 눈에 개를 상대했을 때보다도 훨씬 강한 공포가 깃들어 있다는 사실을 알 수 있었다. 원래는 추하다고 느낄 그 모습을 보고도 이상하게 혐오감이 들지 않는 것은 그 여신과 만난 적이 있기 때문일까? 그 녀석은 사람을 외모만 보고 판단한다는 행동의 어리석음을 몸소 보여줬으니까. 아름답지 않으면 탈락이라니 웃기지 말라고!

하지만 그, 여러 가지 의미로 사고 쳤다는 분위기가 감돌고 있었다.

그렇지만 어쨌든 대화를 할 수 있는 상황이다! 뭔가 말을 꺼내지 않으면 손해일 것이다.

그렇지, 대화를 하는 거야. 대화란 건 정말 너무나도 멋진 행위야. 드디어 누군가와 이야기를 할 수 있단 말이지!

묘한 기대감에 마음이 들떴다.

머뭇대면서 나를 바라보는 오크 군(가칭)의 정면에 섰다.

"아—, 처음 뵙겠습니다."

『히익!! 말했다!!』

어라? 처음부터 뭔가 실수라도?!

아니, 아니야! 사흘이나 걸려서 드디어 만난 대화 상대란 말이야! 엄청 낮은 확률의 인카운트에 성공했다고! 포기할 수 없다!

"어—, 나는 수상하지 않아. 온화하고 선량해. 말뜻, 알아들어?"

오크 군(가칭)은 고개를 마구 끄덕이다가 즉시 방향을 가로로 바꿔서 고개를 마구 저었다.

의미를 모르겠군. 이 세계의 독특한 바디 랭귀지인가?

2족 보행을 하고 있으니 감각도 인간에 가깝지 않을까 예측했지만…….

아니 잠깐, 돼지가 서 있는 것을 보고 인간에 가깝다고 느끼다니…… 나도 심적으로 상당히 궁지에 몰려 있는 상태 같군.

『「리즈」를 일격에 죽이는 녀석이 온화하고 선량할 리가 없어!』

아—, 그렇구나. 납득했다. 분명히 아까 벌어진 일은 황당무계한 일이지. 나도 그렇게 생각해.

창백한 얼굴인 것치고는 의외로 냉정한 녀석이군. 「저렇게 잔인하게 죽이다니, 어떻게 저런 짓을!」이라고 낮은 목소리로 중얼거리고 있었다.

"……알았어. 나는 강해! 그쪽보다 강해!"

이런 식으로 약간 으름장을 놓아보기도 했다.

『히이이이이이이이익!』

오크 군(가칭)은 몸을 움츠리고 공포에 떨고 있었다. 이건 대체 뭐지? 나는 벌벌 떠는 오크 군(가칭)에게 손짓 발짓을 해 가며 의사를 표시하고 있었다.

이거 완전 의미 불명이다.

흠, 하지만 꽤 흔한 전개로 간다면 으름장을 놓은 후에 『나는 네가 마음에 들었다.』 뭐 그런 식으로 동료가 되지 않을까 생각했는데 이건 너무 게임식으로 생각한 건가?

"아, 일단 진정해. 강한 건 사실이지만, 그쪽을 구하러 온 것도 사실이야."

나는 양손을 들어 싸울 생각은 없다는 의사를 표시했다.

응, 이 녀석에겐 「나는 강하다!」라고 으름장을 놓는 것보다는, 해를 끼칠 생각이 없다는 사실을 알리는 편이 나을 것 같다.

애초에 협박하는 건 내 캐릭터도 아니고…….

"그쪽이 먼저 살려달라고 비명을 질렀잖아. 그래서 내가 여기로 달려와서 그쪽을 살려준 거고. 자, 어때? 난 그쪽을 구해준 같은 편이라고 할 수 있지?"

오크 군(가칭)은 쭈뼛거리면서 고개를 이쪽으로 돌렸다. 몸의 떨림도 약간은 잦아들고 있었다.

『그, 그런가요?』

나는 공포에 떨면서도 고개를 들어 올리는 오크 군(가칭)의 눈을 똑바로 쳐다보며 고개를 끄덕였다. 조오아써. 조금은 호감도가 올라간 것 같군. 이대로 가기만 하면—.

응? 오크 군(가칭)이 뭔가 눈치챈 것 같다.

겨우 경계심이 약해졌나 싶더니 또다시 그 표정에 공포심이 떠오르면서 몸을 떨기 시작했다.

"아니 또 왜 그러는겨?!"

나는 무심코 말꼬리를 물고 늘어졌다.

『어, 어떻게 휴만이 나하고 말이 통하는 거지?! 설마, 휴만 중에도 테이머가 있는 거야?』

테이머? 그건 또 뭐야?

어떻게 말이 통하는지 물으신다면 어디 사는 신 비슷한 녀석 덕분이긴 한데 말이죠.

그렇구나, 평범한 인간은 마물하고 말이 통하지 않는구나.

여신 녀석, 능력을 줘도 하필 이런 능력을 주다니! 다른 사람들이 이 꼴을 보면 오해하잖아!

"아—, 나, 테이머 아냐! 길을 잃었어! 그쪽을 구했어! 이상!"

어쨌든 단적인 사실만을 전하기로 했다.

『…….』

음, 뭔가 생각하고 있군. 변함없이 떨고는 있지만, 아까보다는 상태가 양호하다. 나름 거리도 있는 상태니까 그렇게 떨고 있을 필요는 없잖아? ……애초에 나도 이 상황이 꽤 무섭다고.

"……."

나도 침묵을 지키며 기다렸다. 이미 대화 에너지는 0이거든?

『아, 알았어.』

해냈다! 고마워! 땡큐! 셰셰!

『살려줘서 고마워.』

그레이트! 대화다운 대화에 성공했다. 이렇게 기쁜 일은 흔치 않아.

"이야—! 정말 무사해서 다행이야. 그보다 네가 사는 마을은 이 부근에 있어?"

『그쪽』에서 『너』로 호칭을 바꿨다. 생각해 보면 계속 그쪽이라고 부르는 것도 좀 무례하니까.

길거리가 됐건 마을이 됐건 보금자리가 됐건 아무래도 좋으니, 일단 지붕이 있는 장소에서 쉬고 싶다고…….

하지만, 유감스럽게도 오크 군(가칭)은 고개를 힘없이 가로저었다.

"서, 설마 너도 미아 신세인 거야?"

오크 군(가칭)은 또다시 고개를 힘없이 가로저었다.

"나, 실은 벌써 사흘이나 이 근방을 헤매고 있거든? 어디로 가면 사람들과 만날 수 있을지 알 수 없을까?"

역시 오크 군(가칭)은 고개를 가로젓는다.

어이쿠, 상황이 전혀 호전되질 않는데? 이거 이벤트 아냐?

『이 부근에 휴만의 마을은 없습니다. 여기는 「세계의 끝」이라고 불리는 불모의 황야입니다.』

세계의 끝?

어라? 그런 느낌의 단어를 최근에 누군가에게서 들은 기억이 있는데?

……이봐! 설마 그 녀석 정말로 세계의 끝으로 날려버린 거야?!

무슨 원수진 것도 아닌데 그렇게까지 하냐?!

『저는 신(蜃) 님에게 바쳐진 산 제물로서 그분이 계신 신령산으로 향하고 있는 도중이었어요.』

오크 군(가칭)이 여신에 대한 분노를 마음속에서 폭발시키고 있는 나에게 말했다.

신 님, 산 제물…… 야호, 이벤트 플래그다!

길거리나 마을에도 도착하지 못했는데 중간 보스 같은 느낌의 배틀 이벤트 냄새가 난다—.

그녀는 눈물을 흘리면서 충격적인 고백을 했다. 그래, 남자가 아니라 여자였다. 도저히 여자애로는 보이진 않지만 말이지.

그녀의 이야기에 따르면 그녀는 역시 오크 일족의 일원으로, 그 중에서도 고산 지대에 거주하는 하이랜드 오크라고 불리는 종족이라고 한다.

그 마을에서는 반년에 한 번, 그들이 신령산이라고 떠받드는 산의 주인인 신(蜃)에게 젊은 처녀를 제물로 바치는 풍습이 있다고 한다. 산 제물을 바치지 않으면 마을은 깊은 안개로 둘러싸여 농작물조차 제대로 열매를 맺지 못하는 저주에 걸린다나.

굉장하네, 하이랜드 오크. 약탈을 저지르는 야만족이 아니라 제대로 지혜를 구사해서 농경이나 수렵으로 생계를 유지하고 있단 얘기잖아? 거의 인간이나 마찬가지네? 외모만 빼고…….

그런데 플래그가 차례차례 힘차게 일어서는 게 느껴지네요?

· 이세계로 소환된 나.

· 비명을 듣고 마물에게서 (오크) 여성을 구출한다.

· 그리고 이 세계에서 처음으로 만난 그녀에게서 신 님(?)의 산 제물로 바쳐진다는 사실을 듣게 된다.

· 신 님이라는 녀석을 내가 쓰러뜨리고 산 제물이라는 웃기지도 않는 풍습을 근절시킨다(미정).

이제 대충 알아들으셨나요?

여주인공 플래그라고☆ 우햐아아아아아아—!

특히 이 『(미정)』을 실행하기만 해봐! 아마 정말로 플래그가 성립할걸? 이거!

무리야, 이건 절대로 무리야!

그야 나도 다른 사람의 외모를 가지고 뭐라 지껄일 수 있는 입장은 아니야. 하지만, 하지만! 사귈 거면 최소한 인간(형)이 좋다고!

인간(형)이라고 할 정도면 오크도 그 범위 안에 들어올지도 모르지만, 그건 억지라고! 나도 여러 가지로 평균적인 『경험』 정도는 있으니까 편견이나 선입관 같은 걸로 의견을 내세울 생각은 없어.

틀림없이 그녀는 『오크』라는 단어에서 떠올릴 수 있는 악취 같은 걸 풍기는 여성은 아닌 데다가, 오히려 뭔가 꽃향기 같은 좋은 냄새가 나긴 해.

마치 옛날에 동경했던 선배 같은…….

앗! 아, 아니야! 그게 아니라고!

내가 지금까지 『경험』했던 그녀들 중에는 당연히 인간 이외의 종족도 있었지.

엘프로 대표되는 요정들, 짐승 귀에 말랑말랑한 발바닥을 가진 수인들, 의인화된 정령 여러분, 파랗거나 검거나 녹색 피부를 지니고 뿔이 달린 마족 비슷한 사람들까지.

외모가 괜찮다면 기계라도 상관없어! ALL OK!

하지만 오크는 무리야.

차별이 아니야. 하지만 얼굴 생김새는 인간이 아니면 안 돼! 그것만큼은 양보할 수 없어! 양보할 수 없습니다.

아무리 수많은 사나이의 꿈을 플레이했던 『경험』을 지닌 나라고 해도, 유감이지만 정말 대단히 유감스럽지만 오크인 그녀는 공략 대상이 아니야!

……지금까지 『경험』, 『경험』 연발을 했습니다만 말할 것도 없이 게임 얘깁니다. 불만 있냐?!

어쨌든 그녀는 절대로! 공략 대상이 아닙니다!!

"대충 그런 연유로, 정말 죄송합니다."

『예? 저, 대체 왜 사과를 하고 계신 거죠?』

아뿔싸. 마음속에서 소용돌이치던 갈등이 무심코…… 이거 실례했습다.

"아, 아니요— 아무것도 아님다—!"

그녀가 멍하니 나를 쳐다봤다. 하지만 그것도 아주 잠시 동안이었다. 그녀는 곧바로 미소(아마도)를 띠고 나를 바라보았다.

『그보다, 괜찮으시다면 답례를 하고 싶습니다. 성함은 마코토 님 맞으시죠?』

그런 등장 장면에서 내뱉은 자기소개를 기억하고 있다니. 응, 「말했다!!」라고 외치면서 벌벌 떨던 건 잊도록 하자.

정말로 총명한 아가씨다. 사실 아깝단 말이지—, 인간하고 가까운 느낌의 개 소녀나 고양이 소녀라면 완전히 반할지도 모르는데, 돼지 소녀는 좀—.

"응, 난 마코토야. 참고로 열일곱 살. 잘 부탁해."

『저는 「에마」라고 합니다. 열일곱 살이라면 동갑이군요.』

연령도 이상적인 조합이었다! 정말로 오직 종족 문제만이 이 만남을 평범한 이벤트 플래그로 만들어 버린 거구나…….

참고로 저는 이 세계에선 결혼하지 말라는 여신의 말 따위는 이미 없었던 일로 치부하고 있습니다. 츠쿠요미 님은 뜻대로 해도 된다고 말씀하셨으니까♪

『지금부터 향하는 곳에, 신령산에 도달하기 전 마지막으로 몸을 정화하는 장소가 있습니다. 부디 그곳에서 여독을 풀어주세요.』

휴게소 같은 곳인가? 에마는 정말 착한 아이였다.

굳이 의심하자면 그 정화를 위한 장소까지 호위를 맡아달라는 얘기일지도 모르겠지만……. 뭐, 아까 전에 물리친 리즈라는 개 정도의 몬스터라면 별문제 없을 것이다. 여차하면 격퇴해버리면 그만이니까.

"응, 고마워."

나는 그녀와 함께 신령산인지 뭔지 하는 장소의 방향으로 걷기 시작했다.

불가사의한 일이 일어났다. 거듭 대화를 나누면서 그녀의 말을 차츰 위화감 없이 이해할 수 있게 된 것이다. 점점 선명해진다고 표현하는 게 적절할까?

의사소통이 원활하게 이루어지면서 대화도 즐거워졌고 여러 가지로 직접적인 화제에 대해 얘기를 나누면서 목적지로 향했다.

평화로웠던 시절의 마을에서 열리던 축제에 관해 이야기할 때 에마 양이 보여준 표정은 너무나 훈훈해서, 지금부터 산 제물이 되기 위해 사지로 발을 들여놓는 입장이라는 생각이 들지 않을 정도였다. 하지만 마을의 현재 상황에 대해 이야기하기 시작하자 방금 전과는 대조적으로 그 표정은 어두워졌다. 1년에 두 사람이나 젊은 처녀를 산 제물로 바치면 머지않아 마을은 멸망할 것이다.

휴게소에 도착하면 어떻게 할까……?

신령산의 주인을 쓰러뜨리러 가면 정말로 플래그가 설 것 같단 말이지…….

그녀는 성격도 좋고 나이도 동갑이다. 족장의 딸이라고 하니 데릴사위로 들어가면 역 신데렐라 비슷한 거 아닌가?

으아! 정말 에마 양이 왜 인간이 아닌 거지!

착한 아이인데…… 정말 착한 아이인데!

사실은 누군가의 저주로 인해 오크로 변한 아름다운 공주일 수도—.

……하지만 여기는 인간들의 거주 구역하고 엄청나게 떨어져 있는 듯하니 그럴 가능성은 전혀 없겠군.

『아, 저곳이에요.』

에마 양이 동굴을 가리켰다. 그녀의 손가락이 가리키는 방향으로 시선을 돌리자 인공적인 수단으로 만들어진 것처럼 보이는 동굴이 그 입을 열고 있었다. 입구의 보강이나 그곳에 이르는 길의 상태를 봐도 인공물이라는 사실을 알 수 있었다.

『마코토 님. 정말 죄송합니다만 잠시 이곳에서 기다려주실 수 없을까요? 동굴의 수호자들에게 마코토 님에 관해 설명해야 하거든요.』

"알겠습니다."

당연한 이야기였다. 저쪽 입장에서 보자면 아무리 생명의 은인이라고 해도 나는 아직 정체를 알 수 없는 인간이었다. 곧장 동굴로 직행하게 되면 수호자라는 녀석들의 습격을 받아도 할 말이 없다.

하지만 나는 여기까지 동행하면서 에마 양의 성격을 어느 정도 파악했다. 그녀라면 내가 오크 일족의 아군이라는 사실을 제대로 설명해 줄 것이다.

아무리 수상하다고 해도 군단을 이끌고 덮치거나 그러지는 않겠지? 최악의 경우에 떼거지로 몰려와도 동굴에서 약간 떨어져 있는 이 장소라면 쉽게 도망칠 수 있을 것이다.

나는 에마 양의 모습이 동굴 입구 안쪽으로 사라지는 것을 확인한 후 앞으로의 계획에 대해 생각했다.

그녀는 정말로 착한 오크였다. 뿐만 아니라 내가 이 세계에 내려서고 처음으로 대화에 성공한 존재이기도 했다. 조금 의미가 다를지도 모르지만, 최초의 동지라고 해도 과언이 아니다. 가능하면 그 생명을 구해주고 싶은데 연애 플래그는 역시 사양하고 싶다.

또한 적으로 상대하게 될 신 님이라는 녀석의 능력도 미지수였다.

지금까지의 전개를 생각해보면 갑자기 끝판 왕 급의 상대가 나타나도 이상하지 않은 상태였다. 틀림없이 망겜이다.

저 동굴에서 적에 대한 정보를 어느 정도 수집한 후에, 에마 일행에게 들키지 않도록 잽싸게 빠져나와서 그녀가 제물로 바쳐지기 전에 그 『신 님』이라는 보스를 물리친다. 그리고 결과적으로 그녀는 생명을 보전할 수 있었다는 줄거리로 끌고 가는 건 어떨까? 나는 그대로 조용히 사라지면 끝나는 얘기고…….

마을을 무사히 보전할 수 있다면 그녀도 돌아갈 수 있을 것이다.

그리고 물리친다고 말은 했지만 어쩌면 내 능력으로 신 님이라는 녀석과도 대화를 나눌 수 있을지 모른다. 오직 전투만이 문제를 해결하는 수단은 아닐 거라고 생각한다.

"그렇지, 이 정도로 대접을 받았잖아? 갚을 수 있는 은혜는 조금이라도 갚아야지."

에마 양이 동굴 입구에서 손을 흔들고 있는 모습이 보였다. 그녀는 얼굴에 미소를 띠고 있었다. 교섭은 성공한 것 같다.

나는 그 모습을 보고 아주 조금이긴 하지만 여신이 필요 없다고 지껄였던 용사를 흉내라도 내보고 싶다는 생각이 들었다.

오크들은 나를 동굴 내부로 안내했다. 그리고 나는 그들이 권유하는 의자에 걸터앉았다. 오크들은 자연스럽게 손바닥으로 불구슬을 불러내서 화덕에 불을 지피거나 무거워 보이는 갑옷을 몇 벌이나 한꺼번에 공중에 띄워서 운반하는 등 여러 가지 작업을 하고 있었다.

판타지라고 하면 당연한 일일지도 모르지만 굉장한 광경이었다. 저것이 마법…… 연습하면 나도 쓸 수 있을까?

『왜 그러시죠? 별로 신기한 건 없을 텐데요.』

"아, 에마 양. 저건 마법이죠?"

나는 주변에서 작업하고 있는 오크들을 가리키며 물었다.

『아, 예. 저희들이 평소 사용하고 있는 일상적인 마법이랍니다. 휴만은 마술이라고 부른다고 들었어요.』

호칭 같은 건 아무래도 좋은 얘기였다. 그게 중요한 게 아니니까.

"에마 양도 쓸 수 있어?"

『물론이죠. 이래 봬도 전 마을에서도 손에 꼽히는 마법사랍니다. 하지만 몸을 움직이는 건 약간 서툰 편이라 혼자선 만족스럽게 전투조차 할 수 없지만요.』

"저기…… 말인데. 무리라면 억지로 할 필요는 없지만, 나한테 마법을 가르쳐줄 수 있을까?"

『……예? 혹시 마법을 못 쓰시나요?』

"응, 전혀."

『저 황무지를 걷고 있었는데요?』

"그러게…… 참 별일도 다 있지?"

『마코토 님은 신비한 분이시네요.』

그녀는 깊은 한숨을 내쉬었다. 그 후 에마 양은 「일단은 기초 단계뿐입니다만」이라고 전제 조건을 둔 후에 마법 전수를 승낙했다.

『그럼 시도해보세요.』

나는 에마 양의 말에 따라 정신을 집중해서 주문을 영창했다.

그녀의 말에 따르면, 주문이란 자신이 지닌 마력에 다양한 속성이나 변화를 첨부하는 단어로써, 마력으로 마법을 발현시키기 위한 열쇠를 발생시키는 작업이라고 한다. 주문의 영창을 마치면 마력이 열쇠와 같은 작용을 해서 세계에 존재하는 일종의 문을 열 수 있게 된다. 그렇게 세계의 섭리에 간섭하여 마법을 발현시킨다는 구조다. 열쇠나 문 같은 표현은 어디까지나 일종의 비유이며 실제로 보이거나 느껴지지는 않는다. 단순히 이해를 돕기 위한 표현이라고 했다.

주문으로 사용되는 언어는 오크의 언어와는 다른 것이었지만 나에게는 평범한 말로 들렸고 사용하려 하니 자연스럽게 사용할 수 있었다.

에마 양은 온몸의 힘을 있는 대로 끌어모으는 느낌이라고 설명했지만 그건 그만두는 게 좋을 것 같다.

츠쿠요미 님으로부터 나의 체력이나 마력이 초인적으로 변화할 것이라는 설명을 받았으니 진심으로 힘을 쓰면 상상도 못한 결과를 초래할지도 모른다.

이제부터 내가 사용하려는 것은 마법 중에서도 기초에 해당하는 주문이었다. 다양한 속성의 공격 마법 중에서도 기초라고 할 수 있는 『불릿』이라는 주문으로 이번에 에마가 가르쳐준 것은 불 속성의 불릿이었다.

에마 양은 불을 붙이는 용도로도 사용할 수 있다고 설명했지만 아무리 넓다고는 해도 이곳은 동굴이다. 힘을 너무 사용해서 만에 하나 대규모 화재라도 발생한다면 산소 부족이나 열로 인해 죽을 수 있어서 힘을 조절하는 데는 충분히 주의할 필요가 있었다.

내가 마법을 쓸 수 있을지 어떨지는 아직 의심스럽지만 만일의 사태에 대비해 충분히 조심해서 나쁠 건 없겠지.

"『불릿』!"

그 순간—.

주변으로부터 형용하기 힘든 『감각』이 몸 안으로 흘러 들어왔다. 그리고 곧이어 앞으로 내민 오른손에서 수 센티미터 떨어진 장소에 확, 작은 불꽃이 발생했다.

그 불꽃은 잠시 동안 그 자리에 머물더니 살랑거리다가 사라졌다.

"오, 우오오오! 이거, 이게 마법인가요?!"

자기도 모르게 목소리가 높아졌다.

설명을 받은 대로 영창하면서 불꽃의 이미지를 떠올리고, 발동 주문을 입에 담는 것만으로 손에서 불꽃이 나오다니…….

굉장해! 이게 마법인가!

『아, 예…… 그것이 불 속성 불릿의 초기 상태랍니다. ……설마 시작하자마자 성공하다니—.』

나에게 주문을 가르쳐준 에마 양도 놀라움을 감추지 못한 채 인정해주었다. 주문어(가칭)를 이해할 수 있다는 사실이 크게 도움이 됐는지도 모른다.

그렇구나—, 이게 마법이란 건가—♪

내가 마법을 사용할 수 있는 날이 찾아올 줄이야!!

게임에선 단골로 등장하는 존재긴 하지만 설마 정말로…… 쓸 수 있다니!

흐, 으흐흐흐흐흐흐, 후후후후후후후.

자연스럽게 웃음소리가 터져 나왔다.

『—그 불꽃을 탄환으로 사용하는 이미지를 머릿속에 떠올립니다. 불꽃 탄환을 목표에 명중시킬 수 있도록 발사할 수 있다면 불릿은 완성입니다.』

나는 에마 양의 말을 듣고서 겨우 상상의 나래에서 빠져나올 수 있었다.

그렇지! 불꽃 탄환을 발사하고 나서야 처음으로 기술이 완성되는 거야. 이대로 수련을 쌓아서 불 속성 불릿 이외의 기술도 사용할 수 있게 되면…… 아니, 일단 지금은 불 속성 불릿을 습득하는 데 집중하자.

"좋았어, 그럼 한번—."

나는 기분이 붕 뜬 상태로 짧은 영창을 마치고 「불릿」이라고 중얼거렸다.

무언가가 흘러 들어왔다. 아마 이것이 마력일 것이다. 말로는 정확히 설명하기 힘들었다. 에마 양이 머리로 이해하려고 애쓰는 것보다 직접 사용해보는 편이 빠르다고 설명한 의미를 알 것 같았다. 실제로 설명을 받고 있을 때는 정말 후련할 정도로 영문을 알 수 없었다.

그리고 불꽃이 다시 나타났다.

이걸 유지하면서 탄환의 형태로 만든다 이거지?

불꽃이 사라지지 않고 계속해서 흔들거리고 있었다. 내가 야구공 정도의 크기로 이미지를 떠올리자 그 순간 더욱 크게 흔들리더니 서서히 공 모양으로 변화했다.

『굉장해…… 가볍게 설명했을 뿐인데 이 정도까지?』

그녀의 놀랍다는 반응도 기분을 들뜨게 하는 요소였다.

수호자인 오크 가운데 한 사람이 에마 양의 눈짓에 따라 동굴 벽 근처에 바윗덩어리 하나를 가져다 놓았다. 꽤나 커다란 바위였지만 오크는 강한 근력을 지니고 있기 때문에 무리 없이 옮기고 있었다.

바위와의 거리는 5~6미터 정도일 것이다.

에마 양이 나를 보고 고개를 끄덕이는 것을 본 뒤 불꽃 탄환으로 바위를 조준했다.

그리고『명중』이라는 이미지를 강하게 지닌 채 마음속에서「날아라」라고 명령했다.

불꽃 탄환은 곧장 바위를 향해 날아갔고, 명중했다.

동굴 내부에도 충격파와 열풍이 발생했다. 그렇게까지 대단한 규모는 아니었다. 열풍은 좀 과장이 심했군. 굳이 말하자면 온풍이 불어온다고 할 수 있었다.

바위는 완전히 폭파되어 원형조차 남아 있지 않았다. 위력도 적당한 편이고 겉만 번지르르한 게 아니라 일단은 안심이 된다고 할까?

“이걸로 불릿은 습득한 거야?”

『아, 예…….』

그녀는 말을 잇지 못하고 더듬거리고 있었다. 아무래도 내가 굉장한 짓을 한 모양이었다.

이야—! 마법 재밌다—! 재밌다고. 불릿 말고 곧바로 습득할 수 있는 마법은 없나?!

새로운 공부를 시작했을 때 느끼는 특유의 쾌감이 있는데?

"주문만이라도 상관없으니 여러 가지 가르쳐줄래?"

기분으로만 치면 천하무적이었다.

『아, 예…… 그럼 나중에 정리해 놓을게요. 그런데 마코토 님, 이제 마력을 감지한다는 느낌은 파악하셨나요?』

"아, 그건 대충 알 것 같아. 마법을 발현시킬 때 몸 안으로 흘러 들어오는 그거 말하는 거지?"

『예, 그 말씀이 맞아요. 역시 대단하시군요. 천재적인 습득 속도예요.』

"아니—, 그런 게 아니라 에마 양이 말한 대로 하니까 딱이더라고—. 사용해보니까 아주 잘 알 수 있었어."

정말 그 말 그대로였다. 에마 양은 훌륭한 선생님이 될 소질이 있는 거 아냐?

『그럼 마력이 몸 안을 돌아다니는 것도 느껴지시나요?』

"응?"

에마 양의 말을 듣고 의식을 자신의 몸 안으로 집중시켰다.

변함없이 압도적인 존재감을 과시하고 있는 것은 사용 방법을 알 수 없는 츠쿠요미 님이 하사한 힘이었다. 하지만 마법을 사용한 영향이 있었는지 그것과는 다른 힘이 가늘게 흘러 들어오고 있다는 것을 인식할 수 있었다.

지금 외부로 방출한 것과 비슷한 느낌이 드는 힘이다.

꽤나 애매한 감각이었다. 흐르는 물을 손으로 잡으려고 하는 듯한 느낌이다. 전체상이 잘 보이지 않는다.

"응, 있네. 이게 내 마력……인가?"

『그 정도의 신체 능력에다가 마력을 이렇게 빠른 속도로 습득하시다니, 마코토 님은 마법 검사 계열의 직업일지도 모르겠네요.』

"직업?"

이봐, 잠깐. 혹시 이 세계는 내가 생각했던 것보다 훨씬 게임 같은 세계인 거 아냐?

직업 보정이나 특수 능력 같은 것도 있나?

『예, 그리고 레벨도 상당히 높으실 거라고 생각해요.』

레벨이라. 흠—, 이거 이 세계에 대한 인식을 상당히 바꿀 필요가 있어 보이는군.

RPG 같은 건가? 그렇다면 리즈라는 개는 경험치라도 줬나? 돈 같은 건 주지 않은 것 같지만…….

"어, 응. ……글쎄, 잘 모르겠어."

이곳에 도착하기 전에 일단 그녀에게는 자기소개를 끝낸 상태였다.

솔직히 말하자면 상당히 거짓말이 섞여 있었다.

진실을 전부 이야기할 경우 에마 양은 틀림없이 나를 불쌍한 사람이라고 여기게 될 테니까.

눈을 떠 보니 세계의 끝에 있었다. 그리고 왠지 기억이 정확하지 않아서…… 대충 이런 느낌으로 설명했다. 사실 이 세계에 대한 기억은 없는 거나 마찬가지라서 완전한 거짓말은 아닐지도 모르지만…….

에마 양 같이 착한 소녀를 속이는 짓은 마음이 켕기는 일이었다.

『일단 레벨만이라면, 이걸로 어느 정도 알 수 있을걸요?』

그리고 에마는 종이 한 장을 내밀었다.

“이게 뭐지?”

『능력을 측정하는 종이, 라고 할까요? 대략적인 숫자에 지나지 않지만요. 먼 옛날에 휴만이 떨어뜨리고 간 아이템입니다.』

휴만…… 그거 혹시 인간을 말하는 거야?

그러고 보니 인간이 아니라 휴만이라는 단어를 몇 번 들은 것 같군.

뭐 일단 상관없지. 우선 레벨이라는 걸 측정해보자.

“이걸 어떻게 하면 되는데?”

『손으로 집어 보세요.』

“호오.”

그녀의 말대로 종이를 집었다. 흰색이었던 그것은 파란색으로 변색했다. 아니, 물색이라고 표현하는 편이 적절할지도 모르겠다.

『어머나…… 그럴 리가?』

에마 양이 의아하게 여기고 있었다. 이상한 색인가?

주변에 있던 다른 오크들도 의아한 표정을 짓고 있었다.

“왜? 색이 이상해?”

『아, 그게…….』

“음, 말씀해주시지요.”

각오를 완료했다. 어차피 숫자에 지나지 않는다. 현재 상황이 변하는 것도 아니니까—.

『레벨 1이네요.』

……그렇지, 휴만에 대해서 물어보자♪

에마 양이 신령산으로 출타하는 날 아침—.

공기 중에 존재하는 마력을 인식할 수 있게 되면서, 어제와는 전혀 다른 세계처럼 느껴졌다. 편안하면서도 상쾌한 기분이다……. 어제 내 레벨이 1이라는 사실이 판명됐지만.

역시 이상하다.

원래부터 레벨이 높았다면 리즈라는 개를 물리치고 레벨이 오르지 않는다는 건 이해할 수 있지만, 레벨 1이었다면 오르는 게 정상 아닌가? 아니면 그 개가 터무니없이 약한 녀석이었나?

에마 양은 내가 전투에서 승리하는 모습을 똑똑히 목격했다. 기습으로 물리치면 경험치는 얻을 수 없다는 건가?

흠~, 어쩌면 나는 존재 자체가 치트라서 레벨의 개념으로부터 벗어난 존재인 건가?

모르는 걸 깊이 생각해봐도 별수 없었다.

"자, 그럼 가보실까?"

동굴의 문지기에게 에마 양에게 보내는 편지를 맡겼다. 내용은 그렇게 많이 쓰지 않았다.

신 님은 내가 어떻게든 해볼게.

틀림없이 무사히 끝나지는 않을 테니, 나에 관해선 잊고 마을로 돌아가 줬으면 해. 고마워.

대충 이런 느낌의 문장이었다. 실제로는 약간의 잡담이나 설명도 섞어서 썼지만—.

굉장하지, 설마 언어뿐만 아니라 문자까지 이해할 수 있을 줄은 몰랐어. 읽고 쓰기도 완벽했다.

치트 만세. 여신에게 약간은 감사하는 마음이 생기더라고? 이런 경험을 겪고 나니 용사란 건 전지전능이 아닌가 하는 생각까지 든다.

이런 능력이 있다면 인간의 마을에 도착한 후 이종족(異種族)과 인간 사이의 교역을 중재해서 한몫 챙길 수 있을 것 같다. 이 세계에서도 돈은 필요할 테니까.

에마 양은 마법만 전수해 준 것이 아니라 이 주변의 대략적인 지도까지 보여줬다. 따라서 신 님과 담판을 지은 후에는 동굴로 돌아오지 않고 곧장 사람들의 거주 지역으로 향할 생각이었다.

사람들의 거주 지역은 동굴에서도 상당히 떨어진 장소에 있었지만, 세계의 끝에서 채굴할 수 있는 희소 물질을 목적으로 하는 사람들이나 수행을 위해 이곳을 방문한 사람들이 모여서 사는 마을 같은 곳이 있다고 한다.

최대 속도로 이동하면 일주일, 도중에 무슨 일이 생긴다고 해도 열흘 정도라면 도착할 수 있을 것으로 예상된다.

여기서 인간들의 거주 지역까지 가는 길에는 이종족이 모여 사는 마을이나 숲이 여러 곳 있었다. 하지만 나는 이종족과 말이 통하니까 매번 전투를 벌여야 하는 사태에 처하진 않을 것이다.

사흘 동안 금식해도 아직 움직일 수 있으니까, 일단 식량 쪽은 문제없을 것 같다. 지금 느낌이라면 닷새 정도는 버틸 수 있을 것 같았다. 오크 일족이 식량을 나눠 줬지만 이건 그들에게 있어 대단히 귀중한 식량일 게 틀림없으므로 아껴서 먹어야 한다.

나는 그런 일들을 생각하면서 바위산을 우회하여 그 중심에 우뚝 솟은 한층 높은 산을 향해 전진했다. 신령산……이라.

몸 안에 깃든 마력을 해방시켜서 에마 양이 가르쳐 준 마법을 마음껏 사용해보고 싶었으나 그녀가 신령산으로 출타하기 전에 일을 벌일 필요가 있었기 때문에 불 속성 불릿 이외의 마법을 습득할 여유는 없었다. 하지만 문지기의 영창을 엿들은 덕분에 밝은 조명을 발생시키는 라이트라는 마법은 습득할 수 있었다!

앞으론 에마 양에게서 받은 영창 리스트를 활용해서 사용할 수 있는 마법을 늘려야 할 것이다.

"어쨌든 지금 내가 쓸 수 있는『풀 파워』만이라도 시험해 볼 필요가 있겠는데. 애드리브로 실전에 들어가는 건 역시 좀 무서우니까."

여기는 이제 신경 쓸 상대도 없는 장소다. 한번 풀 파워를 시험해보자.

우선 작은 목소리로 주문을 중얼거려서 어제와 비슷한 정도의 불릿을 발생시켜 공 모양으로 변화시킨 후 적당히 발사해봤다……. 성공했다.

좋았어, 그럼 다음—.

시험해보고 싶은 사항 그 첫 번째. 주문을 입 밖으로 내지 않아도 마법을 사용할 수 있는가.

몸의 힘을 빼고 신중하게, 있는 대로 힘을 집중시켜 『강한 불꽃』을 의식하면서 영창했다. 단, 마음속으로—. 그리고 『불릿』의 주문을 마음속으로 외웠다. 이것도 성공했다.

어제보다도 훨씬 강력해 보이는, 지금 당장에라도 파열할 것 같은 진홍색 탄환이 생겨났다.

다행이다. 동굴에서 야구공 사이즈 정도로 유지하는 이미지를 떠올리지 않았다면 대형 참사가 터졌을지도 모른다. 아마 내 몸집보다 훨씬 거대한 불꽃 탄환이 생겼을 것이다.

다음으로 표적은—.

신령산이라고 불리는 산으로 향하는 길. 그 저편의 산기슭 부근에 문과 같은 조형물이 보였다. 좋아, 저걸로 하자.

오크 마을 사람들의 원한은 내가 여기서 풀어주지!

거리는 수백 미터 정도 떨어져 있었다. 또다시 초시력에 감사해야겠군.

시험해보고 싶은 사항 그 두 번째. 불릿을 화살처럼 쏠 수 있는가.

나는 지금까지 궁도를 해 왔기 때문에, 공보다도 화살을 다루는데 익숙하다. 『화살』의 이미지를 강하게 떠올리자 손바닥 위의 불릿이 서서히 긴 봉 같은 모양으로 변화하기 시작했다. 아무래도 변형도 가능한 것 같았다.

과녁은 기둥문의 아랫부분이었다.

한번 구경해보실까? 내 풀 파워를 사용한 마법의 위력을—.

궁도장에서 활을 지니고 단정하게 앉아 기다린다. 마음의 준비를 마치고 정신을 집중시키다가 일어섰을 때는 이미 화살을 쏜 후의 결과를 알 수 있었다.

동아리 친구들과 대화하면서 자주 들었던 얘기였다. 어떻게 앉아 있는 단계에 이미 명중시킬 수 있다는 확신을 가질 수 있냐며…….

어떻게 그럴 수 있냐고 해 봤자 달리 대답할 도리가 없다고 쓴웃음을 지었던 기억이 있다. 나는 **그렇다**고밖에 달리 대답할 말이 없었다.

처음으로 과녁에 명중시켰을 때는 기분이 좋았다. 하지만 그 기쁨도 명중시키는 것이 당연해지면서 줄어들었다. 그리고 계속해서 과녁을 명중시키면서 점차 깨달았다. 기술만 가지고는 한계가 있다는 사실을—.

따라서 두 눈을 감고 마음의 평정을 유지하기 위해 노력하면서 우선 마음속에서 수차례에 걸쳐 시뮬레이션을 실시했다. 그리고 『명중』했을 때의 동작을 현실에서 그대로 따라했다.

준비 자세나 몸동작, 모든 일거수일투족에 항상 집중력을 극한까지 끌어올려 임한다.

활을 가르쳐준 스승님으로부터 도장을 마음대로 사용해도 좋다고 허락받은 것은 중학생이 된 직후의 일이었다. 나는 그 당시부터 과녁을 빗맞히는 일이 전혀 없었기 때문이다. 앉아서 과녁을 본 순간에 이미 『명중』시켰다는 이미지가 완성되어 있었고 현실에서도 마찬가지의 결과가 찾아왔다. 집중력을 유지하는 한 몇 번을 시도해도 마찬가지였다.

고등학교에 진학해서 선택한 동아리 역시 궁도였다.

스승님에게 그 사실을 보고하자, 그녀는 어째서인지 내가 궁도부에 들어갈 거라고 생각하지 않은 듯 상당히 놀란 모습을 보였다. 내가 활을 좋아하니까요, 라고 대답하자 기가 막히다는 듯 웃었던 모습을 기억한다. 지금 생각해 보면, 스승님은 그때 이미 뭔가를 결의했는지도 모른다. 그 후로 스승님은 나에게 본격적인 궁술을 가르쳐주기 시작했다.

나는 스승님의 가문에 전해져 내려오는 실전 궁술을 전수받으면서 궁도와는 다른 활의 사용법에 대해 배울 수 있었다.

동아리 활동에서는 스승님과 담당 선생님의 지시에 따라 그 어떤 대회에도 출장하지 않았는데, 나는 어째서인지 동아리의 부부장 자리에 올랐다. 아니, 부장이나 애들이 나를 믿음직스럽게 여긴다고 해서 약간 기쁘긴 했지만 말이야.

대충 그런 과정을 통해 후배들을 지도하는 작업을 중심으로 동아리 활동을 즐기자고 마음먹은 순간에 이세계 소환—.

생각해 보니 역시 원래 세계에 두고 온 것들이 아깝게 느껴진다. 선배 소리 들어 가면서 후배들의 존경을 받는 것은 꽤 기분이 좋았는데—.

어이쿠, 지금 와서 향수에 젖어 봤자 별수 없지. 현실이 중요하다고, 현실이. 좋았어, 아직 불릿은 안정을 유지하고 있군. 손에 익은 화살과 동일한 길이의 붉은빛이 그곳에 있었다.

오랜만에 진지하게 가 볼까?

왼손을 마치 활이라도 지니고 있는 것처럼 전방으로 내밀고, 앞으로 뻗었던 오른손을 얼굴 옆을 통해 후방으로 잡아당겼다. 붉은 빛과 함께—.

그리고 잡아당긴 손을, 놓는다.

화살은 순식간에 문을 직격했다. 불꽃 화살이 문에 꽂혔다.

"성공……했다. 속도도 흠잡을 데 없어."

불릿은 진짜 화살처럼 공중을 날아갔다. 아직 연습이 좀 더 필요하다고는 해도 이 기술을 마스터하면 활과 화살을 항상 지니고 다니는 거나 마찬가지다. 이건 커다란 전진이다. 마음이 든든했다.

"어, 라?"

어째서인지 문에 꽂힌 화살이 소멸하지 않고 그대로 일그러져 있었다. 그리고 불꽃 화살은 무언가에 저항하듯 한층 더 크게 뒤틀리더니 문을 휘감은 채 폭발했다.

화르륵, 내가 있는 장소까지 열풍이 불어왔다. 상당히 뜨겁다.

"허걱, 문이 사라졌다."

뭐, 문 정도야 상관없나…… 아니, 어쩌면 근처에 생물이라도 있었을지 모른다고 생각하니 갑자기 덜컥 불안해졌다.

어쨌든 현장으로 가보자—.

『네놈은 대체 누구냐!!』

"우와…… 이래 가지고는……!"

때는 이미 늦었다. 생물이었던 것으로 추정되는 검게 그을린 숯

덩이가 네 개 정도 굴러다니고 있었다.

그나마 남아 있는 목소리의 장본인도 하반신이 날아간 상태였다. 이 어르신은 어떻게 말을 할 수 있는 거죠? 굉장한 생명력이군.

『녀석들이 설마 우리 마족의 계책을 눈치채고 있었단 말인가? 아니면 무모하게도 신(蜃)을 죽이기라도 할 생각인가……!』

피부가 파랬다. 그러고 보니 에마 양이 동굴로 향하는 도중에 이 세계에 존재하는 마족의 특징이라고 설명했었지?

"스톱! 스톱이야! 당신 이제 입을 열지 마!"

『큭, 크흐흐…… 어차피 내 목숨은 이제 끝이다. 그래도 마지막인데 말 정도는 좀 하자.』

틀림없이 살아날 순 없겠지만 말이야?! 아니, 사실 이 대형 참사는 나 때문에 벌어진 일이지만! 당신 방금 전부터 왜 그렇게 위험해 보이는 플래그만 골라서 마구 세우고 있는 거야?!

대체 뭐야, 이 수렁으로 빠져 들어가는 전개는?!

『얌전히 우리에게 협력한다면 문제를 해결해주겠다는 명분을 세워 마족의 군세로 흡수할 생각이었는데, 설마 네놈과 같은 괴물을 숨겨 두고 있을 줄이야……!』

우오오오오오오오오오오!!

이 전개는 대체 뭐야?! 이 녀석들, 신과 오크 간의 관계에 개입하려고 했던 거야?!

『훗, 하지만 문까지 파괴하다니. 녀석들도 섣부른 판단을 했군. 이걸로 신 녀석의 분노는 현실로 나타날 것이다…….』

"아니 잠깐! 신이라는 녀석은 문을 부순 것 정도로 그렇게 열 받는 성격이야?!"

위험하다, 위험해! 위험하다고! 이거 혹시 세이브 포인트도 없이 갑자기 전투로 돌입하는 패턴 아냐?

「대화 커맨드를 선택— 그게 될 리가 없잖아!」라는 대답이 돌아올 것 같은 예감이 들었다. 틀림없이 온다아아아아아아아!

『강대한……족이……구역을 지키는……문을 갑자기……파괴당했는데……넘어갈 리가……**크흐흐**, **꼴좋구나아**……』

몸이 절반만 남은 상태에서도 하고 싶은 말을 전부 다 한 그 녀석은 몸이 순식간에 풍화되더니 모래처럼 흩어졌다. 아마도 죽은 것 같다.

나머지 네 구의 시체도 이미 모습이 사라졌다. 마찬가지로 풍화해버린 건가?

그리고 육중한 땅울림이 들려왔다.

거기다 산을 에워싸고 있던 구름의 고도가 점차 낮아지고 있었다.

구름, 아니 이건…… 안개인가? 완전히 보스가 등장하는 분위기잖아!

"신 님! 이야기를 들어주세요!"

이미 머리 위로 수 미터 정도의 위까지 내려왔다. 나는 새하얗고 짙은 안개를 향해 외쳤다.

그 짙은 안개 속에서 분노의 표정으로 크게 입을 벌리고 어금니를 드러낸 동양의 전통적인 용신님께서—.

서로 간의 거리를 재듯이 천천히 나에게 다가왔다. ……물어 죽일 생각인가?!

……애초에 말야.

“신(蜃: 무명조개)이라면서 조개 몬스터가 아니었던 거야——?!”

이세계에 내 상식은 통하지 않는다.

이런 유언만은 사양하겠습니다!!

2

우선은 상황을 따져 보고…… 올 리는 없고, 인간 따위는 가볍게 한입에 산산조각으로 씹어 먹을 듯한 흉악한 어금니가 엄청난 속도로 임박해 왔다. 하지만 나는 초인이니까 받아 낼 수 있어. 한번 들어와 봐.

…….

그럴 리가 있냐! 회피!!

탁한 색으로 빛나는 어금니가 눈앞까지 당도했다. 나는 의식을 신에게 집중시켜 후방으로 점프하면서 회피했다.

신은 빗나간 첫 공격을 신경 쓰지도 않고 연이어서 나를 덮쳐 왔다. 또 물어뜯기냐!

공중에 떠 있는 적이란 거, 잘 생각해 보니 공격 범위를 파악하기가 엄청 힘들잖아?!

“겨우 이 정도로오오!”

이번에는 몸을 반전시키면서 가로 뛰기!

세이프! 전 아직 살아 있답니다!

그러면서도 신에게서 시선을 돌리지 않는다. 얼굴의 크기는 대충 알았으니 이번엔 전체 모습을 예상해 본다.

헤에—, 별거 아니네. 열차보다 몇 배쯤 커다란 정도잖아? 정확한 길이까진 잘 모르겠지만.

……한 방이면 사망이잖아!!

바보 취급하는 거냐, 담당자!! 이봐 여신! 튀어나와, 여신!!

전설의 무기라든지 방어구 같은 게 꼭 필요한 패턴이잖아!

그럭저럭 공격을 피하고 있는 동안 안개가 지표면을 뒤덮기 시작했다.

저 정도로 거대한 용은 물론이고 내 손바닥까지 전혀 안 보일 지경이다.

저런 엄청난 거구가 움직이면 안개도 넘실대야 정상일 텐데, 안개는 천천히 농밀하게 공간에 머물고 있을 뿐이었다.

역시 안개를 발생시키고 있는 장본인은 저 용, 신이 틀림없는 것 같다. ……이거 너무 치사한 거 아냐?

거기다 기척까지 느껴지지 않는다는 것은 아무리 생각해도 이상하다. 이 안개는 평범한 안개가 아닌 건가?

압도적으로 불리한 상황이다. 대체 어떻게 하면 좋지?

……! 갑자기 목덜미에 소름이 돋았다!

그 순간 전방으로 점프했다. 뒤를 돌아보니 방금 전까지 내가 있던 그 장소에 신이 커다란 입을 벌리고 있었다.

"이봐 잠깐! 직전까지 기척조차 느껴지지 않는 건 반칙 아냐?!"

반격은커녕 피하는 것만으로도 진이 다 빠진다.

거대한 체구를 지닌 상대와 싸울 때는 상대의 공격을 철저하게 회피하거나 방어하면서, 빈틈을 찔러 이쪽의 공격을 명중시키는 방법이 정석이다. ……아마도.

어찌 됐건, 액션 게임과 격투 게임을 플레이한 경험으로부터 도출된 결론이었다.

그런데 기척조차 느낄 수 없고 갑작스럽게 등 뒤에서 덥석 달려들면 어쩔 도리가 없잖아!

이런 망겜이 있어도 되는 거야?!

처음 플레이하는 격투 게임의 마지막 보스 같은 느낌?

현재 시점에서 내가 할 수 있는 것은 공격을 피한 후에 정면에서 머리를 후려치던가, 어림짐작으로 몸통에 한 방 때려 넣든가 둘 중 하나였다. 하지만 몸통 쪽 방어가 텅 빈 것도 아니고—.

어떻게 하지? 어떻게 하냐고? 나?!

머리에 파란색 카드가 세 장 정도 떠올랐다. 나도 꽤 여유 있는데? 어디 보자.

1. 그래도 정신력으로 계속 피하면서 한 방 먹인다!

2. 그렇다면 안개를 개게 하면 되지 않습니까? 자, 바람이여 불어라!

3. 빠른 놈이 이긴다! 닥치는 대로 공격이닷!

1은 솔직히 무리일 것 같다. 방금 전과 같은 식스 센스. 내 능력으로 도저히 연발은 할 수 없을 것 같아.

2…… 삼국지의 모 유명 군사님을 모셔 오게.

3으로 가자면 위력은 낮추고 약 공격을 여러 방 집어넣어서 압도한다는 느낌인가? 어쨌든 모든 방향으로 불릿을 흩뿌려서 상대의 위치를 파악한다. 그리고 회심의 『화살』을 때려 박는다.

음, 그렇군. 3이 현실적이야. 아니, 사실 내 사고방식으론 그 정도밖에 수단이 떠오르지 않았다. 해볼 수밖에 없다. 이 상황에서 내 정신이 오랫동안 버틸 수 있을 거라는 생각은 들지 않아. 공황 상태에 빠지면 녀석의 사냥감으로 전락할 뿐.

◇◆ 신(蜃) ◆◇

나는 용 중에서도 상위에 위치하며, 『무적』이라고 불리는 존재다.

하지만 단순한 공격 능력만 따지면 다른 상위 용들보다 뒤떨어진다. 방어 능력도 마찬가지다.

하지만 나는 무적이다. 그 이유는 내가 지닌 능력, 『아공(亞空)』 때문이다.

상대를 안개로 뒤덮어서 아공으로 끌어들인 후에 죽인다. 안개는 생포한 상대를 아공으로 유인하기 위한 매개체와 같은 것이다.

『아공』이란, 내가 만들어내서 내가 지배하는 특수한 공간이다. 그곳에는 아무것도 존재하지 않으며 안개조차 보이지 않는 어둠의 공간이다. 그 안에선 얼음을 만들어내서 얼려버리건, 지옥의 업화로 태워버리건 자유자재다. 모든 것이 나의 마음대로 이루어지는 공간이다. 아공으로 끌어들인 사냥감은 그곳에서 일방적으로 나에게 농락당한 끝에 죽을 운명이다.

지금까지 아공으로 숨통을 끊지 못한 사냥감은 한 놈도 없었다. 내 구역의 문을 파괴한 이 무례한 침입자도 그렇게 만들어줄 생각이었다.

안개가 이 일대를 뒤덮을 때까지 두 차례 물어뜯기로 녀석의 신경을 교란시키고, 완전히 뒤덮은 후에 아공으로 납치하는 것만으로도 끝장낼 수 있었다.

하지만 녀석을 아공으로 끌어들이지 못했다.

몇 번을 시도해 봐도, 마치 작은 구멍에 커다란 물체를 억지로 밀어 넣으려는 느낌이 들면서 녀석을 아공으로 집어넣지 못했다. 내가 만들어 낸 입구가 작았단 말인가?

안 되겠다. 무슨 수를 써도 아공으로 끌어들일 수가 없다. 그렇다면 이 안개만 가지고 사냥할 수밖에 없다.

등 뒤에서 덮쳤다. 하지만 놀랍게도 녀석은 직전에 내 움직임을 눈치채고 회피했다.

칫, 귀찮은 휴만이군.

일이 이렇게 되면 그냥 죽이는 것만으로 끝낼 수가 없게 되었다.

무슨 이유로, 나의 아공으로 끌어들일 수 없는 것인가? 무슨 이유로, 감각을 교란시키는 안개 속에서 나의 공격을 회피할 수 있단 말인가? 이 모든 것이 그저 우연에 지나지 않는 것인가? 조사해볼 필요가 있다.

그러지 않으면, 내가 지닌 무적의 칭호가 흔들리고 만다.

만약 다른 상위 용들의 소행이라면 주모자를 찾아내 반드시 그 대가를 치르게 해야 한다…….

그저 세계의 끝에서 잠을 청하고 있을 뿐인 나에게 대체 무슨 트집을 잡으려는지는 모르겠다만, 만약 무적의 칭호가 마음에 들지 않는다는 이유만으로 이런 짓을 했다면 용서할 수 없다. 상대가 누가 됐건 반드시 토벌해주마.

나는 휴만이 움직이는 상태를 살폈다. 아주 잘 보인다.

어차피 녀석은 내 공격을 회피하는 정도가 고작이라고 생각했지만 불 속성의 불릿으로 보이는 마법을 사방에 난사하고 있었다.

다행히 나는 불 속성에 내성을 지니고 있다. 저 정도의 마법은 여유롭게 버틸 수 있을 것이다.

하지만 이 판단은 심각한 오판이었다.

나는 사냥감의 주위를 원을 그리듯이 에워싸고 있었으며 몸을 비틀면서 녀석이 발사하는 불릿을 회피하고 있었는데—.

그중 하나가 내 몸에 명중했다.

대미지는 전혀 없었지만 주위의 안개가 약간 개이면서 비늘로 덮인 내 몸이 드러났다.

그때—.

찰나라고 말해도 과언이 아닌 속도였다.

휴만은 한번에 마력을 끌어모으더니, 이상할 정도로 압축된 불릿으로 보이는 탄환을 연성해서 정확히 내 몸을 겨냥했다.

나는 즉시 몸을 비틀어 회피를 시도했지만 실패했다. 한순간에 화살과 같이 예리해진 그것은 발칙하게도 내 몸에 **꽂히고 말았다**. 불에 내성이 있는 나의 몸에 말이다.

나는 방금 전 공 형태의 불릿에 맞았을 때는 통증이나 열기를 전혀 느끼지 못했는데, 동일한 인간이 시전한 불릿이 믿어지지 않는 속도로 내 몸에 꽂히더니 폭발을 일으켰다.

나는 엄청난 열기와 격렬한 고통을 느꼈다.

『으갸아아아아아아아아아아!』

나는 그 폭발의 충격파 때문에 일대를 뒤덮고 있던 안개 중에서 상당한 양이 사라졌다는 것도 깨닫지 못하고 태어나서 처음으로 비명이라는 것을 지르고 말았다.

몸은? 내 몸은 어떻게 됐단 말인가?!

나는 상황을 파악하지도 않고 공격받은 부위를 서둘러서 확인했다. 무참하게도 그 부위의 절반 정도가 잘려 나가 있었다.

나는 잠시 넋을 잃고 있었지만 곧바로 맹렬한 분노가 치솟기 시작했다.

녀석은 이미 사냥해야 할 먹이가 아니라 반드시 토벌해야 할 적이다!

하지만 이 순간은 내 몸의 상처 따위에 신경을 쓰고 있을 상황이 아니었다……. 녀석에게서 한눈을 팔아서는—.

정신을 차리고 보니 증오스러운 적이 바로 눈앞까지 다가와 있었다. 나는 지표면에 거의 스칠 정도의 낮은 고도에 몸을 띄운 채 안개 속으로 도망치는 동작을 잊고 있었다.

"될 대로 돼라— 정권 지르기!"

영문을 알 수 없는 소리를 입 밖으로 내면서 녀석이 내지른 주먹이 나의 뺨에 들어와 박혔다.

머릿속에서 별이 보인다. 이건 휴만의 근력이 아니다! 오거나 자이언트, 아니, 그 이상인가?!

"안 쓰러지나……. 그럼, 손등 치기!"

녀석은 같은 장소에 또다시 일격을 가했다.

엄청난 위력이다. 얼굴뿐만이 아니라 몸 전체가 반대 방향으로 날아갔다.

하지만 이걸로 나는 또다시 안개 속으로 숨을 수 있게 되었다. 즉, 처음부터 다시 시작이다. 이 녀석은 위험하다. 분명하게 평범한 상대가 아니다. 누군가의 가호를 받고 있다는 것은 명백했다.

역시 상위 용 중에 누군가가? 아니, 본체가 휴만인 이상 아무리 상위 용이라도 이 정도로 강화할 수 있으리라고는 생각하기 어렵다.

그렇다면, 신?!

변덕이 심한 그 여신이?!

그렇다면 있을 수 있는 일일지도 모르겠다만 이 휴만의 외모로는 그 미남 미녀만 좋아하는 철없는 여신의 총애를 이렇게까지 받을 수는 없을 것이다.

크……, 아픔이 가시질 않는다. 얼굴을 맞다니 이런 경험은 처음이다. 녀석의 불릿으로 불타오른 몸도 아직까지 아프다.

……대체 녀석의 정체는 뭐란 말인가?!

이번엔 내 시야의 오른쪽에 녀석이…… 녀석이 서 있었다.

『어떻게…… 내가 있는 장소……를?』

불가능하다. 아무리 그래도 이 안개 속에서 나를 찾아낼 수는 없다. 틀림없이 안개의 농도는 옅어졌지만 그래도 어떻게 이런 짓을……?

"이렇게 되면, 필살!"

녀석의 손이 붉게 빛나고 있다. 필살이라고……? 무슨 짓을…… 할…… 생각이냐……?

"개구리 점프 어퍼컷!!"

녀석의 주먹이 아래턱으로 파고 들어왔다. 뿐만 아니라—.

"별이— 되어라아아!!"

주먹의 위력으로 나의 몸 중에서도 절반이 공중으로 떠올랐다가 반대 방향으로 쓰러지고 말았다. 왜소한 존재의 일격으로 이 꼴을 당했다.

나는 의식을 겨우겨우 유지하고 있었다.

압도적인 힘의 격차가 느껴졌다. 설마 이렇게까지 철저하게 당하다니…… 이런 굴욕은 처음이었다.

수단을 가리고 있을 때가 아니었다. 그렇게 생각하기에 충분한 힘을 목격했다—.

나는 엎드린 채로 정신을 잃은 척하면서 안개를 통한 정보로 녀석의 상태를 살폈다.

그리고 동시에 환술(幻術)을 발생시키기 위한 또 다른 안개를 조용히 몸에서 뿜었다.

나는 아공 이외에도 또 다른 능력을 지니고 있다.

환술은 내가 지니고 있는 특성 가운데 하나였다. 대상의 기억을 엿본 후, 그 정보로부터 만들어 낸 상대의 소망이나 절망을 안개에 투영하여 상대를 현혹하는 능력이다. 환술에 걸린 대상은 그것을 현실이라고 인식하면서 의식에 오작동이 발생한다.

이 녀석은 무슨 이유인지 모르겠지만 아공으로 끌고 들어갈 수가 없다. 그렇다면 이제, 허를 찔러서 안개 속에 가둔 후에 죽을 때까지 『사육』할 수밖에 없다.

절망을 부여하는 환각으로는 녀석을 가둘 수 없다. 만에 하나 녀석이 날뛰기라도 하는 날에는 내 목숨이 위험하다.

네 녀석이 소망하는 환각 속에서 행복에 겨운 채 굶어 죽게 해주마. 어차피 휴만에 지나지 않는다. 아무리 강화된 상태라고 해도 열흘만 있으면 죽을 것이다.

열흘 가지고 안 된다면 한 달이라도 일 년이라도 사육해주마.

나는 결의를 새롭게 다지고 안개 속을 돌아다니는 휴만의 기척을 살폈다.

설마 내가 죽은 척 같은 방법을 쓰는 날이 오게 될 줄은…… 상대의 방심을 노리는 살해 방법을 선택해야 하게 될 줄은…….

녀석은 나에게서 등을 돌린 채 한숨 돌리고 있다. 땅에 엎드려 미동도 하지 않는 나를 보고 조금 마음을 놓은 것 같다.

……지금이다!

번쩍, 나는 두 눈을 크게 뜨고 환술을 발현시켰다.

휴만도 이변을 눈치채고 곧바로 경계를 강화했다.

역시 대단하군……. 하지만 이미 늦었다.

『이걸로 끝이다.』

나는 만감이 교차하는 가운데, 안개로 둘러싸인 사각형 공간을 향해 그렇게 말했다—.

◇◆◇◆◇

“응? 여기는…… 궁도장?”

머릿속이 개운치 않다. 왜 나는 여기에 있는 거지?

창문을 통해 비치는 석양 때문에 도장 내부가 오렌지색으로 물들어 있다. ……벌써 해 질 녘인가? 동아리 활동은 끝났는데도 나는 아직 도복을 입고 손에는 활을 들고 있었다.

……지금부터 쏠 참이었나? 부원들이 귀가한 후 혼자 도장에 남아서 연습을 계속하는 것은 내 즐거움 가운데 하나였다.

활을 쐈다. 명중,

연이어서 다시 한 번 발사. 명중.

“음, 컨디션은 나쁘지 않군.”

도장을 둘러봤다.

“휴우.”

마음을 진정시킨다.

세 번째 화살도 정중앙. 방금 전에 쏜 화살에 명중했다. 한 치도 빗나가지 않고 동일한 장소를 꿰뚫고 있었다.

오늘은 여기까지만 하자.

나는 생각보다 빨리 끝나버린 한순간을 약간 시원섭섭하게 생각하며 자세를 풀었다.

시야에 들어오는 내 도구 용기. 눈에 익은 개인용 활이 들어 있다.

그렇지, 끝내기 전에 항상 저걸로 한 번은 쏘고 끝냈지. 왜 잊고 있었던 걸까?

불안을 느낄 정도로 기억이 애매했다.

나는 활을 바꿔 잡고 시위를 잡아당겼다. 방금 쓰던 활보다 훨씬 강한 저항이 느껴졌다. 하지만 나는 그것조차 편안하다고 생각했다.

"훅!"

자기도 모르게 목소리가 새어 나왔다. ……매일 하는 건데 오랜만에 하는 느낌이 드는군.

내가 쏜 화살이 과녁의 상당히 깊숙한 곳까지 박혀 들어갔다.

오늘은 이만 끝낼까…….

내가 뒷정리를 하고 교복으로 갈아입은 뒤, 도장의 출구로 향하자—.

그곳에 여학생 한 사람이 기다리고 있었다.

"선배, 수고하셨습니다."

다른 신입 부원들보다 뒤늦게 입부한 소녀, 하세가와였다. 그녀는 굉장히 열심히 연습에 참가하면서, 다른 아이들과의 실력 차를 줄이는 것으로 만족하지 않고 오히려 추월해 버릴 정도의 열의를 보이고 있었다.

궁도는 원래 경험자가 흔치 않은 편이다. 따라서 의욕이 결과를 좌우한다.

"아, 하세가와구나. 아직 안 가고 뭐해?"

"예, 저기요. 저, 여름 방학이 되기 전에 꼭 해야 하는 일이 있어서요. 저기……."

"응? 과녁을 맞히는 거라면 이미 충분히 터득했잖아?"

나는 그녀가 그런 목표를 내걸고 있었던 것을 떠올렸다.

……아니 잠깐, 그녀는 분명 얼마 전에 그 목표를 달성했던 것 같은데……?

"아니요, 그게 아니라…… 아—, 모르시겠어요?!"

"무슨 일이야? 전혀 모르겠어……. 아! 동아리방에 뭐 놓고 왔니?"

하세가와는 내 말을 듣고 어깨를 축 늘어뜨렸다.

고개를 숙인 그녀의 약간 붉은 기가 섞인 검은 머리카락이 바람에 흔들렸다. 사이드 테일로 묶은 그녀의 머리카락—.

활을 쏘는 자세를 가르쳐 줄 때, 그게 잘 어울려 보여서 무심코 「잘 어울리네」라고 중얼거렸던 것을 기억하고 있다.

하세가와는 그 이후로 항상 똑같은 헤어스타일을 했기 때문에 나는 그녀의 얼굴과 이름을 쉽게 외울 수 있었다. 머리가 짧은 나는 시도해볼 기회도 없겠지만 저 헤어스타일은 머리카락이 땅겨서 머리가 아프거나 그러진 않나?

"미스미 선배."

그녀가 망상 모드로 돌입해 있던 나를 현실로 되돌렸다.

"응? 왜?"

"쭉, 동경해 왔어요. 좋아합니다. 저하고 사귀어 주세요."

"……."

"……."

서로 침묵했다.

……뭐라고? 얘가 지금 뭐라고 한 거지?

동경해 왔어요?

좋아합니다?

사귀어 주세요?

스스로 말하는 것도 한심한 얘기지만 나는 스스로의 외모가 그렇게 좋은 편은 아니라고 생각하고 있다.

공부는 좋아하는 편이지만 수재라고 할 정도도 아니고 운동도 궁도를 제외하면 지극히 평범한 수준이다.

뿐만 아니라 나는 눈앞에 있는 하세가와를 아주 조금―.

올려다보고 있다.

아주 조금이지만!!

"선, 배?"

하세가와 누쿠미는 내 반응을 살피고 있었다.

"아니, 이봐 잠깐. 기다려, 기다려 봐."

스스로가 얼마나 인기하고 거리가 먼지는 흑역사를 쌓아 올릴 정도로 자각하고 있다. 순서대로 설명을 시작하면 오늘은 회복을 못하게 될 테니 자중할 생각이지만!

"미안하지만, 난 너하고 사귈 수 없어. 나는 만약 사귄다면 상대에게 호감을 가지고 나서 그렇게 하고 싶어. 그러니까 지금 갑자기 그런 소리를 들어도 응, 이라고 대답할 수는 없지."

"싫어요!"

"뭐어어어어어어?!"

어라?

이 전개는 대체 뭐지? 내 사전에 이런 건 없는데?

"그럼 체험 기간부터 시작해도 좋아요! 그리고 저에게 호감을 가져 주세요!! 그것도 안 되나요? 선…… 마코토 선배!"

뭐지 이 갓 전개?! 연애 게임?

아무리 편의주의라고 해도 이건 말이 안 되잖아!!

나한테 너무 유리해……. 그렇구나, 뭔가 숨은 사정이 있어서 나한테 고백한 거구나?!

가벼운 공황 상태에 빠지고 말았다.

"이, 이봐, 하세가와! 너, 그런 소릴 해도 되는 거야?!"

"누쿠미라고 불러주세요! ……혹시, 따로 마음에 두고 있는 여성분이라도 계신 건가요?!"

"아니 그딴 건 없는데!"

내 말투가 약간 거칠어졌다. 완전히 압도당한다는 게 바로 이런 걸 두고 말하는 거군.

냉정하게 생각해보려고 시선을 밑으로 내리자 교복을 입었는데도 충분히 알 수 있는 그녀의 발육이 좋은 몸매가 눈앞에…… 그러니까 시선 정면에 가슴이요!

그런 자세로 냉정을 유지할 수 있을 리가 없으므로 결국 자연스럽게 그녀의 얼굴을 보면서 대화를 나눌 수밖에 없게 된 겁니다.

"괜찮으신 거죠?! 체험판이니까, 언제 차여도 울지 않을게요!"

아—, 음…….

거절……할 수가 없다.

"고백에 대답하기 전에, 하나만 물어봐도 될까? 왜 하필이면 나야? 내 어디가 좋아서?"

"……선배가 아까처럼 활을 당기고 있는 모습."

"보고 있었엉?!"

끄덕.

"그 모습을 처음 봤을 때, 마지막까지 눈을 뗄 수 없었어요."

"……그래서?"

"굉장히 아름답다고 느꼈어요. 저, 그때는 아무것도 흥미가 없어서 매일 멍 하니 있었거든요……. 이 학교에 입학하려고 입시 공부를 너무 열심히 해서 그런 건지, 갑자기 목표가 없어져서……."

"……."

"그래서, 선배가 활을 쏘는 모습을 몇 번이나 바라보다가—!"

"몇 번이나 보고 있던 거야?!"

전혀 눈치채지 못했다. 분하다.

"이 사람에 대해서 좀 더 알고 싶다고 생각했어요. 그래서 궁도부에 입부한 거죠."

그녀의 나에 대한 호의는 입부할 당시부터 품고 있던 건가…… 그건 그렇고, 설마 연습이 끝난 후의 은밀한 오락거리를 다른 사람에게 보이고 있었다니……. 앞으로는 자중……은 할 수 없으니까 주위에 신경을 쓰도록 하자.

"그, 그렇구나. 하세가와, 고마워. 네가 내 활을 칭찬해주니 조금 기쁘다. 친구부터 시작해도 상관없다면, 그…… 사귀어 볼까?"

나는 아직도 말을 계속하려는 그녀를 가로막는 것처럼 감사의 뜻을 전한 뒤 은근슬쩍 OK라고 대답했다.

"정말인가요?! 그럼 제대로 이름을 불러주세요!! 누, 쿠, 미예요!"

"미안. 일단 지금은 하세가와라고 부르게 해줄래? 오늘은 이만 집에 돌아가. 바깥도 어두워졌으니까. 역까지는 멀지 않으니 혼자서도 괜찮지?"

이런 장면에서 바래다주겠다고 말할 수 있으면 폼 나겠지만 지금 나는 그 정도로 여유가 없었다.

"아, 예! 왠지 입 밖으로 내니까 마음이 굉장히 편해졌어요. 선배, 여름 방학엔 열심히 놀러 다닐 거죠?!"

"그래, 재밌겠다."

나는 하세가와에게 맞장구를 쳤다. 불현듯 삐걱거리는 듯한 위화감이 들었다. 내 안에서 무언가가 비명을 지르고 있는 것 같았다.

—태어나서 처음으로 고백을 **받다니** 정말 엄청난 이벤트에 맞닥뜨린 거지. 배웅하는 동안 약간 이상한 느낌이 들어도 어쩔 수 없는 거 아냐?

"우아— 깜짝이야. 설마 내 인생에 이런 일이 벌어질 줄은……."

신발을 신고 이번에야말로 도장을 나섰다.

삐걱. 또 무언가가—.

경종을 울리고 있다. 아까보다도 강하다. 이건 뭐지?

『이 녀석은 이런 말을 하지 않았어!』

도장에서도 들었던 위화감이 또다시 느껴진다.

『아니야! 아니야! 아니라고!』

아니라고, **이렇지** 않았어!

현실은—.

내 안에 있는 기억은!

삐걱. 주위가 일그러졌다. 이건…… 내 착각인가?

"이런 건 현실이 아니야……."

나는 이렇게까지 휩쓸려버린 스스로의 나약한 마음을 창피하다고 느꼈다.

그녀가 이런 웃기지도 않는 삼류 콩트를 연기하는 모습을 소망해버린 스스로가 한심했다.

나는 분해서 흘러넘치는 눈물을 소매로 닦아 냈다.

세계가 커다랗게 일그러졌다. 이건 환각이다.

나는 상황을 이해하고 또다시 세계를 바라보았다.

그곳은 그저, 자욱이 깔린 깊은 안개 속이었다.

"방금 그건 환각, 이란 레벨이 아니잖아! 제기랄…… 젠장!!"

방심하게 되면 또다시 휩쓸리고 말 것이다. 이번엔 어떤 욕망으로 더는 만날 수 없는 지인들을 더럽히게 될지 모른다.

그런 모습은 이제 보고 싶지 않다. 견딜 수 없다.

하지만 구체적인 탈출 방법을 생각하기 전에, 한번 이 좁아 터진 세계의 벽에 주먹을 박아 넣지 않으면 마음이 풀리지 않을 것 같았다.

이 분하고 한심한 속마음을 털어 내야 했다. 분출해야만 했다.

"신, 내가 얼마나 한심한 놈인지 상기시켜줘서 고맙다."

얼마 안 있어 나는 벽을 발견했다. 나를 짙은 안개 속에 가둔 장벽을—.

◇◆ 신 ◆◇

이런 존재가 있을 수 있단 말인가? 대체 이 경험과 기억은 뭐란 말인가?

나는 녀석을 안개 속으로 끌어들여서 그 기억을 자세히 들여다보는 와중에 경악하고 말았다.

이 기억은, 훌륭하다. 그저, 너무나도 훌륭하다고밖에 표현할 수 없었다.

……그는 믿기 어려운 일이지만 이세계에서 찾아온 방문자였다.

그의 기억은 나의 기나긴 생을 통틀어 이보다 더할 수 없을 정도로 크나큰 흥미를 불러일으켰다. 그를 죽인다니 그런 일은 생각조차 해선 안 된다.

그의 기억을 들여다보다가 발견한, 취미로 추정되는 것 중 하나—.

그것이 나의 마음을 엄청난 기세로 뒤흔들었다. ……직접 이야기를 듣고 그와 이야기를 나누고 싶다. 내가 이 정도로 흥미를 느꼈던 대상이 지금까지 존재했었나? 이것은 일시적인 기분이 아니라 마음속에서 저절로 우러나는 흥미였다.

이 마음을 잃고 싶지 않다.

안개를 물려야 한다. 이제 더 이상 그를 가둘 이유도 없다.

그와 이야기를 나누고 싶다.

그러기 위해서는 내가 더 이상 적의가 없다는 사실을 증명할 필요가 있을 것이다.

기억을 살펴보면서 얼핏 보인 그가 지내던 세계의 감각에 따르면 『뱃속을 보이면』 서로 간에 이해할 수 있다고 한다. ……잘 모르겠지만 아마도—.

어쨌든 우선은 그 말대로 실천한 후에 상황을 살피자. 그가 나의 모습을 보고 놀라주기만 해도 대화를 시작하기 위한 계기로는 충분하다.

휴만의 언어는 습득하고 있으니 문제없을 것이다.

하지만 그는 오크 일족과도 의사소통이 가능한 듯하니 나하고도 말이 통할지도 모른다.

『그럼.』

나는 해제를 위해 안개를 확인했다.

그러나 또다시 나는 경악할 수밖에 없었다.

안개 속에서 엄청난 힘의 발동이 느껴졌다.

점점 그 힘이 증폭되고 있다……. 안개 결계가 비명을 지르고 있단 말인가?

『우오오?!』

나의 결계는 엄청난 소리와 함께 처음으로 안쪽에서부터 발산된 힘에 의해 파괴됐다.

대체 얼마나 규격을 초월하는 힘이란 말인가? ……대체 그 한계는 어느 정도인가?

내가 만약 저 공격을 정통으로 맞았다면 한순간도 버티지 못했을 것이다.

나는 서둘러서 배를 내밀고 동그란 눈망울로 그를 바라볼 준비를 했다. 내가 스스로의 모습을 얼마나 귀엽게 치장할 수 있을지는 모르겠다만…….

그가 안개 속에서 모습을 드러냈다.

"이봐."

그는 완전히 가라앉은 목소리로 나를 부르다가, 내 모습을 보고 그 자리에서 굳었다.

『미안했다. 부디 이쯤 해서 싸움을 멈출 수 없겠나?』

"뭐?"

『내용은 모르겠지만 불쾌한 환각을 보게 했다는 사실에 대해 진심으로 사과한다. 그리고 거듭 사과하지만 당신의 기억까지도 엿보고 말았다.』

"……어찌 됐건, 대체 뭐야? 그 이상한 자세와 동그란 눈망울은?"

……아무래도 나의 의도는 그에게 전달되지 않은 것 같다.

그는 자세를 고치는 나를 바라보면서 연이어 말했다.

"환각의 내용은 모르겠다고 했는데, 네가 그 환각을 보여준 건 확실하지?"

『나의 능력은 환각을 투영하는 공간을 창조하는 것이다. 상세한 내용은 환술에 걸린 이의 사고 패턴에 따라 결정된다.』

내가 그렇게 대답하자 그는 머리를 쥐어 싸고 웅크려 앉아 「으아, 그럴 리가—!」라고 신음 소리를 흘렸다.

『이세계에서 온 이여. 나는 신(蜃). 상위 용종(竜種)이자 『무적』이라고 불리는 존재. 눈치채고 있겠지만 환술을 주특기로 하고 있다.』

"나는 미스미 마코토. 네가 눈치채고 있는 대로, 이세계에서 왔어."

그의 말투는 어딘지 모르게 냉담하고 나에 대한 혐오감을 담고 있는 것처럼 느껴졌다. 내가 기억을 들여다보았다는 사실을 불쾌하게 여기고 있는 건가?

이러한 상황에서 꺼낼 말이 아니라는 것은 알고 있었지만 지금 말해야만 할 것이다.

『마코토 님, 나와 계약을 하지 않겠는가?』

이미 나는 그를 따라가려고 멋대로 마음먹고 있었다. 그가 휴만의 거주 구역으로 향하려 하고 있다는 사실도 알고 있다.

그렇다면『계약』이야말로 가장 손쉽고 빠른 길이다. ……계약이란, 세계에 대해 서로 간의 관계를 선서함으로써 다양한 은혜를 받을 수 있는 특수한 마법이다. 양자가 대등한 관계라면 협력을 약속하고 일정한 능력 강화 효과를 얻을 수 있지만, 그렇지 않을 경우엔 역학 관계에 따라 각자의 능력에 강화나 제약이 걸리게 된다. 상위 용이 휴만을 상대로 계약을 맺는 것은 전대미문의 일이다. 하지만 그런 일은 이미 신경 쓰이지도 않았다.

나는 그에게 힘을 빌려주고 그 대가로 그의 지식을 얻고 싶었다.

특히『그것』에 대해—.

"계약? 그게 뭔데?"

『간단히 말하자면 당신의 동지가 되겠다는 뜻이다. 일종의 마법적인 의식을 거친 약속이라고 할 수 있다. 아마도 나 정도의 존재와의 계약은 한 번밖에 할 수 없을 것이다. 그러나 나도 용종 최강 중 하나이니, 당신이 손해를 볼 일은 없을 것이라고 약속한다!』

"음—, 나그넷길 길동무는 많은 편이 좋은, 건가……?"

『음! 물론! 나는 당신의 취미에 크게 흥미가 있소! 부디 바람직한 결단을!』

그렇다, 그 훌륭한 기억들—. 한눈에 나의 모든 것을 매료시킨 그것—.

"그헉?! 왠지 협박 비슷한 뉘앙스잖아! 대체 내 비밀 중에 어떤 걸 알고 있는 거야?!"

그는 어째서인지 쭈그리고 몸부림치기 시작했다.

『어떻소? 서로 간에 충분한 이득을 볼 수 있는 계약이라고 생각하오만.』

"큭, 으그극. 이 책사 녀석. 좋아, 알았어! 앞으로 잘 부탁해!"

『알겠소! 이쪽이야말로 오래도록 잘 부탁드리겠습니다!!』

그의 동의를 얻어 내고 계약은 나의 주도로 진행되었다. 그가 방법을 알 리가 없으니 당연한 일이었다.

계약의 종류는 세 가지다. 나와 그가 계약을 맺는다면 그중에 무엇이 적합할까?

5 대 5의 맹약—. 이럴 수가, 내가 완전히 밀리는 형국이다. 그

의 힘은 규격을 한참 초월하고 있었다.

7 대 3의 양자—. 있을 수 없는 일이다. 이 방법으로도 내가 밀린……다고? 대체 그의 마력은 어느 정도란 말인가?

8 대 2의 지배—. 이 방법이라면 겨우 균형이 잡힐 듯하다. 하지만 내가 이 정도까지 밀리다니 상위 용으로서의 자존심에 조금 상처를 입었다.

지배의 계약은 실질적으로 그의 하인이라고 해도 과언이 아닌 관계였다.

……후후후. 하지만 상관없다.

그가, 아니, 나의 주군이 앞으로 무엇을 하게 될지 너무나 기대된다.

주군과 함께 걷게 될 앞으로의 시간은 내 생애에 있어서 최고의 시간이 될 것이다.

“재차 잘 부탁합니다. 나의 주군이신 마코토 님.”

◇◆◇◆◇

두 가지 사실을 알 수 있었다.

이 세계에 온 후로 『알 수 있었던』 일은 꽤 적어서 귀중한 사건이었다.

첫 번째는 내가 츠쿠요미 님으로부터 하사받은 능력에 대해서다. 그것은 일종의 구역을 창조하는 능력이었다.

나를 중심으로 반구 모양의 구역을 발생시켜 그 내부에 다양한 특성이나 효과를 부여할 수 있다.

아직 잘 모르겠지만 구역의 크기는 비교적 자유롭게 설정할 수 있는 것 같다. 하지만 구역을 너무 확대하게 되면 그만큼 부여할 수 있는 효과는 감소한다.

뿐만 아니라 그 구역에 부여할 수 있는 효과는 구역 내부의 모든 범위에 똑같이 적용되기 때문에, 어떻게든 나 자신을 제외하는 방법을 생각하지 않으면 공격 방법으로 사용할 수는 없다.

시험해 볼 생각도 들지 않는다. 스스로의 능력 때문에 죽고 싶진 않으니까—.

신에게 공격을 시도했을 때 무의식적으로 발동한 것은 『찾아내야 한다』는 목적을 위해 발동한 탐색의 구역이라고 할 수 있다. 그때는 안개 때문에 내 손조차 제대로 보이지 않는 상황이었는데, 이 능력 덕분에 신이 어디 숨어 있는지 정확히 알아낼 수 있었다. 안개 속에서도 발동시킬 수 있다는 것은 육안으로 확인할 수 없는 범위까지도 구역으로 설정할 수 있다는 건가? 상세한 성능은 아직 잘 모르겠다.

하지만 이거, 생각해 보면 굉장히 범용성이 높은 스킬 같은데? 츠쿠요미 님 정말 감사합니다. 이용하는 방법을 계획적으로 고려하지 않으면 위험할 것 같지만 틀림없이 쓸 만한 능력이다.

그리고 또 하나 『알 수 있었던』 사실은 현재 위치와 주변의 지형이다.

내가 지금 있는 곳은 세계의 남서쪽에 위치한, 황량한 대지가 끝없이 계속되는 『세계의 끝』이라는 장소에서도 북서쪽 가장자리였다. 여신은 말로만 지껄인 게 아니라 정말로 세계의 끝까지 나를 날려버린 것이다. 내가 당장 목적지로 삼고 있는 휴만의 거주 지역은 황야의 북동쪽이라고 한다. 『세계의 끝』은 남쪽으로도 상당히 넓은 범위로 뻗어 있는 모양이었다. 그 규모에 대해 질문하자 「모릅니다」라는 무시무시한 대답을 들었다. 남쪽으로 전이당하지 않아서 정말 다행이다……. 정말로 불행 중 다행이었다.

이 정보는 하이랜드 오크의 마을에서 입수한 것이다.

나는 신과의 전투를 마치고 에마 일행에게 이제 산 제물을 바칠 필요는 없다고 설명하기 위해서 동굴로 돌아갔다. 내 이야기를 들은 오크들이 「저희들을 구원해주신 영웅을, 꼭 마을에 초대하고 싶습니다」라고 말을 꺼내더니 그대로 마을까지 안내해주었다. 나는 마을에서 친절한 오크들에게 여러 가지 설명을 들을 수 있었다.

에마는 나와 계약을 맺은 신의 모습을 보고 거의 졸도할 뻔했다. 신의 본래 모습이 용이라는 사실을 알고 있는 사람들이 지금 모습을 보고 경악하는 것도 무리는 아니었다.

계약을 맺은 후 신의 모습은 인간 여성의 형태로 변화했다. 나는 여행 도중엔 신의 등에 타고 편하게 날아다닐 생각을 하고 있었기에 이것은 커다란 오산이었다.

계약이라는 마법은 아무래도 그 종류에 따라 주어지는 제약이나 받을 수 있는 은혜의 정도, 그리고 서로의 외모 같은 요소도 변화한다는 것 같다. 5 대 5로 이루어지는 『맹약』의 경우엔 서로의 모습은 변함없지만 『양자』나 『지배』처럼 어느 한쪽으로 치우친 계약을 맺게 되면 입장이 약한 쪽이 강한 쪽에 맞추는 형태로 그 모습이 변화한다고 한다.

나와 신은『8 대 2』라는 비율의, 나에게 상당히 유리한『지배』라는 계약을 맺었다. 지배라고 제목이 붙어 있는 것치고는 저 녀석 태도가 꽤나 거만해 보이지만 말이지.

이 정도까지 한쪽에 치우친 관계로 계약을 맺을 경우엔 외모의 변화가 현저히 드러난다고 한다. 따라서 신의 모습은 눈동자나 입가에 힐끔 보이는 어금니 등 원래 종족의 흔적 같은 것은 보이지만 거의 인간이나 다름없었다.

그 모습은 파란 머리의 쿨 뷰티였다. 얼굴 생김새가 일본인과 비슷한 건 계약자인 내가 일본인이기 때문인가?

기모노와 비슷한 분위기의 노출도가 높은 복장을 걸치고 있던 것도 놀라웠다. 아니, 딱히 알몸 같은 모습을 기대한 건 아니지만 예상 밖이었다.

쭉 뻗은 8등신에다가 몸매는 단련도 하지 않았는데 건강미가 넘친다.

내가「전사 같아 보이네」라고 말하자 신은「사무라이라고 말해주세요!」라고 간청했다. 그 외모에는 서양적인 분위기가 어울린다고 생각해.

아공이라는 그녀의 특수 능력에 대해 물어보니 나와의 계약으로 인해 그 형태가 상당히 변화했다고 한다.

나는 신의 안내를 받아 아공에 발을 들여놓았다.

그곳에는 그녀가 설명해준 살벌한 공간이 아니라 녹색이 넘치는 대지가 펼쳐져 있었다. 지금까지 지겹게 걸어 다니던 먼지투성이 황야와는 정반대의 광경이었다.

무릎 아래까지 올라올 정도로 풀들이 무성하게 자란 초원이 펼쳐져 있고 조금 떨어진 장소에는 작은 숲이 보였다. 상당히 멀리까지 보였지만 인공적인 건소물은 하나도 없었나.

하천이나 연못 같은 급수장도 여기서는 보이지 않았으나 풍성한 녹색 식물들이 자라 있는 것을 보면 아마 근처에 수원(水源)도 있을 것이다.

내 능력을 사용해서 탐색을 시도했다. 작은 개천이 몇 줄기 흐르고 있는 것 같다. 동물의 기척도 느껴진다. 직접 목격하진 못했지만 식물 중에 내가 알고 있는 품종이 존재한다는 사실을 생각해보면 그들의 모습은 지구와 동일할지도 모른다.

이 공간의 넓이는 상당히 커다란 것 같지만 명확하게 눈에 띄는 특징은 『경계』가 존재한다는 것이다. 그렇게 불러도 되는 존재인지는 모르겠지만 사방 어디로 시선을 돌려도 저 너머에 안개로 된 벽이 존재했다. 그리고 그 안개의 저편을 내다볼 수 없는 구조였다. 내가 손에 넣은 힘으로 살펴보려고 시도해도 그 벽까지만 탐색이 가능했다.

벽으로 둘러싸여 있다고 하지만 어디까지나 저 멀리에 보이고 있을 뿐이다. 그다지 답답한 느낌은 없었다.

"대체, 아공이란 건—."

어떻게 돼먹은 거야?

그렇게 질문하기 전에 신이 나에게 물었다.

"여기는 대체 어디죠?"

내가 알 리가 있냐!

둘이서 머리를 맞대고 있어도 별 소용 없으므로 함께 리뉴얼 개장한 아공을 잠시 동안 산책하기로 했다. 아무래도 아공은 하나의 독립된『세계』로 변화한 것 같다. 지구에서 본 적이 있는 식물들이 자생하고 있다. 소나무나 전나무…… 맡아본 적이 있는 수목의 냄새가 고향을 떠올리게 했다. 감나무를 발견하고 나무에 열린 열매를 따 먹어보니 분명한 감의 맛이 느껴졌다. 신에게도 먹어보라고 권유하자 그녀는 그 맛을 극찬했다.

산책을 계속하는 동안 신은 아공의 변화를 보고 그저 놀라움을 금치 못했다.

……여기는 네 안개가 아니면 못 들어오는 장소인데, 그렇게 못 미더워도 되는 거냐?

신의 말에 따르면 공기 중의 마력이 희박한 이유는 대지나 식물들이 마력을 대기로부터 흡수해서 비축하고 있기 때문이라고 한다. 이런 현상은 이 세계에서는 불가능한 일이라고 한다. 신은 매우 흥미롭게 풀이나 잎사귀나 흙을 손으로 집어서 바라보고 있었다.

안개를 통해서만 출입이 가능한 장소라는 얘기는, 여기에 있으면 여신이 수작을 부릴 염려는 없는 건가? 딱 잘라서 말할 수는 없지만 꽤 안전한 장소일지도 모른다.

내가「여기에 도시를 건설하면 신기루(蜃氣樓) 도시라고 할 수 있지 않을까?」라고 농담을 건네자, 신(蜃)이 그 말을 듣고 뭔가 골똘히 생각하기 시작했다.

우리는 아공에서 나와서 오크의 마을로 돌아갔다. 오늘은 이쯤

하고 쉬도록 할까?

내일은 이 마을을 떠나서 휴만이 살고 있다는 장소로 출발하자.

도중에 마물이 서식하는 장소를 통과할 예정이지만 신도 있으니 뭐 어떻게든 되겠지…….

"그래서, 신. 이건 대체 무슨 일이지?"

"호오, 모르시겠습니까? 주군."

"오크 여러분께서 모두 배웅을 나오신 건가?"

"아니! 이건 이사를 준비하고 있는 겁니다!"

신이 가슴을 펴고 대답했다.

내가 곯아떨어져 있는 동안 대체 무슨 일이 벌어진 거지?

이 황무지에서 이사를 가겠다고? 대체 무슨 생각이야?

이 토지는 거주할 수 있는 장소가 한정되어 있기 때문에 간단히 마을을 옮길 수 있을 리 없다. 하지만 그 말을 듣고 보니 살림살이를 전부 집 밖으로 꺼내 놓은 오크 일족 여러분의 모습은 이사하려는 분위기로 보이기도 하는군. 원래부터 이사할 예정이라도 있었나?

『신세를 지겠습니다.』

오크 마을의 장로가 나에게 머리를 숙였다.

뭐, 하룻밤 숙식을 신세진 은혜가 있으니 새로운 거주지까지 호위 정도야 해줄 수도 있으려나?

"어디로 이사하시려는 거죠? 호위라면 저희들한테 맡겨주세요."

하지만 장로는 조금 난처하다는 얼굴로 나와 신을 번갈아 쳐다보았다.

표정을 읽기는 어렵지만 아마 곤혹스러워하고 있는 것이다. 머뭇거리는 장로를 대신해서 신이 이야기를 꺼내기 시작했다.

"주군."

"예?"

"이 세계의 끝이 가혹한 토지라는 사실은 알고 계시지요?"

"응, 그런데?"

"이 오크 일족은 마을 채로 이주를 희망하고 있지만 적절한 토지를 찾지 못하고 있다는군요. 장소가 장소인 만큼, 이동 중에 기다리고 있는 위험도 셀 수 없을 정도로 많습니다."

"그렇겠지. 여긴 상당히 살기 힘든 곳인 것 같으니."

이 녀석, 대체 무슨 말을 하고 싶은 거야?

"따라서, 이자들을 우리 세계로 초대하기로 마음먹었습니다!"

"……허?"

우리 세계?

"주군께선 둔하시군요……. 아공 말입니다, 아공! 제가 주군과 계약했을 때 풍족한 대지로 변화한 그 공간을 말하는 겁니다. 이제 그곳은 하나의 세계라고 할 수 있죠!"

이 녀석, 내가 농담으로 지껄인 소리를 진담으로 받아들인 건가!

아공 내부에 도시를 건설한다고? 설마 진심으로 실행할 생각이야……?

"너 말이야, 아공에 생물을 거주하게 한다는 거지? 정말로 괜찮은 거야?"

"물론입니다! 식물들은 자생하고 있고 물과 공기도 문제가 없지요. 어젯밤에 확실하게 조사를 끝냈습니다. 그리고 덤으로 동물들도 몇 마리 정도 풀어놓아 봤습니다. 원래부터 있던 품종들도 포함해서 환경에 관해선 문제없습니다! 오히려 상당히 훌륭한 토지라고 할 수 있지요!"

음, 쓸데없이 용의주도하군.

너, 이 황야의 몬스터를 그 숲에 풀어놓으면 원래 있던 생물들이 전멸할지도 모른다는 생각은 안 해봤냐? 벌써부터 생태계를 박살내고 있다는 느낌이 든다.

아, 만약 늑대가 있다면 일본늑대[#3]일지도? 그렇다면 한 번 정도는 구경하고 싶다. 바라건대 그들이 몬스터들의 먹이가 되기 전에—.

나중에 신에게 풀어놓은 동물들에 대해 물어봐서 정말로 문제가 없는지 확인하자. 느낌이 안 좋으면 즉시 구제(驅除)해야…… 식량으로 써먹을 수 있는 녀석들이라면 좋겠지만—.

『신 님의 성역에 받아들여 주시겠다는 그런 황송한 말씀을 내려 주셨으니 삼가 감사히 받들고자 합니다.』

장로는 지극히 진지한 표정으로 나를 바라보았다.

그렇구나, 생각하기에 따라선 아공은 성역이라고 할 수도 있겠군. 꾸준히 산 제물을 바치고 있던 오크들의 입장에서 생각해보면 취급이 상당히 좋아진 거라고 생각할 수도 있겠네.

산 제물이나 마을에 대한 테러는 전부 마족의 음모였다. 이건 신에게도 확인한 사실이다. 오크 일족은 신의 존재를 알고 있었지만

#3 일본늑대 멸종된 늑대.

신의 경우엔 산 제물의 존재는커녕 하이랜드 오크들이 모여 사는 마을조차 알지 못했다. 오크들과 신의 사이에 존재했던 것은 한쪽의 일방적인 경외심뿐이었다.

신(蜃)은 어디까지나 상위 용이지 신적인 존재는 아닐 텐데 성역이라고 말해도 되나? 뭐, 어디까지나 호칭에 지나지 않으니 별문제는 없겠지.

"여러분은 이런 중요한 일을 하룻밤 사이에 결정해도 괜찮으신가요?"

장로가 힘차게 고개를 끄덕였다. 아무래도 오크 일족의 결심은 굳건한 것 같다.

"이렇게 된 것이올시다. 주군께도 해가 될 일은 없습니다. 괜찮겠지요?"

신이 눈부실 정도의 미소를 지어 보였다.

"음, 그럴지도? 하지만 사는 장소 같은 건 어쩔 건데? 아공에 집 같은 건 없잖아."

당분간은 노숙이라도 시킬 생각인가? 하지만 오크들의 전체 인원수는 100명 정도다. 노숙은 무리라는 느낌이 든다.

"집? 그런 문제는 걱정하실 거 없습니다. 지금부터 이 마을을 통째로 『집어삼킬』 테니까요."

"뭐어라고?!"

그럼 이 마을은 사라진다는 거야?!

어느 날 갑자기 마을이 사라졌다는 소문이…… 아니, 생길 리가 없나? 여기는 이웃 마을이 어디에 있는지 짐작도 안 가는 장소니까.

"안개를 통해 이동시키는 것뿐입니다. 문제는 없지요! 게다가 다들 만에 하나의 사태를 대비해서 귀중품은 몸에 직접 지니고 있지 않습니까?"

응? 이거 왠지 불길한 예감이 드는걸?

"설마 너, 앞으로 가는 데마다 사람들을 권유하고 다닐 생각은 아니겠지?"

"당연한 거 아닌가요? 물론 나름대로 쓸 만한 능력이나 특성을 보유한 자들 이외엔 이주를 인정할 생각은 없습니다."

이 녀석은 지배의 관계를 받아들이고 내 사역마와 같은 존재로 변화했다고 생각했는데…… 행동이 너무 자유롭잖아!

주인의 의견은 완전 무시하기냐! 경의를 표하고 있는 건 호칭뿐이고?

지배의 계약으로 이 모양이니 맹약이나 양자 관계로 계약을 맺었다면 내 쪽이 노예 취급을 받지 않았을까?

"공존과 공생. 훌륭하지 않습니까? 일찍이 존재하지 않았던 완전히 새로운 도시를 건설합시다!"

세계의 끝에서 도시 건설 시뮬레이션 게임 개시라니, 농담하냐?

"에휴, 뭐가 뭔지."

"당장 필요한 것은 바느질에 능숙한 종족이겠지요. 그리고 대장장이도."

"……대장장이는 대충 알 것 같은데, 바느질이 그렇게 중요해?"

"무슨 말씀을! 바느질에 빼어난 이가 없으면 기모노를 짤 수가 없고, 우수한 대장장이가 없으면 일본도를 벼릴 수 없지 않습니까!"

헤에—, 아주 진지한데? 하지만 기모노에다 일본도? 네가 가지고 싶은 것뿐이잖아? 지금 입고 있는 옷도 일단 기모노 비슷한 느낌인데—.

……아무리 생각해도 그것 말고 따로 필요한 게 있는 것 같아. 그런데 신은 스스로의 취미를 위해 바느질과 대장장이를 우선시하고 있다.

"주군, 이미 하이랜드 오크 일족을 아공에 이주시켰습니다! 기념비적인 아공의 주민 제1호로군요!"

우앗, 진짜 없어졌다! 그 많은 인원을 전부 순식간에 이동시킨 거야?

"아공에는 저의 분신체를 안내역으로 남겨 놓았으니 안심하세요. 휴만들이 모여 사는 땅을 향해 아침에는 걷고 낮에는 아공에서 쉬시다가 저녁에 거리를 좁혀 가면 금방일 겁니다!"

신은 왠지 쓸데없을 정도로 의욕이 넘치고 있었다. 이 녀석은 분신 같은 특기도 가지고 있었구나……. 주인한테 자기 능력 정도는 보고해 두라고…….

분신에 대해서 자세히 물어보니, 상위 용들은 스스로 움직일 필요가 없는 작은 볼일을 처리하고 싶을 때 의식을 공유하는 시종과도 같은 존재를 연성할 수 있다고 한다. 로봇 같은 건가? 나는 만약에 여신에게도 그런 능력이 있다면 최악일 거라는 생각이 들었다.

그런데 이 녀석이 바느질이나 대장장이에 고집하는 이유를 설명하자면—.

그건 이 녀석이 나에게 흥미를 가지게 된 이유와 직결되는 것이었다.

그렇다, 이 녀석은—.

"주군, 곧바로 본론으로 들어갑시다! 사무라이는 평소에—."

이 녀석은 중증의—.

"오호, 역시 『메구미(め組)[#4]』는 의협심이 넘치는 사나이들이지요—."

—중증의 시대극 마니아가 되고 말았다.

신이 펼친 손바닥에 한 줌의 안개가 떠올라 있었다. 그리고 그 안개에는 영상이 비치고 있었다.

……안개를 발생시키는 능력은 엄청 만능이었구나. 나, 다시 봤어. 시야를 악화시키는 것 말고는 별 소용 없다고 생각했는데. 그리고 악취미 넘치는 환각을 보여준다든지.

"우후후후후♪"

하지만 그 수많은 현대 문물 중에 하필이면 시대극? ……확실히 나도 즐겨보는 편이었지만 말이야.

"주군, 다음 휴식 시간에도 또 기억을 보여 주시지요♪"

"지금 봤잖아?!"

"언제라도 볼 수 있도록 기록을 남겨 놓긴 했습니다만 역시 직접 보는 것과는 많이 다르답니다. 부탁합니다~, 주군~"

대체 뭐가 어떻게 다른지 전혀 감도 안 잡힌다! 그리고 이 녀석

#4 메구미(め組) 에도 시대의 소방대.

어느새 남의 기억을 기록한 거야?

아, 그리고 안 어울리는 맥 빠진 말투는 그만둬!

"역시 텔레비전이라는 기계로 시대극을 직접 보고 싶습니다—."

"……맘대로 해. 하지만 내 기억은 더 이상 뒤지지 마."

시대극 같은 것 때문에 그렇게 연달아서 기억을 엿보게 놔둘까 보냐!

"그, 그런 잔악무도한 말씀을?! 이미 저에겐 삶의 보람이라고 해도 과언이 아니라고요?!"

"만난 지 며칠밖에 안 지났거든! 거기다 이미 기록 떠 놨다면서!"

"우으으~ 역시 기록만 가지고는 어딘지 모르게 부족하단 말입니다~."

"어디가 어떻게 부족한지 알아듣기 쉽게 설명해봐. 날 납득시킬 수 있다면, 시대극에 한해서 허가해주지."

"……CG 감상과 씬 회상 정도로 다릅니다!"

우와아아아아?!

이 녀석 은근히 협박하고 있는 거야?

『「그쪽」에 관해 까발릴 겁니다? 주군.』

넌지시 이런 뜻으로 말하고 있는 것 같다는 느낌이 든다아아—!

나는 게이머들밖에 알아듣지 못할 표현을 선택한 신의 말투에 악의를 느꼈다. 평범하게 사진과 동영상 정도의 차이라고 말하면 이해할 수 있는데—!

"큭, 으극. 알았어. 허가한다."

"후후, 역시 우리 주군이십니다! 도량이 넓으시군요!"

……나는 계약 상대를 너무 섣불리 선택했는지도 모른다.

◇◆◇◆◇

그로부터 며칠이 지났다. 어쨌든 매일매일이 너무 농밀해서 슬슬 토할 것 같다.

하이랜드 오크 일족은 아공에 성공적으로 적응했고 각각 점심식사와 저녁 식사 이후에 두 차례에 걸쳐 에마 양을 비롯한 여러 사람에게서 근황을 듣고 있다.

신의 경우엔 진심으로 텔레비전을 실현하려고 생각하고 있는지, 휴식을 위해 아공에 들어올 때마다 기억을 투영하는 장치를 제작하는 방법에 대해 곰곰이 궁리하고 있었다.

선뜻 믿기 어려운 일이었지만, HDD나 DVD 같은 기억 미디어에 해당하는 매체에 관해서는 짚이는 구석이 있다고 한다. 그리고 그녀는 그것을 채집해 오겠다고 선언하고 곧바로 돌아왔다. 돌아온 신이 손에 쥐고 있던 것은 명확하게 고급품의 아우라를 내뿜는 투명한 광석이었다.

나는 정말로 사람의 기억을 정확한 영상으로 재현할 수 있는지 의문을 품고 신에게 질문했다.

신이 말하기로는 생물들이 『기억』의 장소를 망각할 뿐이지, 기억 그 자체의 품질이 악화되는 일은 없다고 한다.

그녀만이 간섭할 수 있는 잃어버리지 않는 기억 영역이 존재한다는 건가?

본인조차 망각한 기억이라도 그녀의 힘으로 출력할 수 있을 가능성이 있었다. 그렇다면 정말로 유용한 능력이다. 재생 기계로 디스크를 재생하는 것처럼 세세하게 기억을 열람할 수 있고, 거기다 빨리 감기에 챕터 관리 기능까지 보유한 최첨단…… 이봐 잠깐, 나는 디스크 취급이냐!!

나는 기억 매체 제작에 집중하기 시작한 신에게서 떨어져 아공을 하릴없이 거닐고 있었다.

나는 발걸음을 옮기면서 황야의 진행 방향에 우뚝 서 있는 활화산에 관해 생각하고 있었다. 그곳에는 드워프 일족이 살고 있다고 한다.

드디어 인간형 종족과 만난다. 신도 지금은 인간형이지만—.

내가 가지고 있는 이미지대로라면 수염을 잔뜩 기른 대장장이 종족일 것이다. ……아마 신은 그들에게 일본도를 만들어 내라고 의뢰할 것 같군. 불쌍해라.

난 저 녀석의 명령을 듣고 기모노를 재현하기 위해 필사적으로 노력하고 있는 하이랜드 오크 일족의 아낙네들을 바라보기만 해도 눈물이 나올 것 같은데…… 새로운 피해자가 발생한단 말인가?

신은 아공의 주민을 단계적으로 늘리고 싶어 하는 것 같았다.

이대로 가면 세계의 끝에서 탈출할 즈음에는, 이곳에 거주하던 종족을 대부분 흡수해서 국가 레벨의 규모로 성장하는 게 아닌지 불안한 마음이 들었다.

이곳은 휴만이나 마물들로부터 『세계의 끝』이라고 불리는 황야였다. 그 대부분은 개척되지 않은 황무지다. 이곳이 이렇게 된 이유는 여러 가지 있었다. 우선 환경이 대단히 열악했다. 일교차가 이상할 정도로 크기 때문에 작물을 키울 수가 없다. 또한 제대로 된 물을 입수할 수 있는 장소도 거의 없다. 이곳에 서식하고 있는 짐승들 중에 대부분이 흉악한 전투력을 보유하고 있으며 약육강식은 너무나 당연한 자연의 섭리였다. 그런 환경에서 어떻게든 살아남은 종족들은 말할 것도 없이 상당한 전투 능력을 보유하고 있을 것이다. 그들을 데리고 이 황야에서 나가게 되면 세계의 전체적인 파워 밸런스에 나름대로 영향을 끼치게 되지 않을까?

"뭐, 드워프들이 화산을 본거지로 삼고 있다는 건 그다지 상상의 범주를 벗어나지 않는 일이야. 아마 별문제는 일어나지 않겠지."

신이 뭔가 일을 저지를 수도 있겠지만, 솔직히 말해서 나 자신이 확고한 목적을 지니고 있지 않은 이상엔 결국 정처 없는 떠돌이에 지나지 않는다.

그런 내가, 신기루 도시나 시대극이라는 분명한 목표를 가지고 여러 방면으로 의욕을 발휘하고 있는 그녀를 막을 만한 파워를 지니고 있을 리 없다. 애초에 나는 아직 모든 것을 어림짐작할 수밖에 없는 단계에서 벗어나지 못하고 있었다. 사람들의 거주 구역으로 향하는 것 이상의 목표조차 없었다.

이 세계에서 무엇을 할 것인가, 하고 싶은가? 진지하게 생각할 필요가 있겠군.

나는 지금 스스로를 중심으로 일종의 구역을 만들어 내는 능력에 관해 적극적으로 검증을 계속하고 있었고, 일단 『계(界)』라는 명칭을 붙여서 사용하기로 했다.

이 능력은 마력을 사용하지 않는다. 그 덕분인지 신조차도 계가 전개되는 것을 인식하지 못했다.

그야말로 압도적인 스텔스 능력이다. 신화의 신 중 한 사람으로부터 하사받은 능력이니 이 정도는 당연한 건가? 그리고 계의 범위와 그 효과에는 관련이 있었다.

부상을 입은 오크를 불러들여 그들 두 사람을 둘러싸는 좁은 범위에 힘을 발동시켜서 치유 속성을 부여하자 눈 깜짝할 사이에 상처가 아물었다—. 상상 이상의 효과를 발휘했다.

그리고 범위를 스스로에게 한정해서 강화 속성을 부여하자 식사용의 작은 나이프로 나무를 베어 넘길 수 있었다. 양손으로 끌어안아도 한참 모자랄 정도로 두꺼운 나무가 버터를 썰듯이 싹둑 잘려 나갔다.

마력을 사용한 강화를 병용하면 강인한 하이랜드 오크 전사가 구사하는 검의 일격을 맨손으로 받아 낼 수 있었다. 마력을 사용한 신체 강화는 나와 상성이 좋은지 상당히 빠르게 적응한 후 편리하게 응용할 수 있었다.

전개한 계에 부여할 수 있는 특성은 지금 단계에선 한 번에 하나뿐이다. 마술과 계를 동시에 사용하여 신체를 강화함으로써 상승효과를 노리는 것이 가장 무난한 방법인 것 같다. 안전한 장소라면 탐색 목적으로 계를 사용해서 주위의 상황을 파악하는 것도 나쁘지 않다. 어느 쪽이 됐건, 억지로 공격에 이용하는 것보다 훨씬 확실한 사용 방법이라고 할 수 있다. 좀 더 아는 사실이 늘어난 뒤에 또다시 아이디어를 떠올리면 문제없을 것이다. 원래부터 무슨 설명서가 있는 것도 아니니 초조하게 굴어도 소용없다.

참고로 무기도 입수했다.

……무기라곤 해도, 선물로 받은 활과 단검이었다.

오크 일족이 부디 받아달라는 요청과 함께 넘겨준 단검은 아무래도 꽤 명검인 것 같았다. 명확하게 오크의 손으로 가공된 것이 아닌 미려한 장식이 달려 있었다. 반대편이 비쳐 보일 정도는 아니었지만 투명도가 높은 광석이나 금속 같은 것으로 만들어진 검이다. 햇빛에 비추면 아름다운 빛을 발했다.

칼자루도 칼날과 같은 재질로 이루어져 있었다. 금속치고는 손에 너무 잘 붙는 느낌이 들고 광석치고는 너무 예리했다. 수수께끼의 재질이다.

장식이 달려 있는 칼자루와 문양이 새겨진 칼날을 합쳐서 전체 길이는 45센티미터 정도다. 칼날 부분은 30센티미터 전후인 것 같다. 오크 일족이 이 단검에 관해 의식이 어쩌고저쩌고 그런 말을 했기 때문에, 아마도 마법 의식용 단검인 에더메(Athame)[#5]라고 불리는 무기로 추정된다. 달빛을 받아서 마력을 비축하는 식으로 썼던 것으로 기억한다.

근접 전투용의 무기는 이걸로 결론이 났다. 나는 에더메가 아름다운 미술품 같이 느껴져서 가능한 한 있는 힘껏 휘두르는 사태는 피하고 싶다고 생각했다.

칼집은 흰색의 재질로 되어 있으며 이쪽도 정교한 세공품이었다. 아마도 어떤 동물의 뼈나 뿔인 것으로 추정된다.

#5 에더메(Athame) 마법 의식용으로 사용하는 단검. 검은 손잡이에 양날이 달려 있는 것이 보통이다.

평범하게 사용하기 위한 단검으로서는 그야말로 훌륭한 무기로, 의식용 단검이라고 표현했지만 실용성은 충분했다. 만일의 경우엔 돈으로 바꾸기에도 적합해 보이니 소중하게 쓰도록 하자.

활은…… 오크 일족은 활을 그다지 많이 사용하는 편은 아닌 듯했다. 그들의 마을에는 조잡하게 만들어진 활밖에 없었다. 없는 것보다는 낫기 때문에 일단 감사히 받았다. 힘을 잘 조절해서 쏘면 못 쓸 정도의 활은 아니었기 때문이다.

신과의 전투 이후 불릿을 중심으로 한 마법 연습에도 꽤나 시간을 투자하고 있었다. 화살 형태로 쏠 수 있는 불릿을 효과적으로 사용할 수 있다면 기본적으론 단검보다 마법을 메인으로 쓰게 될 것 같았다. 모처럼 사용할 수 있는 원거리 무기이므로 적극적으로 활용할 생각이다. 만약 상대방의 접근을 허용할 경우엔 단검으로 대항하게 되겠지만 불릿과 활을 병용해서 원거리 전투를 전개하는 전술이 나에게 이상적인 전투 방법이라고 생각한다. 원래부터 능숙하게 다룰 수 있는 활과, 편의성과 신뢰성이 높아진 불릿의 조합이니 나에겐 딱 맞다.

마법을 가르쳐준 에마 양에게 주문의 영창에 관해 질문하자 자신들의 영창은 정해진 단어를 암기해서 읊고 있을 뿐이라 그 단어가 본래 지닌 의미는 모른다고 설명해줬다. 오크 일족은 자신들이 알고 있는 영창을 기록해 뒀다가 재능을 지닌 이들에게 계승해 왔다고 한다. 그렇다면 내가 영창의 의미를 파악할 수 있었던 이유는 여신에게서 받은『이해』라는 능력으로 인한 것일 가능성이 컸다. 이종족의 언어를 알아들을 수 있는 이 능력은 그 녀석 생각보다 훨씬 도움이 되고 있다.

나는 오른손 집게손가락을 빙글빙글 돌렸다. 손가락 끝에서 붉은색, 파란색, 검은색, 노란색의 네 가지 빛을 내뿜는 구체가 돌고 있다.

불릿에 각종 속성을 부여해서 여러 개 만들어 봤습니다.

……이거, 엄청나게 편리한 기술이에요.

에마 양이 가르쳐준 불릿은 단독의 불꽃 탄환을 상대에게 발사하는 기술이지만 영창의 조합을 변환시키는 것만으로도 수를 늘리거나, 산탄과 같은 추가적인 성질을 부여할 수 있었다. 뿐만 아니라 불 속성 이외에도 다른 속성의 기술로도 변화한다.

불릿의 영창이나 프로세스에 조금 손을 대기만 해도 재미있을 정도로 기술의 성질이 변화했다. 물리나 수학으로 치면 기본 공식 가운데 하나라고 할 수 있는 걸까?

요 며칠 동안은 딱히 할 일도 없어서 마법 공부에만 열중하고 있었는데 아무래도 비슷한 효과를 지닌 마법들에는 공통적인 식이 존재하는 것 같았다. 라이트와 불릿에도 공통되는 식이 존재했다.

치유에 관해서는 아직 기본적인 영창도 전수받지 못했기 때문에 시험해보지 못했지만, 이런 법칙성을 보면 회복과 해독 계통 마법도 공통되는 식을 지니고 있는지 모른다.

영락없이 마법마다 영창이나 발동 키가 세세하게 설정되어 있어서 목숨을 건 암기 작업을 시작해야 할지도 모른다고 전전긍긍하고 있었기 때문에, 이것은 듣던 중 반가운 소식이었다.

마법 공식을 순간적인 번뜩임과 감성으로 구사하는 것은 상당한 쾌감이었다. 원래 세계에서는 여러 가지 공식을 다루는 이과 과목들은 서툰 편이었는데, 사람 일은 알 수가 없군.

눈에 보이는 성과를 곧바로 확인할 수 있다는 것도 이 작업을 즐겁게 하는 요인이었다. 학교 공부도 이랬으면 좋았을 텐데—.

하지만 내 마법 스킬도 만능은 아니었다. 나는 바람 속성인 녹색 불릿은 전혀 만들어 내지 못했다. 아무래도 상성이 최악인 모양으로 가까운 속성(이라고 내가 멋대로 생각하고 있는)인 벼락도 변변치 못했다.

속성의 적성을 보자면 아마도 최고로 적합한 속성은 파란색의 물 속성일 것이다. 다음은 검은색의 암흑 속성에 이어 불 속성과 흙 속성 순서대로 적성이 좋았다. 벼락 속성은 그야말로 뭔가 파직, 나온 것 같은 느낌이 들 정도라서 실용적으로 써먹기에는 어림도 없었다.

이 속성들을 제외하고도 여러 가지 있었지만 물 속성과 가장 상성이 좋은 것은 틀림없을 것이다.

메모 사항이다. 마력은 초인급이라고 해도 마법의 속성까지 그렇지는 않다, 라고—.

아공에서는 대충 이런 식으로 마법을 연습하면서 지내고 있었다.

오크 여러분이 추진하고 있는 작업을 도우려고 했더니 신에게 제지를 당해서 따로 할 일이 없단 말이지.

신이나 오크 일족이 어째서인지 나를 아공의 영주로 떠받들고 있지만 그런 입장은 내 성격하곤 맞지 않는다고…….

하이랜드 오크 일족은 마을 채로 아공에 이사를 왔기 때문에 몇 채 정도 파손된 가옥에 살던 주민들을 제외하면 모두 주택을 소유하고 있었다. 따라서 지금 한창 살 집을 짓고 있는 나와 신만 텐트에서 살고 있다.

텐트 안에는 시대극 시리즈의 영상이 떠올라 있었다. 이건 신의 소행이다. 안개를 사용해서 기록한 기억을 투영하고 있다고 한다.

"응?"

그중에 시대극과는 관계없는 영상도 몇 가지 정도 존재했다.

"가족사진……이구나."

현관에서 찍었던 사진이다. 그러고 보니 아버지가 매년 찍고 싶어 하셨지…….

왼쪽부터 아버지, 유키코 누나, 중앙에는 여동생 마리, 나, 어머니 순으로 늘어서 있었다. 이건 가장 최근에 찍은 올해 사진이다.

"그렇구나……. 이제 더 이상 늘어날 일은 없겠구나. 마지막 사진, 이라……."

이거 참……, 원래 세계에 대한 미련은 이미 버렸다고 생각했는데—.

"아아! 그만하자!"

이제 와서 아무리 생각해 봤자 의미도 없고 그냥 내 기분이 울적해질 뿐이잖아!

……아니, 잠깐만.

그렇구나. 이렇게 부모님의 사진을 재현할 수 있다는 얘기는 말인즉슨—.

"부모님이 예전에 이쪽 세계에서 뭘 하고 있었는지 조사해보는 것도 재밌겠네.”

말해 두지만 나는 여신의 말을 무시하고 이 황야에서 벗어나는 것을 이미 결심하고 있었다.

이 세계를 여행하면서 누군가에게 이런 사진을 참고로 초상화를 그려달라고 부탁한 다음에 부모님의 발자취를 따라가 볼까?

호오, 재밌을 것 같군.

좋아, 결심했어!

“그러자고 마음먹었으면—!”

일단 그림을 잘 그리는 사람을 찾는 것부터 시작하자. 나는 그림은 끔찍하게 못 그리니까, 스스로 그린다는 선택지는 처음부터 있을 수가 없다. 우선 그림을 그릴 수 있을 법한 오크라도 수소문해 볼까?

흠, 흠. 목적이 생겼다. 부모님은 이 세계에서 어떤 과거를 보내셨을까? 다른 세계로 이동하는 엄청난 경험을 한 거잖아? 조사해 볼 가치는 있을 것이다.

“조금 빠르긴 하지만, 오늘은 이만 출발할까♪”

나는 텐트에서 나와서 신이 만들어 낸 아공의 출입구인 문으로 향했다. 문이라고 해도 그럴듯한 건축물이 아니라 그저 반짝거리는 안개지만 말이야.

나는 신의 주인이긴 하지만 아직 스스로의 힘으로 아공과 세계를 잇는 안개 문을 생성할 수는 없다. 설명을 받은 후 신이 시범을 보이는 것도 옆에서 지켜봤다. 따라서 가까운 시일 내에 나도 할 수는 있을 것 같다. 긴급 시에 그 자리에서 만들어 낼 수 있다면 편리한 기술이라 서둘러 습득하는 게 좋았다.

"주군~."

신이다. 아, 그랬지. 이제 이 녀석에게 슬슬 새로운 이름을 붙여줘야 한다.

너무 시끄럽게 굴어서 그냥 그대로 신이라고 해줄까 제안했지만 녀석은 필사적으로 거부했다. 딱히 나쁜 이름은 아니라고 생각해.

그러면 환각을 다루니까 팬텀이나 일루전? 조금 비틀어서 드림이나 미라지 같은 이름은 어떠냐고 연달아서 제안해봤지만, 녀석은 이 이름들도 엄청난 기세로 거부했다.

……그러니까 네가 하고 싶은 말은 일본식 이름을 붙여달라는 건데…….

대충 그럴듯하게 들리기만 해도 상관없다면 키요히메(清姫)[#6] 같은 거라도 괜찮겠냐?

나는 그런 일들을 생각하며 목소리가 들린 방향으로 고개를 돌렸다.

그곳에는 신이, 명확하게 중상으로 보이는 털북숭이를 끌어안고 있었습니다.

#6 키요히메 설화에 등장하는 소녀. 흠모하고 있던 승려에게 배신당해 뱀으로 변해서 절의 종에 숨은 승려를 종과 함께 태워 죽인다.

#7 꿩 꿩은 뱀을 잡아먹는다. 또한 고대 중국에는 뱀과 꿩이 이어지면 전설 속의 동물인 교룡이 발생한다는 전설이 있다.

3

장신의 미녀가 털북숭이 아저씨를 공주님 안기 자세로 끌어안고 있었습니다. 와우, 완전 의미를 모르겠어.

아니 어떻게 이런 모습이 이 세상에 있을 수 있단 말인가? 무심코 눈을 돌리고 말았다.

트러블은 이제 얼마 동안은 없어도 되지 않아? 보스전은 얼마 전에 끝냈으니 잠깐 쉬는 시간이 들어오는 타이밍이잖아?!

"주군, 출타는 일단 중단하시는 편이 좋을 것 같습니다."

"그 사람 때문에?"

나는 정말 싫은 표정으로 신이 끌어안고 있는 아저씨를 가리켰다. 좀 무례하다는 생각은 들었지만 싫은 걸 어떡해! 낯선 부상자라니 위험한 예감밖에 안 들거든!

"예, 그렇습니다. 역시 주군께선 혜안(慧眼)의 소유자이십니다."

신은 전혀 초조한 기색이 없었다.

"이번엔 대체 무슨 일이야?"

"적의 습격입니다."

"뭐라고? 네가 만들어 낸 세계에 대체 누가 찾아온다는 거야?"

여기는 아공이다. 이세계 중에서도 이세계다. 외부와 단절된 이 세계에 어떻게 침입자가 나타난다는 거야? 제발 좀 납득할 수 있는 설명을 해 달라고, 거기 있는 원래 뱀 여자!

뱀하고 꿩#7의 부모님한테 사과해라! 젠장!

"조금 특수한 녀석이라서 말입니다. 여전히 배를 곯고 있는 모양으로…… 아, 들어왔군요."

"뭘 평범한 일 같이 얘기하고 있는 거야!"

"주군."

질문에 대답하라고! ……잠깐, 주군? 나?

"저기 왔습니다."

"……엥?"

나는 고개를 돌렸다.

웬 커다랗고 검은 다리 님이 공간의 균열을 비집고 들어오고 있었다. 마치 CG처럼 보였다.

균열은 점차 넓어지고 있었다. 그 어둠의 안쪽에서 뻗어져 나온 여러 개의 다리와 한층 요사스럽게 빛나는 두 개의 어금니가 보였다.

"내가 대체 얼마나 맛있어 보이길래?!"

내 입에서 무심코 절규가 튀어나왔다.

"이, 이, 이봐…… 이거 현실이야?"

이미 마음의 눈물은 멈추지 않았다.

신의 원래 모습 정도는 아니었지만 상당히 대형이다.

체모는 없고, 매끈매끈하고 단단해 보이는 겉껍데기가 보였다.

내가 알고 있는 한, 지구에 있었던 **이 동물**에게 겉껍데기 같은 건 없었던 걸로 기억한다.

전체 길이는 어느 정도일까? 측정할 방법도 없겠지만, 4톤 트럭은 가볍게 능가할 것 같다……. 이 새까만 **거미**는—.

"하하, 여전히 제정신이라고는 털끝만큼도 없구나. 눈앞에 먹을 게 있어서 기뻐 보이는군!"

신은 거미를 조롱하듯 깔깔대며 웃었다.

"여유가 넘쳐 보이네요! 그럼 상대를 맡겨도 괜찮겠죠?! 아시는 분인 것 같은데!"

"무립니다. 이런 잡식성 괴물 따위는 상대하고 싶지 않습니다. 아, 그리고 저는 일본도가 없어서 싸울 수가 없습니다!"

"웃기지 마—!"

넌 칼 같은 거 필요 없잖아! 주특기인 물 속성 마법은? 안개는? 환각은?

본 적은 없지만 너 분명 바람 속성도 잘 쓰는 편이라고 했었지이이이?!

나와 신의 대화가 끝나는 걸 기다리다가 지친 건가? 거미는 앞다리를 대단한 스피드로 휘두르면서 변칙적인 움직임으로 나에게 닥쳐 왔다. 첫 사냥감은 나로 확정한 거냐?!

"안심하십시오. 오크들과 도시는 제가 책임지고 수호하겠습니다. 물론 이 드워프도 포함해서. 그리고—."

신이 연이어 말했다.

"주군께선 저기 있는 거미 녀석을 걷어차서 쫓아내 주십시오."

신은 태연하게 말했다.

……좀 봐주라.

한시라도 빨리 잡아먹고 싶은 것인지 거미가 사방으로 흩뿌리는 침이 정말 불쾌했다.

"거미줄?!"

거미가 새까만 거미줄을 나를 향해 토해 냈다. 서둘러 회피하자 거미줄 덩어리가 땅바닥에 철썩 들러붙었다. 엄청난 점착성이다. 저걸 밟으면 아웃……이겠지?

"이봐, 신!!"

"여유가 넘치시는군요. 역시 나의 주군."

"이 녀석, 대체 정체가 뭐야!!"

"이름 따위는 모릅니다. 그저 오랜 옛날부터 항상 어딘가에 존재해 왔으며 그저 모든 것을 집어삼키는 포식자입니다. 굶주림이 가실 때까지 눈에 들어온 것을 모두 잡아먹고, 이동을 한 후엔 똑같은 짓을 반복하는 존재지요."

신(蜃)의 이름은 처음부터 알고 있었다. 그래서 조개 모습이 아닐까 멋대로 상상하고 있었지만—.

생각해 보면, 여기는 이세계다. 이 녀석이 내가 아는 설화에 등장하는 존재라는 보장은 전혀 없는 거지. 솔직히 말해서 거미의 모습을 한 신이나 마수 중에 고유의 이름을 가지고 있고 폭주를 일삼는 존재는 곧바로 떠오르지 않았다.

유명한 녀석이라면 아라크네[#8]나 츠치구모[#9] 같은 존재가 있겠지만…… 아마 어느 쪽도 아닐 것 같다.

내 지식 중에 해당 사항이 있는 거미 괴물이라면 대책을 세울 수 있을지도 모르는데…….

자, 이 녀석에겐 어떤 방법이 유효할까? 그냥 느낌이긴 한데, 암흑 속성 마법은 안 통할 것 같다. 몸은 검은색이고 거미줄도 새까

#8 아라크네 그리스 신화에 등장하는, 여신 아테나의 노여움을 사서 거미로 변한 소녀.
#9 츠치구모 일본 헤이안 시대에 살았다고 전해지는 거대한 거미 요괴.

마니까 딱 봐도『암흑 속성입니다!』라는 느낌이 든다.

곤충 계통이라면 역시 불 속성이 약점인가—.

대충 그런 작전을 생각하고 있다 보니 거미 녀석은 예리하게 그 빈틈을 노려 왔다. 과연 거미답게 움직임이 재빨랐다.

미처 회피하지 못한 발톱의 일격이 날아 들어왔다. 나는 다가오는 발톱과 자신의 몸 사이에 단검을 미끄러지듯이 집어넣었다.

째애애애애애앵!!

귀에 거슬리는 소리가 울려 퍼졌다.

"큭!"

내 몸은 충격으로 공중에 붕 떴다가 땅바닥에 격돌했다. 통증을 느꼈지만 그건 팔이 아니라 등에서 느낀 것이다. 녀석의 발톱 공격으로 인한 대미지는 없었다. 발톱은 단검으로 막을 수 있을 것 같다.

하지만 이대로 상대의 발톱 공격을 계속 받아넘기기만 해서는 대미지를 가할 수가 없다. 지금부터 공격 태세로 전환하려면 어떻게 해야 할까?

……불을 사용해서 형세 역전을 노려보자.

불릿의 영창을 도중에 변화시켜서 단검에 붉은 불꽃을 부여했다.

그리고 또 다른 불릿을 연성하기 위해 영창했다. 이번 불릿은 상대를 향해 발동하기 직전의 상태로 정지시켜서 머리 위에 떠다니도록 조작한다. 이렇게 발사하지 않고 대기 상태로 설정해 둔 채 조금씩 그 불릿에 마력을 공급한다. 내가 영창한 대로 기술의 개조에 성공했다면, 이걸로 차지 샷(Charge Shot)처럼『대기』시키다가 임의의 타이밍에 거미에게 발사할 수 있을 것이다…….

거미는 발톱을 휘두르면서 나를 잡아먹기 위해 입을 벌리고 어금니를 드러낸 채 덮쳐 왔다. 그 공격들을 피하는 것만 해도 큰일이었다.

분석이나 검증 같은 과정에 소비할 시간은 그렇게 많지 않았다.

거미가 현재 극한 상태까지 굶주려 있다는 것은 아무래도 사실인 것 같았다. 나를 잡아먹으려는 강한 의지가 전해져 왔다. 태어난 이후로 지금까지 한 번도 가신 적이 없는 굶주림이 어느 정도의 고뇌인지는 모르겠다만 그렇다고 얌전히 먹혀줄 수는 없는 노릇이다.

대화를 시도해 봐도 돌아오는 것은 그저 신음 소리뿐이었다.

이성이 전혀 없는 상태로 보였다. ……적이라고는 해도 애처로운 모습이었다.

거미의 공격을 회피하면서 패턴을 분석했다. 오른쪽, 오른쪽, 후리기, 대각선 베기, 왼쪽으로 찌르기, 정면에서 어금니! 그리고…… 오른쪽!

예상대로다!

나는 발톱 안쪽으로 단검을 집어넣어 안쪽에서부터 다리 관절 부분을 노리기 위해 한 발자국만큼 더 파고들었다. 그리고 자신 한 사람만을 범위로 설정해서 강화의 계를 전개했다. 추가로 몸 안의 마력을 사용한 신체 강화를 사용했다.

좋았어, 양쪽 다 성공이다!

"이야아아앗!"

나는 관절을 향해 일격을 집어넣었다. 상처 정도는…… 났을 것이다!

"우헤?"

내 입에서 맥 빠진 소리가 새어 나왔다.

거대 거미의 다리는 아무런 저항도 없이 중간쯤의 부분에서 절단됐다.

생각했던 것보다 훨씬 간단히…… 어라? 이 녀석, 겉보기보다 훨씬 물살인가?

『GYEEEEEE!』

거미는 예상치 못한 고통에 겁을 집어먹었는지, 나머지 7개의 다리를 사용해 재빨리 뒤로 물러났다.

나도 즉시 백 스텝으로 거리를 벌렸다.

이 정도라면 쉽게 이길 수 있으려나?

"우왓?!"

그렇게 생각하고 있자니 거미가 이번엔 점프해서 한 번에 거리를 좁혀 왔다.

거미의 점프는 무섭다!

"으, 우에에에에에에?!"

점프만 해도 무서운데 공중에서 거미줄까지 뱉고 있는데요?

녀석은 착지하면서 동시에 나를 향해 다리로 공격해 왔다! 아니 잠깐?! 이 다리는 아까 절단했던…… 그 회복 능력은 너무 치사한 거 아냐?!

갑작스런 점프와 회복 능력에 조금 주눅이 들었지만 공격 자체는 여전히 빠르기만 하고 단조로웠다.

"이건 어떠냐!!"

나는 녀석이 뻗어 오는 모든 공격에 카운터로 반격했다. 강화의 계와 마력을 사용한 신체 강화 두 가지를 동시에 사용한 덕분에 행동이 분석을 따라오고 있었다. 몸이 생각보다 훨씬 빠르게 움직인다!

거미의 다리 중 네 개가 끊어져 날아가 검은 먼지가 되어 흩어졌다.

거미는 한 번에 네 개의 다리를 잃고 제대로 도망가지 못했다. 녀석은 어중간하게 거리를 두고 날 보고 있었다.

그 겹눈에서 생각을 읽어 낼 수는 없었다. 굶주림으로 인한 광기가 그 존재의 모든 것을 지배하고 있었기 때문이다.

"이걸로 끝나다오……! 제발, 부탁이다!!"

단검에 남겨져 있던 붉은 불꽃이 약해지고 있었다. 그렇다면 마지막으로 한 탕만 더 뛰어줄래? 나는 왼쪽 손바닥 위에 떠오른, 새롭게 연성한 불릿에다가 단검에 남아 있던 붉은 불꽃을 전부 옮겼다. 화살 형태로 변형시킨 그것을 녀석을 향해 발사했다. 붉은 화살은 내가 겨냥한 대로 거미의 입에 꽂혀 들어갔다. 정면에서 똑바로 꿰뚫은 셈이었다.

나는 공격이 제대로 명중한 것을 확인한 후, 공중에 띄워 놓고 위력을 계속 증강시키고 있던 또 하나의 불릿도 화살로 변형시켜 거미의 복부에 때려 박았다. 두 개의 화살이 거미를 관통했다. 위력을 증강시켰던 불릿은 길게 뻗은 형상으로 변형되었기 때문에 화살이라기보다는 창에 가까웠다.

나는 뒤이어 일어날 것으로 예상되는 폭발에 말려들지 않기 위해 거미에게서 거리를 뒀다. 이 정도로 공격했으면 아무리 엄청난 괴물이라도 멀쩡히 끝나지는 않을 것이다.

화살과 창, 거미를 꿰뚫고 있던 두 개의 불릿이 폭발했다.

좋았어, 이 정도라면……. 그렇게 생각하기에 충분한 엄청난 위력이었다.

하지만 그 정도의 폭발에 휘말렸는데도 검은 거미는 그 원형을 유지하고 있었다. 이 녀석은 대체 얼마나 튼튼한 거야? 움찔움찔, 녀석은 어째서인지 온몸을 경련시키고 있었다. 안 그래도 징그러운데 더욱 생리적 혐오감을 불러일으켰다.

……경련이 잦아들고 상대가 움직이지 않는 걸 확인하고 나서야 겨우 승리를 확신할 수 있었다. 신과 붙었을 때보다 훨씬 냉정하게 싸울 수 있었다. 이게 경험이란 건가?

아니야, 상대의 움직임이 단순했기 때문에 냉정하게 대처할 수 있었는지도 몰라.

결과적으로 신에 이어 보스전을 두 번이나 치른 거군. 아마 레벨도 오르지 않았을까?

『이햐.』

어라? 지금 들린 소리는 대체—.

『햐하아……♪』

오싹, 등줄기에 소름이 돋았다. 형용할 수 없는 공포가 나를 덮쳐왔다. 이 감각은 대체 뭐지?!

"주군, 이건 어쩌면……."

조용히 바라보기로 마음먹고 있던 신이 나에게 말을 걸었다.

"자, 잠깐! 신 누님? 왜 그렇게 꺼림칙하다는 표정을 짓고 있는 거야?"

"아…… 너무 세게 하시는 바람에 오히려 녀석의 마음에 들어버린 건지도 모르겠군요."

이 녀석 혹시 타고난 마조히스트?!

"아, 아아아, 우아아아아아아?"

『이햐햐햐햐아아아아아앙.』

거미가 괴성과 함께 몸을 일으켰다. 완전히 회복된 것처럼 보이는 새까만 거미가 나와 신을 번갈아 가면서 쳐다봤다.

"이게 뭐야아아아아아!! 제발 조오오옴!!"

나는 고개를 좌우로 흔들면서, 끝이 보이지 않는 거미와의 싸움을 재개할 수밖에 없었다―.

"헉, 헉……."

움찔움찔, 눈앞에 서 있는 거미가 경련을 일으키고 있었다.

나도 이 경련의 의미를 깨닫고 말았다.

불꽃의 창으로 녀석의 다리 여덟 개를 전부 꿰뚫어서 자유를 빼앗아도, 가슴과 복부와 머리에 여러 개씩 불릿을 꽂아 넣어도―.

이 녀석은 죽지 않는다. 경련을 일으키고 있지만 그것은 고통이나 공포로 인한 동작이 아니다.

녀석이 일으키고 있는 이 경련은 희열로 인한 것이었다.

대미지는 있겠지만…… 아니, 있었으면 좋겠다.

"제발 부탁이니 지금 이 녀석이 느끼고 있는 게 쾌락만큼은 아니었으면 좋겠는데, 이거 아무리 생각해도 너무 튼튼한 거 아냐?"

"이 녀석이 설마 이 정도까지 끈질길 줄은……. 도대체 정체가 뭘까요?"

신도 기가 막힌 모양이었다.

그녀가 말하길, 만난 적은 있지만 대화가 성립된 적은 없고 일정한 대미지를 입히면 물러났다고 한다.

요컨대 신은 이 거미를 일종의 재해와 같은 상대라고 인식하고 있었던 것이다. 그녀는 이 녀석이 그런 존재이기 때문에 나의 전투 훈련 상대에 안성맞춤이라고 생각했다고 한다. 엄청난 스파르타식 교육이다. 내가 우는 꼴을 보고 싶은 거야?

희열에 떨고 있는 이 녀석의 정체는 대체 뭐란 말인가?

녀석의 몸을 꿰뚫은 창이 조금씩 작아지면서 천천히 거미의 몸으로 빨려 들어가듯이 사라져 갔다. 무슨 일이 벌어지고 있는 거지? 잘 모르겠다. 하지만 실제로 이 녀석은 이 동작을 아까부터 계속해서 반복하고 있다. 만약 저것이 회복이나 흡수가 아니라면 이 정도로 엄청나게 바람구멍을 뚫어 댔는데 무사할 리가 없다. 말인즉슨 흡수한 마력을 이용해서 회복하고 있는 것으로 보인다……. 지긋지긋한 녀석……!

머리에 바람구멍을 뚫어도 죽지 않는다. 급소도 알 수 없다. 아니, 애초에 급소 같은 게 있는지조차 의심스러웠다.

『아, 아하, 하아아앗.』

머리가 핑 돌았다. 벌써 회복, 아니, 흡수한 거야?

녀석의 몸을 꿰뚫고 있던 모든 창들이 꿀꺼덕, 그 몸에 빨려 들어갔다.

그리고…… 또다시 돌격해 오겠다 이거지.

희열을 곱씹는 듯한 녀석의 경련이 뚝 그쳤다.

아, 그래 알았다. 죽을 때까지 때려 박으면 되는 거냐? 젠장.

나는 다시금 불릿을 연성했다. 어느 정도 자포자기한 상태라는 건 자각하고 있어.

"도대체가, 이 세계의 괴물들이란 건…… 이놈이나 저놈이나—."

나는 끝까지 말을 잇지 못했다.

『히이이아아아아아♪』

응? 갑자기 뭔가 뻗어 왔는데?

"거짓말이지이이?!"

녀석의 다리 끝에 붙어 있는 발톱이 마치 창처럼 변형해서 연속적으로 덮쳐 왔다. 그중 하나가 자세를 잡고 있던 내 팔 사이로 미끄러져 들어와—.

으겍, 이 녀석! 다리로 내 팔을 위로 밀어붙여서……!

반칙이잖아! 설마 갑자기 두뇌 플레이를 쓰다니!

텅 비어 있던 내 배로, 아까와는 또 다른 다리가 파고들어 왔다.

"크……!"

나는 찔리기 직전에 배를 중심으로 대단히 작은 계를 전개했다.

거미의 예리한 발톱이 계에 도달했다. 한순간 통증이 더디게 느껴졌다. 계는 돌파당한 것 같았다. 거미의 다리는 내 몸을 관통하진 않았지만 다리 끝이 배에 꽂혀 있다. 녀석은 발톱을 더욱 밀어 넣어 내 배 깊숙이 찔러 넣었다. 다리에서 힘이 빠지고 내 몸은 녀석의 발톱에 배를 찔린 상태로 등 뒤에 있던 나무에 격돌했다. 마치 나무에 매달린 듯한 형상이었다.

"크헉!"

검은 거미의 몸이 나를 찌른 다리를 따라오듯 접근해 왔다.

끝장이다, 먹힌다!

나는 필사적으로 얼굴을 옆으로 돌렸다.

"큭! 으아아악!"

어깨에 뜨거운 감촉이 퍼져 나갔다. 겨우 머리는 먹히지 않은 것 같지만…….

『후우우! 아후우우우우우♪』

……이봐. 너 대체 뭘 기쁜 듯이 피를 빨고 있는 거야?

빠직.

나무에 매달려 배를 찔리고 피까지 빨렸다. 나는 스스로의 감정이 한 번에 격렬하게 동요를 일으키다가 결국은 한계에 도달한 것을 느끼고 있었다.

◇◆ 신 ◆◇

이 검은 거미가 설마 이 정도까지 혐오스러운 존재였을 줄이야.

녀석은 주군의 강력한 마법을 여러 차례 얻어맞고, 셀 수 없이 그 다리들이 잘려 나갔는데도 불구하고 변태적인 재생 능력으로 회복한 후에 질리지도 않고 덮쳐 왔다.

철저할 정도로 학습 따위는 하지 않는…… 실로 아름답지 못한 싸움 방식이다.

지금도 20개는 넘어 보이는 불꽃의 창을 빨아들이고 부들부들 희열에 떨고 있었다.

그건 그렇고 지금의 주군과 예전의 내가 싸우게 된다면 솔직히 말해 승산은 없어 보였다.

그런 의미로 생각해보면 이 녀석은 꽤나 대단한 녀석일지도 모르겠군.

녀석은 이번엔 다리들을 길게 뻗기 시작했다. 과연 암흑의 화신이라는 건가? 몸을 그림자와도 같이 자유자재로 변형시키는 능력까지 지니고 있다니…….

주군도 이 모습에 놀라움을 금치 못하고 일방적인 방어전으로 양상이 변화했다.

거미의 공격은 여전히 단조로웠다. ……심하게 흥분한 나머지 몸이 멈추지 않는 것처럼 보였다. 흠, 그야말로 본능적이군.

주군께서 경험을 쌓으시기에 알맞은 상대라고 생각해서 내버려뒀다만 아무래도 여기까지가 한계인 것 같다.

이제 슬슬, 우리 세계에서 퇴장해 주실까—?

내가 그렇게 생각한 바로 그 순간, 녀석이 눈 깜짝할 사이에 주군을 나무에 매달고 어깨를 깨물었다. ……너무 심하게 방관하고 있었군. 죄송합니다, 주군. 즉시 치료를—.

"음? 이건 대체?"

주군께서 무언가 시도하고 계신다. 재미있군. 아직도 뭔가 방법이 있다는 건가? 놀라운 분이시다. 주군과 거미 사이에서 폭발이 일어났다. 저런 폭발을 제대로 맞게 되면 아무리 저 거미라도 거리를 둘 수밖에 없을 것이다. 주군께선 이미 발톱으로부터 해방되어 몸을 일으키고 계셨다. 주군의 주변에 네 개의 붉은 구슬이 떠올랐다. 그 구슬들은 자동적으로 압축되기 시작하더니 화살로 변형된 후 차례차례 발사됐다. 빠르다. 화살이 녀석을 꿰뚫는 동시에 다음 구슬이 허공에 발생하고 있다.

끊이지 않고 붉은 화살 — 그 길이는 사실상 창이나 다름없었다 — 이 계속해서 거미를 꿰뚫고 있었다. 아까 주군께서 보여주신 불릿은 위력을 강화시키기 위해 공중에 대기시키고 있었을 뿐인데, 지금 주군의 좌우에 떠올라 있는 이것들은……. 영창을 개변해서 연속 사출이 가능하도록 응용하고 계신 건가? 아마도 마법의 발동부터 소실까지의 프로세스를 사전에 영창을 통해 개변해서, 발사를 다음 탄환의 시동과 연동시키고 있는 것으로 보인다.

말하자면 술자의 마력이 바닥나지 않는 한 영구적인 포대의 역할을 수행한다는 것이다. 우리들 상위 용종 가운데 비슷한 능력을 지닌 존재가 없지는 않지만……. 그 녀석의 술법은 매우 복잡하며 보고 있기만 해도 머리가 아플 것 같은 술식(術式)으로 이루어져 있던 것을 기억하고 있다…….

주군께선 대체 어떤 방법으로 초급 마법인 『불릿』에서 저런 기술을 고안하실 수 있단 말인가?

하지만 이번 공격으로도 거미 녀석을 물리칠 수는 없을 것이다. 틀림없이 녀석은 대미지를 입겠지만 결국은 공격을 빨아들여 흡수하고 말 것이다.

그럼에도 불구하고 붉은 공격은 멈추지 않는다. 주군께선 더욱 공세를 강화할 요량이시다. 조용하지만 강한 위압감이 느껴지는 냉정한 눈으로 거미를 바라보고 계셨다. 이번엔 대체 또 무슨—.

주군께선 왼손을 앞으로 내밀고 마치 활을 당기는 자세처럼 오른손에 의식용 단검을 쥔 채 뒤로 잡아당기셨다.

파란빛이 보인다. 칼자루로부터 희미하게 안개로 보이는 무언가를 발산하시는 그 모습은 환상적이고 아름다웠다.

"온 힘을 다한 게 아니었단, 말인가?"

나는 아무리 주군이라고 해도 방금 전투는 온 힘을 동원한 것이라고 생각하고 있었다.

주군께서 지금 사용하는 술법에 쓰이는 마력은 지금까지 보여주신 그것과는 차원이 달랐다. 속성도 다르다. 아마도 물 속성이리라. 주군께서 말씀하시기로는 가장 상성이 좋은 속성이라고 한다.

나는 주군과 물 속성의 우수한 상성은 단순히 계약을 나눈 나의 영향에 지나지 않으며, 아마도 다른 속성이 진정한 특기 속성이라고 생각하고 있었지만—.

……그렇군.

주군께선 이번 공격에 스스로의 마력뿐만 아니라 외부의 마력까지 동원하고 계셨다. 지금까지는 몸 안의 마력만 가지고 전투에 임하고 있었다. 그것도 소량의 소비만으로 한정해서—.

주군께선 지금까지 아공에서의 전투라는 측면과 마력의 소비에 관해 신경을 쓰고 계셨던 것이다.

이제 그럴 생각이 없어지셨는지 전부 한꺼번에 날려버리실 요량으로 보이는군. 조용하고 냉정한 표정에 동요하는 기색은 전혀 없었다.

그렇다면 결과에 상관없이 이쯤 해서 모든 것을 끝내야 한다. 방해할 생각은 없다. 하인으로서 주군의 모든 것이 담긴 일격을 이 두 눈에 똑똑히 새기겠습니다.

주군께서 단검에서 손을 놓으셨다. 푸르른 빛에 휩싸인 그 검은 순식간에 공중에서 가속하더니 파란 빛의 꼬리를 달고 거미를 향해 돌진했다. 저 단검, 설마 주군의 마력을 견뎌 내고 술법의 핵이나 촉매가 될 수 있는 힘을 지니고 있었다니……. 평범한 의식용 도구는 아닌 것 같군.

한 줄기의 푸르른 섬광이 대량의 붉은 화살이 일으키는 포학한 폭풍우를 꿰뚫고 검은 거미의 몸을 관통했다.

이윽고 푸른 섬광은 굵은 광선으로 변하여 주위의 모든 것들을 집어삼켰다. 커다란 거미 녀석의 온몸까지도…….

아공 전체가 떨고 있었다. 대지와 대기조차도 공포를 느끼고 있는 것처럼 보였다. 그리고 푸른빛은 천천히 잦아들었다. 조금 떨어진 장소에 위치한 바위산의 한 귀퉁이에 검은 거미가 존재했었던 흔적이 보였다. 약간의 그림자가 들러붙어 있을 뿐이지만—.

하, 하하하하. 이런 모습을 보면 웃음밖에 나오지 않는군…….

주군께서 지금 사용하신 일격은 용조차 파멸시키고도 남을 정도의 위력이다. 내가 지닌 『무적』의 칭호와는 별개로 순수한 방어력만으로 칭송받는 상위 용이 몇 마리 정도 있다. 가까운 사이 중에도 『모래 물결』 같은 녀석이 그런 부류지만 녀석도 이 술법을 정통으로 맞게 되면 치명상을 입을지도 모른다.

주군께선 생기를 잃은 얼굴로 비틀거리며 천천히 그림자가 남아 있는 장소까지 걸어가셨다. 단검을 회수하시려는 건가?

"이만큼 먹으니까 배부르냐? 변태 자식."

주군께선 그렇게 말씀하시고 뒤쪽으로 벌렁 드러누우셨다. 모든 힘을 소모하신 것 같다. 이 정도의 마력을 행사하셨으니 무리도 아니리라. 체력뿐만 아니라 정신력까지 한계에 도달한 것이다.

……어쩔 수 없지, 안아드리도록 하지요.

내가 그렇게 생각한 그 순간—.

"뭣이?!"

폐허 속에서 갑작스럽게 거미가 부활했다. 이럴 수가. 상위 용 중에 그 누구도 버틸 수 없는 일격을 맞고도?! 이 거미 녀석이 아무리 대단한 암흑의 화신이라고 해도 이 술법을 맞고 건재할 리가 없다!

나는 주군께서 누워계신 장소까지 서둘렀지만 녀석과 주군의 거리가 너무 가까웠다. 반면 내가 있던 장소로부터는 거리가 너무 멀었다.

부활한 거대 거미는 꼼짝도 하지 않는 주군의 몸을 덮쳐눌렀다.

아뿔싸, 일생일대의 실수란 건 바로 이런 것인가!

큰일이다, 큰일이야! 큰일—!

……응?

저 녀석, 몸을 갖다 문지르기만 하면서 주군을 잡아먹거나 죽이려는 생각은 전혀 없어 보인다.

『아하. 아아아—.』

또 쾌감을 느끼고 있는 거냐!

『맛있어어어어어어어!!』

"……뭐라고?"

맛있다고?

『최고야, 당신 정말 최고야! 이렇게 배부른 건 태어나서 처음이야아아!』

무, 무슨 일이 벌어지고 있는 거지?

거기다 거미 녀석, 지껄이고 있잖아? 언어를 구사할 수 있었단 말인가?

『굉장해! 굉장해! 굉장해! 이렇게 아프고 이렇게 맛있고 이렇게 기분 좋고 이렇게 만족한 건 처음이야!!』

윽, 천성적인 변태인 건 틀림없어 보이는군. 가능하다면 평생 근처에도 가고 싶지 않다만 그런 말을 할 수 있는 상황도 아니다. 주군께서 위기에 처하셨다. 생명보다는 정조의 위기라는 느낌이 들지만—.

"환희에 떨고 있는 와중에 미안하다만…… 잠깐 이야기를 할 수 없을까?"

『이제 떨어지지 않을 거야! 계속! 계속! 당신과 함께할 거야!』

"이봐, 변태! 내 말을 들으라고!"

나는 내 말을 완전히 무시하고 있던 거미를, 주군에 대한 사죄까지 담아서 있는 힘껏 걷어찼다.

『아얏! 갑자기 뭐하는 짓이야?』

"주군을 쉬게 해드리고 싶었거든……. 오랜만이구나, 검은 거미여."

『넌 누구야?』

"모습이 변했을 뿐인데 알아보지 못하는가? 신이다. 상위 용인신."

『모르겠는데? 난 지금까지 배가 너무 고파서 그것 말고는 아무것도 생각할 수 없었거든. 잠깐, 그보다 주군이라고? 너 이분하고 대체 어떤 관계야?』

설마 나와 주군의 관계에 맨 먼저 흥미를 보일 줄은…….

"흠, 불과 며칠 전의 일이긴 하다만. 나는 그분과 계약을 맺었다. 따라서 나와 주군의 관계는 둘도 없는—."

나는 거미로부터 강력한 살기를 느끼고 이야기를 도중에 멈췄다. 이 녀석, 나에게 질투하고 있는 건가?

『헤—, 흐음—. 5 대 5의 맹약을 나누셨다 이 말이지……. 그래, 알았어. 계약에 대한 지식 정도는 지니고 있으니까. 그럼 너를 죽여 버리고 새로 계약을 맺으면 되는 거겠네?』

상식이 근본적으로 어긋나 있었다. 아무리 그래도 그 사고방식은 너무 단순하지 않나?

"기다려, 기다리지 못하겠나? 맹약자를 주군이라고 부를 리가 없지 않나!"

머리가 안 돌아가는 거미다. 곤충의 친척인 만큼 뇌가 작아서 그런 걸지도 모르겠군. 생각해 보면 사냥감을 사냥할 때 이외엔 쓸 일이 없을 테니 뇌의 크기 같은 건 상관이 없나?

『어? 그럼 양자의 계약? 네가 자식으로 들어간 거야?』

거미의 말투는 믿기지 않는다는 분위기였다. 나와 같은 상위 용과 휴만 사이에 이루어지는 계약으로써는 있을 수 없는 일이기 때문이다.

"아니, 나와 주군이 맺은 계약은 지배의 계약이다. 나는 말하자면 주군의 하인이다. 8 대 2의 지배 관계. 그렇기 때문에 지금 내 모습은 이런 것이지."

빙글, 나는 그 자리에서 몸을 회전시키면서 사람의 모습으로 다시 태어난 외모를 과시했다. 이 녀석은 필시 내 모습을 보고 부러워할 것이 틀림없다.

인간형이 아니면 기모노를 입거나 일본도를 휘두를 수가 없다. 뿐만 아니라 계약의 영향으로 능력도 강해졌으니 기분은 상쾌했다. 나는 용의 모습에 미련이 전혀 없었다.

『지배?! 너 상위 용종이라면서?』

"너무 거기에 집착하지 마라. 조금 마음이 아프니까. 그보다, 이 관계가 의미하는 바를 알겠나?"

『휴만의 모습…… 그렇다면?』

녀석은 이쪽의 의도를 어느 정도 알아들은 것 같았다. 변태이긴 해도 진짜 바보는 아니로군.

"그래. 너와 같은 변태한테 스토킹이라도 당하는 날에는, 주군께선 얼마 안 가서 마음의 병을 앓고 말 것이다. 주군을 따르고 싶다면, 최소한 겉모습 정도는 휴만에 가깝게 하는 것이 도리다."

『하지만 그분의 합의가 필요하잖아?』

"사후에 보고해도 상관없겠지. 나와는 사전에 합의를 거치고 계약하셨지만."

『……너, 정말로 하인 맞아?』

"물론이다. 주군께서 바라신다면 밤 시중도 들 것이다."

『안 돼. 그건 내가 먼저야.』

"……상관없겠지. 하지만 주군께서 하사하시는 이름은 내가 먼저 받을 것이다. 이것만큼은 양보할 수 없어."

이것만큼은 절대로 양보할 수 없다. 먼저 계약을 맺었다는 체면이 있기 때문이다.

『그럼 괜찮은 거지? 내가 이분과…….』

"그래, 상관없다. 빨리 하지 못하겠나!"

『우후후, 고마워, 선배♪』

거미 녀석은 상위 용인 내가 명확하게 주군에게 유리한 조건으로 계약했다는 사실로 눈치챘다. 그 말인즉슨 거미 자신도 주군과 계약을 맺을 수 있는 가능성이 높다는 것이다.

나의 중개 역으로 계약의 주술식이 거행되었다. 거미와 주군이 서로 마주 보는 자세를 취했다. ……주군께선 기절하신 상태라서 누워계셨지만—.

아련한 느낌의 흰색 빛이 두 사람을 연결하더니 두 사람 사이에 빛의 기둥이 나타났다. 흰색 빛은 붉은색으로 변화했다. 붉은색은 지배의 계약을 나타내는 색이다. 녀석의 격(格)은 나와 거의 동일한 수준인가…….

마음에 안 드는군. 하지만 나와 계약을 맺을 때보다 주군의 마력에 어느 정도 여유가 보였다.

흠, 마력의 최대치는 어지간해선 늘어나지 않을 터……. 그 말은 거미 녀석이 나보다 약간은 격이 아래라는 의미일 것이다. 그렇게 생각하는 편이 자연스럽다.

붉은 빛 기둥 안쪽에 주군과 거미의 그림자가 보인다. 음, 변화가 시작되었다.

먼 옛날부터 그저 모든 것을 잡아먹기만 하는 존재였던 검은 거미의 그림자가 천천히 줄어들면서 사람의 모습으로 변화했다—.

『평생 동안 섬기겠습니다, 주인님.』

"헉……?"

내가 동경해 마지않는 아름다운 흑발을 휘날리며, 윤기 흐르는 몸매에 여성용 기모노 같은 모습의 의복을 입은 여자가 빛 기둥 안쪽에서 나타났다.

거미는 지배의 관계에 입각하여 인간 여성의 모습으로 변했고 나의 주군인 미스미 마코토와 계약했다.

후우, 나의 주군은 정말로 지루하지 않게 만드는 데 소질이 있는 분이시군.

……나도 흑발이었다면 좋았을 텐데.

◇◆◇◆◇

아공이 명확하게 확장되면서 더욱더 영문을 알 수 없는 장소로 변화했다.

지평선의 저편으로 새까만 숲이 보였다. 내 기억이 정확하다면 저기는 분명히 초원이 이어진 장소였을 것이다.

존재하지 않았던 하천이 마치 옛날부터 그 자리에 있었던 것처럼 흘렀고, 오크의 마을 한가운데를 가로질러 어딘가를 향해 하류로 이어지고 있었다. ……이 하천은 바다로 이어져 있는 걸까?

이건 착각이 아니다. 물리적으로도 넓어지고 지형도 변화했다. 아공을 둘러싸고 있는 안개의 벽은 여전히 존재했지만 상당히 멀리 후퇴(?)한 것으로 보였다. 머나먼 저편에 존재하고 있다는 사실을 확인할 수 있었다. 물의 흐름은 안개 벽 안쪽으로 사라진 것 같지만 이대로 가면 더 넓어질 가능성도 있다. 전체적으로 식물과 물이 늘어났다는 인상을 받았다. 이런 모습을 보면 점점 더 일본의 시골이라도 보고 있는 듯한 착각이 느껴졌다. 집이나 논은 없지만 분위기가 그렇다.

……대체 여기는 얼마나 불안정한 장소인 거야? 정말로 이런 데서 살아도 괜찮을까?

나는 이마에 손을 갖다 대고 한숨을 쉬었다. 아공의 진화 때문이 아니다. 어떤 일이 떠올랐기 때문이다.

나는 거미와의 사투 끝에 정신을 잃은 후 오크들이 준비해준 텐트 안에서 눈을 떴다. 그런데 눈을 뜬 내 옆에 처음 보는 흑발의 여성이 세 손가락을 공손히 짚고 머리를 조아리고 있었다.

그녀는 내가 일어난 것을 확인한 후 잠시 동안 이어졌던 대단히 어색한 침묵을 깨고 고개를 들었다.

"훌륭한 식사였습니다, 주인님. 주인님 덕분에 태어나서 처음으로 배가 부르다는 느낌을 맛볼 수 있었습니다."

그녀는 눈물을 머금고 감사의 말을 입에 담고 있었지만 나는 전혀 영문을 알 수 없었다.

"잠깐만, 거기서 기다려."

나는 아직도 이야기를 계속하려는 그녀를 일방적으로 무시하고 텐트 밖으로 피난했다. 그런 짓을 한 이유는 일단 마음을 진정시키려는 의도였는데 밖으로 나와 보니 더욱 황당한 광경이…… 보였다는 것이 현재 상황이다.

아공 녀석, 그렇지 않아도 이해할 수 없는 상황에 처한 나를 몰아붙여서 재미있냐? 지형을 바꿀 생각이라면 사전에 보고라도 하라고!

휴우, 이미 변해버린 건 어쩔 수 없다. 아무도 근처에 없는 듯하니, 일단 텐트로 돌아갈까?

"잘 다녀오셨나요?"

뭔가 물어볼 수 있는 상대는 이 미인 누님밖에 없다. 별도리 없으니 여러 가지 질문하기로 했다.

……그녀가 바로 거미였습니다.

아까 한판 붙었던, 변태성을 유감없이 드러냈던 그 검은 녀석이다. 마법을 빨아먹고, 아무리 베어도 재생하는 데다가, 공격하면 몸부림치면서 기뻐하던 마조히스트 스펙을 지닌 그 녀석이다.

그런 녀석이 느닷없이 「마코토 님과 계약을 맺었습니다」라고 말하며 깊숙이 머리를 조아리고 있다. 계약이라는 건 서로 간에 납득을 한 후에야 성립한다고 생각했는데 실제로는 관계가 없는 것 같다. 사실은 뭔가 다른 법칙이 존재할지도 모르지만 하여간 전혀 영문을 모르겠다.

주무시는 동안에 인감도장을 찍었습니다, 같은 감각으로 계약이 성립되다니 도무지 이세계의 룰이란 게 믿어지질 않는다. 아, 그렇구나. 그 망할 여신이 결정한 거구나. 그럼 별수 없지.

심호흡을 한번 했다. 아까는 확 느낌이 오질 않았지만, 그녀의 말을 듣고 새삼스레 의식을 집중해보니 우리를 연결하고 있는 흐름이 느껴졌다. 느껴지고 말았다.

해제는 물론이거니와 반품도 못한다니 계약이라는 건 당사자에게 상당히 불리한 시스템이로군.

"이렇게 말문이 트이고 어전에 따를 수 있게 된 것도, 주인님과 계약함으로써 인간의 모습을 지니게 된 덕분입니다. 몸과 마음을 다 바쳐 섬기겠습니다."

본심, 으로 보인다. 본능으로 똘똘 뭉쳐 있던 거미 시절(?)의 모습에선 상상할 수 없었지만 지금 그녀가 하고 있는 말에 거짓은 없을 것이다.

그리고 여기서 이야기가 꼬여 버리면 언젠가 또다시 굶주림에 미친 이분과 랜덤 인카운트하는 꼴을 당할 것이다. 그것만큼은 사양하고 싶었다. 정말로 사양합니다. 부들부들 떤다는 것이 무엇인지 태어나서 처음으로 경험했다.

따라서 나에게 고개를 끄덕이는 것 이외의 선택지는 없었던 것이다.

……이 세계는 강제 이벤트가 너무 많다. 그리고 전개가 너무 빨라!

"그런데, 신은?"

여기가 자신의 텐트라는 사실은 알고 있다.

시각은 심야일 것이다.

아공의 시간은 외부 세계에 맞춰서 흐르고 있다고 들었으니 틀림없다.

"신이라면 밖에서 대기하고 있습니다."

나는 주위를 탐색의 계로 살폈다.

아까는 없었는데, 신은 어느샌가 입구 근처에 서 있었다.

용무가 있어서 온 거겠지만 불길한 예감밖에 안 들었다.

그래도 내가 눈을 뜰 때까지 기다려준 것이라면 내버려 둘 수도 없다.

"그럼 신을 불러줄래?"

"예, 서방님."

"풋!"

서방님?!

방금 전까진 주인님이라고 불렀잖아! 관계가 농밀해진 느낌이 든다구요!

……아니, 사실 주인님이라는 호칭도 별로 좋아하는 편은 아니

지만요!

몸매가 살짝 비쳐 보이는, 얇은 재질의 검은 옷을 걸친 여성이 소리도 내지 않고 자리에서 일어섰다.

안 돼, 이런 종자를 두 사람이나 데리고 마을로 들어가면 틀림없이 눈에 띌 거야. 그것도 엄청 눈에 띌 거야.

나는 새삼스레 텐트 밖에서 신과 이야기를 나누고 있는 흑발의 미인 누님을 보고 있었다.

단발머리의 색깔은 새까맸다. 조금 치켜 올라와 있는 날카로운 눈매에 도자기를 연상시키는 하얀 피부를 지니고 있고 입술에는 윤기가 흘렀다. 일본 인형을 연상시키는 미인이다. 뭐, 늘 그렇듯이 나보다 키가 크지만 말이야. 그래도 신보다는 키가 작다.

신이나 에마 양과 만났을 때도 생각했지만 왜 나에게 다가오는 녀석들은 이종족뿐인 거지?

그러고 보니 이름을 묻지 않았군. 아니, 애초에 이름이 있기는 한가?

무명(無名)이라고 부를까? 아니면 2호라고 부를까?

……어느 쪽도 미녀를 부르는 이름으로는 적절하지 않아 보이네.

뭔가 새로운 이름이라도 생각해 둘까? 지금처럼 『거미』라고 불러버리면 그녀의 본성이 아공을 습격한 거미라는 사실이 주위에 들통날 수도 있으니까.

거미의 새로운 이름에 관해 궁리하다가 생각이 났는데, 신이 아직도 나와 싸웠을 때처럼 아공으로 적을 끌어들이는 전술을 사용할 생각인지 확인해야 할 것 같았다. 아공은 원래의 모습에서 대폭 변화한 결과, 지금은 전투에 적합한 장소라고는 결코 말할 수 없게 되었다. 아공에 이주한 오크 일족의 마을을 위험에 노출시키는 사태 같은 건 피하고 싶다.

새로운 아공의 사용 방법에 관해 신의 생각을 들어볼 필요가 있었다.

신이 말하던 도시의 건설 같은 작업은 아직 착수조차 하지 않은 상황이지만, 진심으로 시작할 생각이라면 넓이 같은 제반 요소도 포함해서 대략적인 예정지를 사전에 결정해 둘 필요가 있다. 필요하다면 나도 신의 꿈을 돕지 않을 이유는 없다.

도시 주위에 오크나 앞으로 받아들일 종족들의 마을을 일부 남기는 형태라도 상관없다. 뭐, 도시 건설 예정지를 결정할 때까지 딱히 서두를 필요는 없으려나?

그렇다면 아공에서 도시를 건설하는 데 참고하기 위해 이 세계의 기본적인 도시 형태를 구경해보고 싶군.

오크 일족은 자신들의 마을을 안정시키는 데 온 역량을 기울이고 있을 테니, 상황이 안정될 때까진 천천히 진행해도 상관없을 것이다.

신에게 일임해 버리면 진심으로 에도나 교토를 재현하려고 할 것 같아서 불안해. 거기다 고대나 중세 시대처럼 주민들을 노예처럼 혹사시킬 것 같단 말이지…….

아공에서 농민 봉기 같은 게 일어나면 웃을 일이 아니거든?

"오~ 주군, 눈을 뜨셨군요."

"그래. 내가 모르는 사이에 새로운 계약을 맺어버린 것 같은데.

넌 뭘 하고 있었냐?"

"물론 계약을 돕고 있었습니다. 먹히는 것보다는 훨씬 나은 선택이 아닌가요? 애초에 계약도 하지 않고 소멸시키지도 않고 내버려 두면, 앞으로 언제 어느 때에 이것이 솟아날지 알 수 없는 노릇 아닙니까?"

신은 이것이라고 지칭하며 거미였던 여성을 가리켰다.

확실히 그것만큼은 사양하고 싶다. 그래서 사후 보고라곤 해도 계약 자체는 납득한 거라고…….

에휴, 이젠 아무렇게나 될 대로 되라는 심정이야.

"……훌륭한 충신들을 둬서 나는 아주 행복하군."

신은「뭘 이런 걸 가지고요」라고 말하면서 만면에 미소를 띠고 있었고, 거미 미녀는「행복해요」라고 말하면서 뺨을 붉히고 있었다.

두 사람은 내 완곡한 야유를 털끝만큼도 알아듣지 못한 것 같았다.

"그래서, 넌 무슨 일로 온 거야? 이렇게 야심한 시각이 될 때까지 내가 눈을 뜨는 걸 기다렸다는 건, 뭔가 용무가 있는 거겠지?"

"아이코, 그랬습니다. 이봐, 들어오너라."

신은 입구를 향해 손짓했다.

그리고 들어온 인물은 털이 수북한 사람이었다.

오옷…… 이 땅딸보 아저씨……, 나보다 키가 작은 사람이다!

그러고 보니 거미가 출현했을 때 신이 대충 이런 사람을 공주님 안기로 끌어안고 있었던 것 같은 기억이 있다.

"드워프?"

신과 거미 여성, 그리고 드워프(?) 세 사람은 한꺼번에 표정을 바꿨다.

“정답입니다. 역시 박식하시군요.”

신이 세 사람을 대표해서 나를 칭찬했다. 드워프는 내가 그 명칭을 알고 있었다는 사실에 놀라는 분위기였고 거미는 그저 고개를 끄덕이고만 있었다.

흠? 이 세계의 드워프는 희귀한 종족인 건가?

“그것도 평범한 드워프가 아닙니다! 그 유명한 신기(神器)나 보구(寶具)들을 만들어 냈다고 전해지는 고대 종족, 엘더의 이름을 자랑하는 드워프지요!”

잘 모르겠는데, 굉장한 드워프라고 이해하면 될까?

“처음 뵙겠습니다. 말씀하신 대로, 저는 드워프입니다. 이번에는 목숨을 구해주셔서 진심으로 감사드립니다.”

드워프가 한 발자국 앞으로 걸어 나와 정중하게 머리를 숙였다.

“아, 아니요. 저는 미스미 마코토라고 합니다. 마코토라고 불러주세요. 에, 그러니까 성함이……?”

“실례했습니다!! 저는 베렌이라고 합니다.”

“아, 이렇게까지 하실 필요는 없는데. 그런데 베렌 씨? 제가 구했다구요? 제 기억이 정확하다면 분명…… 신이 당신을 구했던 것 같은데요?”

“음? 아닙니다. 저는 거미에게 먹힐 뻔한 이 사내를 아공으로 데리고 왔을 뿐입니다.”

잠자코 이야기를 듣고 있던 신이 중간에 끼어들었다.

아니, 보통은 그런 걸 구했다고 하거든?

"예, 저희 마을은 저 거대 거미에게 습격당하고 있었습니다. 하지만 신 님께서 거대 거미를 여기로 유인해주신 덕분에 저희 마을은 위기에서 벗어날 수 있었습니다. 뿐만 아니라 부상을 입은 저를 숨겨주시고—."

베렌은 일단 하던 말을 멈추고 원래 거미의 모습을 하고 있던 미녀를 바라보며 복잡한 표정을 지었다. 저 녀석이 마을을 습격했으니 당연한 반응이었다.

힐끔, 원래 거미였던 녀석에게 고개를 돌려보니 약간은 겸연쩍은 표정을 짓고 있었다. 겸연쩍긴 해도 아주 약간이라는 걸 보면 대단하다고 해야 하나, 낯짝이 두껍다고 기가 막혀해야 하나?

"—그리고 마코토 님께서 저 거대 거미를 퇴치해 주셨습니다. 그 결과 저주가 풀려서 인간 여성으로서 본래의 모습을 되찾았다는 거군요."

응? 무슨 소리지?

그녀는 원래 굶주림만을 채우기 위해 폭주하는 거미 괴물이고, 나와의 계약을 통해 여성의 모습으로 변한 거잖아?

대체 어디서 그런 전래 동화 같은 미담으로 둔갑한 거죠?

나는 신과 눈빛으로 대화했다.

흠, 주군. 이게 가장 원만히 해결할 수 있는 방법이 아니겠습니까? 그리고 이 드워프도 일행으로 받아들일 수 있을 것 같고요.

아니, 너 말이야, 그냥 일본도를 만들게 하고 싶은 것뿐이지?

드워프 일족은 이 거미에게 몰살당할 뻔했습니다. 곧이곧대로 이유를 가르쳐줘도 그들은 납득할 수 없을 겁니다. 이걸로 된 겁니다.

아이 콘택트 종료—.

큭, 역시 보통 음험한 녀석이 아니다. 엘더 드워프 일족에게 조금 동정심을 느낄 정도다.

내가 베렌 씨에게 고개를 돌리자, 그것을 신호 삼아 대화가 재개되었다. 아무래도 그는 나와 신의 눈빛 교환을 눈치채고 끝날 때까지 기다려준 것 같았다.

"그 거미는 오랜 옛날부터 모든 것을 집어삼키고, 어디론가 사라지는 하늘의 재앙이라고 일컬어지는 존재였습니다. 오랜 과거로부터 저희들의 작품 역시 거미에게 잡아먹혔다는 이야기가 남아 있습니다."

넌 금속까지 집어삼키는 거냐?! 상상을 초월하는 잡식성이구나!

내가 그녀에게 고개를 돌리자 아무리 봐도 소식할 것처럼 보이는 일본 미인(원래 거미)이 창피해하고 있었다. ……사실이야?

얘기를 듣고 보니 대충 미담으로 덮어 두는 편이 좋을 것 같다는 생각이 들었다. 드워프가 여기에 남을 생각이라면 거미와 앙금을 남기지 않는 편이 훨씬 낫다는 것은 틀림없었다.

그는 아직 이야기를 계속할 생각인 것 같으니 일단 이야기를 들어봐야겠다.

"그래서, 이러한 토지를 소유하고 계신 마코토 님께 한 가지 부탁드리고 싶은 일이 있습니다."

부탁? 또 이벤트 플래그? 난 이제 슬슬 인간들이 살고 있다는 지역으로 가고 싶은데—.

"뭐죠?"

일단 이야기만이라도 들어볼까?

"저희들은 황야에 살면서 주로 병장기를 창작하며 생활하고 있습니다. 불편하고도 위험한 이 땅에 머물고 있는 이유는 수많은 약탈자들로부터 저희들의 작품을 지키기 위해서입니다. 하지만 이곳은 너무나도 메마른 땅입니다."

마물들조차 선불리 발을 들여놓지 않는 이『세계의 끝』이라는 땅은, 어떤 측면에서 보면 안전하다고 할 수 있었다. 이 땅에 있는 마을이나 둥지 등은 외부에선 정확한 지리를 파악하기도 힘들다고 한다.

이 부근을 본거지로 삼고 있던 신조차 드워프가 이 땅에 존재한다는 사실을 모르고 있을 정도였다. 당연히 그들이 보유한 보물을 노리는 이들도 많지는 않으리라.

"그렇겠죠. 보물은 안전할지도 모르지만, 식량이나 각종 자재 같은 건 적어 보이니."

"예, 그래서 마코토 님께 드리고 싶은 부탁이라는 것은……."

베렌은 거기까지 말하고 입을 다물었다. 아니 뭐, 여기까지 얘기를 듣고 나면 내용은 대충 짐작이 가지만—.

"……이 땅에 저희 종족을 받아들여 주실 수는 없겠습니까?"

역시—. 여기는 황야보다 안전하고 자재도 충분하다.

앞으로 또 다른 이종족의 이주를 받아들이게 되면 지식이나 물자가 더욱 증가할지도 모른다.

그리고 이 세계의 감독자는 강대한 상위 용종인 신, 그리고 원래 거대한 위협이었던 거미와 내가 담당하고 있다.

틀림없이 드워프들이 이주하기에는 완벽한 조건이다.

신은 개인이 아닌, 종족 전체가 이주를 희망한다는 그의 제안에 몹시 기뻐하고 있었다.

겉보기에는 얌전하고 차분해 보이는 분위기의 거미는 혀로 입술을 살짝 핥고 있었다. 이쪽도 맛있어, 아니 기뻐 보였다. 나중에 그들의 작품을 군것질하는 것만큼은 자제해달라고 확실하게 말해둬야겠군.

"예, 알겠습니다."

"예? 바로 대답하셔도 되는 겁니까?!"

"뭐, 토지야 남아도니까요…… 오크 일족과 공존할 수 있다면 거절할 이유는 없죠."

"그, 그야 물론입니다!"

베렌은 그것만 가지고 되겠느냐는 분위기였다. 하지만 여기에 누가 사는 정도는 우리 입장에선 딱히 대단한 문제가 아니다. 부탁할 것도 없이 나도 신의 희망을 거의 받아들인 거나 마찬가지니까—.

"……도시 건축에 협력할 것. 우리에게 병장기를 제공할 것. 장래적으로 토지세도 징수할 예정이니 그에 대비할 것. 그리고 마지막, 주군이야말로 이 땅의 영주라는 사실을 명심해야 할 것이야."

신이 막힘없이 추가적인 조건들을 늘어놓았다. 이 녀석, 이제 보니 처음부터 조건을 생각해 두고 있었군?

"도시, 를 말입니까?! 물론 조건에 이의는 없습니다."

아무래도 이 아공은 상당히 살기 좋은 장소로 여겨지는 모양이었다. 나는 드워프라는 종족에 관해 완고하다는 선입견을 가지고 있었지만, 실제로 내 눈앞에 있는 베렌 씨는 이해력이 빠르고 신이 내미는 조건을 곧바로 받아들였다.

"그래. 우리는 이곳에 언젠가 도시를 건설할 생각이다. 물론 너희들이 따로 마을을 두고 싶다면 그건 상관없다."

"그건…… 흥미로운 계획이군요. 안개의 저편에 존재하는 풍족한 대지와 도시라, 실로 흥미롭습니다!"

베렌 씨는 도시를 건설한다는 얘기에 의욕을 보이고 있는 것 같습니다. 신 녀석, 운이 좋았군.

"물론 세 분께는 처음부터 무기와 방어구를 바칠 생각이었습니다."

"흠, 그렇다면 동포들을 데리고 와도 좋다. 길을 만들어 두지."

"예, 그렇다면 바로 시작하겠습니다. 이틀 정도만 주시면 돌아올 수 있을 거라고 생각합니다만, 기다려주실 수 있겠습니까?"

"알겠다. 필요한 물자를 다 정리하고 나면 나에게 전달해라. 네 연락을 받으면 내가 지금까지 너희들이 살고 있던 주거지를 한 번에 전이시켜 줄 수 있다. 너희들은 내가 만든 길로 걸어오면 될 것이야."

또 그거냐? 정말 간단한 이사 방법이네. 이삿짐 정리도 최소한으로 끝나니까.

커다란 이삿짐은 집 안에 넣어 두면 집하고 함께 통째로 전이…… 아니 잠깐, 어라?

아공을 중계지로 삼아 전이를 사용하면 순간 이동과 유사한 방법으로 이동할 수 있는 건가?

흠, 앞으로 여러 번 들를 것 같은 장소가 보이면 신에게 게이트를 미리 준비해 놓으라고 해야겠다.

"그럼 바로 다녀오겠습니다!!"

베렌 씨가 마치 총알처럼 날아갔다. 그건 그렇고—.

"역시 평범하게 말이 통했단 말이지."

나는 베렌 씨와 대화하면서 에마와 만났을 때 같은 어색한 느낌은 받지 못했다. 조정이 필요한 건 맨 처음뿐인가?

아니, 드워프는 인간형 종족이야. 어쩌면 저쪽에서 인간의 언어를 이해하고 있는 걸지도 모른다.

"역시 주군이십니다."

"예, 대단하세요."

……내 생각은 아무래도 틀린 것 같았다. 아니, 애초에 거미하고 말이 통하는 것도 굉장한 일이지. 그걸 대화라고 부를 수 있다면 그렇다는 얘기지만—.

"이 거미가 말하던 내용까지 이해하실 수 있었으니, 정말 터무니없는 능력입니다."

"그리고 그 마력은 진미 중의 진미. 그야말로 이상적인 남성분이세요."

음, 전혀 기쁘지 않군!

먹을 수 있는 남자 친구 따위의 속성은 절대로 유행할 일이 없을 것이다. 식량 계열 남자…… 절대 그런 존재가 되기는 싫다.

"그건 그렇고, 실은 주군께 또 하나 부탁드리고 싶은 일이 있습니다."

"이름을 붙여달라고?"

"그렇습니다. 언제까지고 신이라고 불리는 건 싫습니다. 주군께선 꼭 이름을 지어주셔야 합니다. 이것도 계약자의 의무랍니다."

"저도, 독촉을 할 생각은 없습니다만 가까운 시일 내로 이름을 하사해주셨으면 좋겠다고 소망하고 있어요."

아, 역시 그렇군.

나로서도 그녀들을 언제까지나 이종족의 모습이던 시절의 이름으로 부를 수는 없다고 생각하고 있었다. 나도 계속 휴만이라고 불리는 건 별로 유쾌한 느낌이 들지 않으니까 말이야.

두 사람은 한마음인 것 같았다. 하지만 의외로군. 거미가 앞장서서 이름을 원할 거라고 생각했는데 그녀는 그러지 않았다. 이대로 가면 비참해지는 건 거미 쪽이라고 생각해.

"서두르지 않아도 괜찮겠어?"

"예, 저는 신의 이름을 지어주신 후에라도 상관없어요. 신입이니까요."

생긋, 그녀는 미소를 지어 보였다. 꽃처럼 아름다운 모습이다. 신을 무사라고 한다면 이쪽은 귀족의 딸이나 양갓집 규수 같은 분위기다.

"그럼 잠시 동안은 무명이라든지 거미 양이라든지 2호라고 불러도 되는 거지? 알겠—.”

빠직.

뭔가 묘한 소리가 들린 것 같은데?

“거절하겠습니다!!”

“우옷?!”

“서방님! 그건 여성을 부르기에 적합한 명칭이 아니라고 생각해요!”

“그 서방님이라는 것부터 하지 말아줄래?! ……아니, 하지만 난 네 원래 이름 같은 건 전혀 모르잖아! 그러고 보니 종족은 뭐야?”

“……저의 종족 말인가요?”

“응, 가르쳐줄래?”

“저는 대체 뭘까요? 지금까지 계속 굶주림에 이끌려 움직였기 때문에, 자신에 관해선 아무것도 아는 게 없어요.”

오호~? 기억 상실 상태? 아니, 애초에 기억 같은 건 존재하지 않는 상태인 건가?

“그럼 우선 당분간은 검둥이라고 부르는 건 어때?”

“사양하겠습니다! 즉시 이름을 붙여주실 것을 희망합니다!!”

“이봐! 이름은 내가 하사받은 후라도 상관없다고 하지 않았나!!”

신이 대들었다. 명명(命名)의 순서에 관해 서로 밀약을 나눈 모양이었다.

……저기 말인데, 그런 순서 같은 게 미리 사전에 약속씩이나 필요할 정도의 큰일인가요?

“하지만 신, 서방님께서 말씀하신 이름들은 그 어느 것도 받아들일 수 있는 것이 아닙니다. 당신은 원래 중성적인 이름이니까 그래도 양호한 편이지만…….”

“호오, 그렇다면 밤 시중의 우선순위를 양보하겠다는 약속은 없었던 걸로 해도 상관없나?”

“큭, 분하지만……!”

그런 밀약까지 했었단 말이야?! 아니, 손댈 생각은 없거든요?! ……아마도. 왜냐하면 난 너희들의 본모습을 알고 있다고!

“신은 요전에 한번 이름을 지어주려고 하니까 몸서리치면서 거절했잖아. 신이라는 원래 이름이 싫다고 해서 후보를 몇 개나 제출했는데도 말이지.”

“그런 서양 물 먹은 이름은 싫습니다!”

“신은 어찌 됐건, 무명 같은 건 솔직히 내가 생각해도 심했지……. 아, 거미! 너에게 좋은 이름이 생각났다.”

“어머!”

“뭐어라구요오오오오오?!”

“왜?!”

“안 됩니다! 안 돼요! 안 되고말고요! 주군께선 우선 저에게 이름을 하사하시는 게 도리라고요―!”

네가 무슨 어린애냐?!

한편 거미는 「아아, 저에 관해서 그렇게까지……」라고 한껏 망상의 나래를 펼치고 있었다.

이 녀석들이 내가 데리고 다녀야 하는 여행길 길동무……란 말인가?

"아— 젠장!! 알았어. 지금부터 두 사람에게 이름을 지어줄게. 그럼 우선 신부터 시작한다!"

나는『그럼 문제없겠지?』라는 눈으로 두 사람을 바라보았다.

조금 불만이 있어 보이는 눈과 크게 만족한 눈—. 대체로 긍정한다는 뜻으로 받아들여도 되겠지?

"좋았어. 그럼 신."

"예, 힘이 용솟음치는 이름으로 부탁드립니다!"

"어———."

"(두근두근두근)"

—어떡하지? 솔직히 말하자면 거미가 이대로 가면 너무 측은해질 것 같아서 그쪽밖에 생각하지 않았다.

"으음—."

"(두근두근) 음?"

"흐으으음—."

"잠깐, 주군. 설마 지금 생각하고 계신 건 아니겠지요?"

"서, 서, 설마— 그, 그, 그럴 리가 있겠습니까?"

"으으윽, 어째서 거미의 이름을 먼저 떠올리시는 겁니까아……."

이게 울기까지 할 일이냐?

이름을 붙인다는 건 계약에서 그렇게 중요한 일인 건가?

"……신, 너에게 이름을 부여한다. 앞으로 너를『토모에(巴)』라고 부르겠다."

"토모에?"

“그래, 내가 알고 있는 인물 중에서 가장 용감한 여자 무사의 이름에서 딴 거야.”

“여자 무사가 있었군요!”

“그래, 남편과 함께 전쟁터를 내달렸다고 전해지는 여성이지.”

분명 같은 젖을 먹고 자란 형제 사이라고 했었지. 동생이자 아내라…… 거기다가 함께 싸우는 파트너이기까지 했으니, 남편이라는 양반은 대체 얼마나 복 받은 거야? 인연 레벨 MAX구먼……. 한 발자국 잘못 디디면 집착성 의부증으로 발전할 것 같다만.

내가 토모에고젠(巴御前)[#10]에 관해 가지고 있는 이미지는 결국 게임으로 얻은 지식이라서 얼마나 정확한지는 모르겠지만 말이야.

“오오! 토모에의 이름, 감사히 받겠습니다!”

이 녀석에겐 척 봐도 과분한 이름이라는 생각도 들지만, 여자 무사 이름으로 떠올릴 수 있었던 게 이 이름 정도밖에 없었으니 별 수 없나? 다시 생각하기도 귀찮다.

토모에는 콧노래를 섞어 가며 「토모에♪ 토모에♪」라고 계속 되뇌고 있었다. 기분 탓인지 어슴푸레하게 빛을 띠고 있는 것 같은데……?

“왠지 빛을 머금고 있지 않아?”

“아, 오오! 그랬습니다. 이름을 하사받으면 그 이름에 따라 힘이 늘어난답니다. 주군과의 결속이 강해지기 때문이지요!”

이봐, 잠깐! 그럼 이거 꽤 중요한 작업이잖아? 대충 떠오른 이름

#10 토모에고젠 일본 헤이안 시대 말기인 겐페이 전쟁 시기의 여자 사무라이. 실존 인물인지의 여부는 알 수 없다.

으로 정해버려도 되는 거야?

"그건 그렇고 딱 와 닿습니다. 토모에! 정말 마음에 들었습니다! 나는 오늘 이 시간부터 토모에다! 알겠나!"

토모에는 나와 거미를 번갈아 보면서 확인했다.

내가 고개를 끄덕이며 그 말을 긍정하자 토모에는 얼굴을 빨갛게 물들이며 활짝 웃어 보였다. 어른 여성이 신 나서 어쩔 줄 몰라 하는 모습은 꽤나 흔치 않은 광경이라는 생각이 들었다.

"힘이 늘어난다니, 그럼 최대한으로 힘을 끌어올릴 수 있는 이름 같은 것도 있는 거야?"

"물론 있지요—♪"

"그걸 미리 말했어야지?!"

"상관없습니다. 상관없어요. 아무리 효율이 좋은 이름이라도, 주군께서 정말로 짓고 싶다고 생각하신 이름을 하사받는 편이 저는 더 기쁘답니다♪"

"아니, 그래도 말이야?"

평생에 관한 일을 내 기분만으로 결정해도 되는 거야? 뒤늦게 후회의 감정이 몰려왔다.

"괜찮습니다♪ 법칙에 묶여 있는 이름 따위, 저는 필요 없습니다. 그럼 저는 지금부터 주민들에게 이름을 전하고 오겠습니다!"

토모에는 말이 끝나기가 무섭게 어디론가 달려갔다. 마치 생일 선물을 받은 어린애 같은 모습이었다.

"어머나, 하지만 정말로 부럽습니다……. 서방님, 저도 이름을 받을 수 있는 거지요?"

"아, 응. 그럴 생각이었지만 하지만 그 전에— 그 서방님이라는 것 좀 그만해줄래?"

"……!! 제가 실수했군요……. 주인님이라고 불러드리는 편이 좋으신가요?"

오십보백보라고 생각해요.

"아니, 그냥 평범하게 미스미나 마코토라고 불러줬으면 하는데."

"그건 무리랍니다(생긋)."

즉시 부정의 뜻이 담긴 미소가 돌아왔다.

"왜?!"

"그야 당연하죠. 저는 지배를 받는 몸이니까요. 주인을 이름으로 부른다니 도저히 있을 수 없는 일입니다. 긍지 높은 신, 아니, 토모에조차도 주군이라고 부르고 있잖아요?"

으윽, 하지만 서방님이라는 소리를 들으면 등이 가려워지거든?

백 보 정도 양보해서 토모에와 마찬가지로 주군이라고 불러달라고 할까?

하지만 이 녀석의 입에서 그 말이 나오면 그것도 근지러워질 것 같은 느낌이 든다.

"미스미 님, 이라고 부르는 건 안 될까?"

"물론, 안 됩니다."

"어쨌든, 토모에한테도 얘기를 해서 주인님이나 서방님 이외의 호칭으로 부탁합니다! 이건 명령이에요!"

"하앗!! 명령이라니…… 그렇게까지 말씀하신다면, 나중에 토모에와 논의해보겠습니다."

몸에 경련을 일으키면서 명령이라는 단어에 반응해도 말이지…….

"그래서, 이름 말인데—."

"예♪"

"법칙 같은 게 있으면 간단한 설명이라도 좋으니 대충 가르쳐주실 수 있나요?"

"물론 안 됩니다(생긋)."

왜?! 난 이 사람들이 왜 이러는지 정말 모르겠어!

"저기, 이름으로 힘이 변한다는 소리를 들으면 저도 좀—."

"칫. 신 녀석, 조금만 더 입 다물고 있었으면 좋았을 것을."

어? 지금 굉장히 작은 목소리로 투덜거렸지?!

"조금 더 생각을 하고 싶다고 해야 할까요?"

"하지만 이미 생각해 둔 이름이 있지 않으신가요?"

"사정을 모르고 생각했던 거라서—."

"바로 그게! 제가 바라는 겁니다!!"

오옷. 그녀는 힘찬 목소리와 함께 쑤우욱, 얼굴을 들이댔다. 갑자기 이런 행동을 하면 평범하게 쑥스럽다고!

"애초에 그런 법칙 따위로 결정된 이름 따위에 무슨 의미가 있을까요? 앞으로 제가 자처하게 될 이름은 힘 같은 것보다는, 주인께서 자연스럽게 희망하셔서 지은 이름을 가지고 싶습니다."

"그래서 약해져도 상관없어?"

"지금보다 약해지는 일은 없답니다. 그리고 이제 와서 능력 따위에 흥미는 없습니다. 부디 지금, 주인께서 생각하신 이름을 저에게 내려주세요."

이렇게까지 간청하는 그녀를 보니 결국 그렇게 할 수밖에 없다는 생각이 들었다.

"그럼."

그녀가 숨을 삼켰다.

"……너에게 이름을 부여한다. 너를 앞으로 『미오(澪)』라고 부르겠다."

"미오……."

"내가 태어난 나라에서 0을 나타내는 글자인 영(零)에, 내 특기 속성인 물 속성을 나타내는 문자를 합친 이름이야."

지금까지 그녀가 오직 굶주림밖에 느끼지 못했다면, 그것이 만족된 지금 0에서부터 시작한다는 뜻이다.

그리고 계약을 나눈 내 특기 속성인 물을 나타내는 부수를 더해서 미오……. 머리를 쥐어짠 것치고는 의외로 안이한 이름일지도 모르겠군.

"삼가 감사히 받겠습니다. 앞으로 저는 스스로를 미오라고 부르겠습니다. 정말 감사합니다, 서방님."

"그—러—니—까 서방님은 제발!"

"아, 예. 조심하겠습니다. 미오. 우후훗. 주인의 속성을 포함한 이름. 우후후……."

"이봐—! 현실 세계로 돌아와—!"

"핫! 0에다가 주인을 나타내는 글자? 그렇다는 것은, 나를 주인님의 색깔로 물들여 주시겠다는 뜻?! 아아……."

안 되겠다. 정말 글러 먹었다. 내 말을 전혀 듣고 있질 않아.

아무래도 내 주위에는 좀 어긋난 녀석들만 모여드는 것 같다.

나는 망상에 빠진 미오의 등을 밀고 텐트에서 몰아냈다.

방금 눈을 떴는데도 굉장히 피곤하다. 다시 자자.

인간들의 거주 구역이라는 곳이 이제 거의 눈앞일 텐데 말이지…….

이름을 지어준 밤이 지나고 다음 날 아침이 밝았다.

텐트에서 나온 나는 전원 집결해 있는 오크 일족과 그들을 마주 보고 서 있는 토모에와 미오의 뒷모습을 보고 깜짝 놀랐다. 오늘은 이렇게 이른 아침부터 대체 뭘 시작할 생각이지?

"알겠나, 너희들! 나는 어젯밤, 주인으로부터 이름을 하사받았다. 앞으로 나를 부를 때는 토모에라고 부르도록 해라!"

"마찬가지로 저도 이름을 하사받았습니다. 전 앞으로 미오라고 부르도록 하세요."

와아아—!

의미를 알 수 없는 환성이 울려 퍼졌다. 이게 그렇게 대단한 사건인가요?

"그런고로, 이 땅의 영주이신 우리 주인을 부르는 호칭에 관해서도 전달할 말이 있다. 모든 이들이 나와 같이 주군이라고 부를 수도 없는 노릇이다."

"그리고 주인님이나 서방님이라고 불리는 것도 마음에 들지 않는다고 하셨습니다. 물론 주인의 이름을 부르는 불손한 태도는 용서할 수 없습니다."

아니, 글쎄 이름으로 불러도 된다고 했잖아! 무슨 그럴듯한 호칭을 붙이면 등짝이 근지럽다고!

하지만 오크 여러분은「음, 역시 그렇지」라고 고개를 끄덕이고만 있었다.

""따라서!""

두 사람의 목소리가 하모니를 일으켰다. 그건 그렇고 이 환성과 연설의 전환이 묘하게 빠르고 능숙하다. 이거 내가 일어나기 전부터 연습했던 거 아냐?

""그대들에게 묻는다!""

아, 예. 뭔데요?

""나리, 도련님, 어르신. 이 셋 중에 무엇이 좋은가! 다수결로 정하자!""

아, 예. 그러세…… 뭐라고오오오오오?!

아니, 그…… 왜 그렇게 되는데!

"아, 어? 응? 잠까……!"

말이 똑바로 이어지질 않는다.

아니, 그 이전에 세 가지 중에 멀쩡한 게 없다!!

"그럼 나리가 좋은 사람!!"

와아——!

꽤 있네?!

"다음으로 도련님이 좋은 사람!!"

와아————————————————————————!!

……?! 차원이 다른데?!

"마지막! 어르신이 좋은 사람!!"

와아——!

아직 노인네 아니거든!

종자 두 사람이 뒤로 돌아서 나를 바라봤다.

"이리하여."

"이런 연유로."

뭐가 말인데!

""도련님, 이라는 호칭으로 부탁드립니다.""

"너희들 바보지?! 아니면 멍청하던가!!"

"민주적으로 결정해봤습니다. 좋아하시죠? 민주주의."

"물론 도련님도 한 표 가지고 계시지만, 어디에 투표하셔도 도련님으로 결정이랍니다♪"

납득이 가질 않는다고요! 완전히 짜고 치는 고스톱이잖아!

"아니 잠깐, 내가 주인이라면서? 왜 이렇게 되는 거야?"

"어젯밤 저에게 논의 후에 결정하라고 말씀하셔서, 모두 머리를 맞대고 결정한 거랍니다."

"옵션 세 가지가 요상한 것들밖에 없었던 이유는 뭔데!"

"밤중에 유력자들을 두드려 깨운 후 밤새 생각해 낸 세 가지 호칭입니다! 결코 이상한 것만 골라서 모은 게 아닙니다!!"

바, 밤을 샜다고?!

그 말인즉슨, 여기 있는 사람들 중 몇 명인가는 밤샘에 시달린 끝에 이런 헛짓에 참가했단 말이야?

으으윽, 오크 여러분. 죄송합니다.

오크 & 종자들이 기대에 찬 눈으로 나의 대답을 기다리고 있었다.

으윽…… 이름을 부르는 게 불손하다는 생각은 전혀 없는데…….

여러분께서 『자! 어서요!』라는 눈빛으로 무언의 압력을 걸어 왔다.

아침에 일어나자마자 이 꼴이라니 가벼운 집단 괴롭힘 같다…….

"도련님……이라고, 부르세요……."

귀를 틀어막고 싶을 정도의 큰 환성이 터졌다.

앞으로 만나는 사람들마다, 어른이나 애들이나 나를 『도련님』이라고 부르겠다 이 말인가…….

……슬프당.

불합리한 호칭 결정 투표로부터 몇 시간이 지났다. 나는 이제 과거는 상관없다고 마음을 다잡은 후에 여행을 재개했다. 드디어 마을처럼 생긴 것이 보여 와서 흥분을 감추지 못한 그 순간, 잠시 기다려달라는 말을 들었습니다.

마을이 없어지면 코 닿을 거린데!!

이유를 묻자 드워프 일족의 도착을 기다리고 싶다고 했다.

뭐, 이건 어쩔 수 없지. 마을에 도착하는 건 내일이라도 상관없다.

나는 깔끔하게 포기하고 아공에서 휴식을 취하기로 했다. 드워프들의 이주도 그동안에 끝날 테니까.

아공 내부의 세세한 안내는 토모에의 분신체에게 맡기면 문제없다.

드워프들의 인사는 어째서인지 내일 아침으로 미루겠다는 말을 듣고 나는 의아해하면서도 잠자리에 들었다.

……이 전개, 뭔가 추진력을 모으는 느낌이 드는데?

다음 날 아침에 텐트에서 나오자 두 눈을 의심하게 되는 광경이 펼쳐져 있었다.

……역시 어제 전개는 추진력을 모으는 거였군. 머리가 아파 옵니다.

어제는 오크 무리뿐이었지만 오늘은 그 왼쪽에 베렌 씨가 이끄는 드워프 일족이 대기하고 있었다. 인원은 50명 정도였다.

중앙에는 토모에가 이끄는 푸른 비늘의 리자드맨들이 100명 이상—.

오른쪽에는 하반신이 거미에 상반신이 사람 비슷한 무언가—. 이쪽은 미오를 포함해서 다섯 명이었다.

이건 대체 뭐지? 증식했닷?!

"꽤 하는군. 인원을 모으려면 정오는 돼야 한다지 않았나?"

토모에가 베렌 씨를 칭찬했다.

"뭘 이 정도 가지고요, 두 분의 권속들을 마코토 님께 선보이시는 날이잖습니까. 그렇다면 이 기회에 저희들도 함께 인사를 드리는 것이 예의라고 할 수 있죠! 첫 인상이 달라지니까요!"

"……."

"도대체가 우리 아이들은 정말 말이 없네~. 말해 두지만 도련님께 불경한 짓거리를 저질렀다간…… 먹어버린다?"

"……!! (끄덕끄덕)"

으음—. 완전히 카오스다. 전후 사정을 전혀 파악할 수가 없다.

드워프는 전원 합쳐서 저 정도인가? 그렇다면 마을로써는 상당히 규모가 작은 것 같다.

내가 살고 있던 세계의 기준으로 생각하면 가족은 기본적으로 두 명 이상으로 구성되는 단위다. 한 가족이 부모와 자녀를 합쳐서 세 사람이라고 생각해도 16세대 정도인가?

그런 인원수로 마을을 형성할 수 있는 건가……, 아니면 내가 생각하고 있는 마을의 단위가 너무 큰 건가?

토모에의 권속인, 푸른색의 아름다운 비늘로 덮인 리자드맨들은 검을 땅바닥에 꽂고 한쪽 무릎을 꿇은 채 머리를 조아리고 있다.

그 모습은 기사를 연상시켰다.

칼집은 없는 것 같다. 내 기준으로 보자면 칼집을 가지고 있는 편이 편리할 것 같지만— 내가 도(刀) 문화권의 인간이라서 칼집이 없는 걸 보면 위태롭다고 느끼는 건지도 모르겠다.

저 토모에가 이런 예의 바른 권속을 거느리고 있었다니…… 부하들을 잘 만나는 타입인가?

재앙의 거미인 미오의 등 뒤로 네 사람(마리?)의 반인 반거미가 서 있었다.

적은 인원수를 생각해보면 마을이나 공동체를 형성하는 종족은 아닌 것 같다.

전투 중에 나오지 않았던 것도 신경 쓰였다. 그리고 미오의 모습을 보고 있으면 집단생활을 하는 모습이 전혀 떠오르지 않는다. 굳이 말하자면 어딘지 모르게 보스 캐릭터 같은 분위기가 있다고 생각해.

미오의 권속들은 차렷 자세로 가슴에 오른손을 갖다 대고 머리를 조아리고 있었다.

아마 과묵한 성격일 것이다. 그들은 입을 한 번도 열지 않았다. 아까 미오의 협박을 듣고도 고개를 끄덕일 뿐이었다.

"아이들아, 잘 들으려무나. 도련님께선 이 나와 너희들을 굶주림에서 해방시켜주신 분이란다. 몸과 마음을 다 바쳐 모시거라."

아이들이라…….

걔들도 갑자기 나타나서 모든 것을 다 잡아먹는 족속이냐?

흠—, 미오가 저 네 사람을 만족시킬 정도의 마력을 나눠 주고도 아직 제정신을 유지하고 있다는 얘기는…… 아니야, 이제 내 마력에 관해 생각하는 건 관두자.

"음? 도련님이시다."

토모에가 내가 나온 것을 눈치채고 미오와 베렌에게 눈짓을 보냈다.

두 사람은 나를 확인하고 자세를 바로잡았다.

"아, 안녕……, 여러분?"

여러분이라고 말해도 괜찮은지 알 수 없어서, 의문형으로 말이 끝나버렸습니다.

『안녕하십니까, 도련님!!』

우오, 전원의 말을 정확히 알아들을 수 있다. 그리고 대답이 돌아온 시점에 내가 한 말도 틀림없이 전달되고 있었다. 이봐, 여신. 이거 정말로 쓸 만한 능력인 것 같거든?

베렌이 두 사람에게 눈빛으로 승낙을 받고 한 발자국 앞으로 걸어 나왔다.

무릎을 꿇고 있던 드워프들도 일제히 기립해서 한 발자국 앞으로 따라 나왔다. 굉장한 박력이었다.

"마코토 님, 당장 성함을 부르는 무례를 용서하여 주십시오. 여기에 모인 저희들 엘더 드워프 54명, 오늘부터 이 땅에 정착하겠습니다. 앞으로 잘 부탁드립니다!"

"아, 잘 부탁합니다. 마코토입니다. 이름으로 부르셔도 상관없어요~."

"그럼, 저희 마을의 우두머리로부터 인사를 올리겠습니다!!"

아, 대답이 없다. 그렇게 긴장 안 해도 상관없는데…… 베렌 씨는 온몸이 딱딱하게 굳어 있었다.

베렌 씨가 몇 발자국 물러서서 다른 드워프들의 대열로 돌아갔다. 딱 봐도 위엄이 있어 보이는, 수염을 길게 기른 드워프가 교대하듯이 앞으로 나왔다.

다른 사람들의 위에 설 수 있는 분위기가 있는 사람이다. 연령도 확실하게 베렌 씨보다 연상이다.

우두머리라는 사람이 가볍게 고개를 숙이자 나도 무심코 따라서 고개를 숙였다. 이쪽 세계에도 머리를 숙이는 문화가 있단 말이지.

"엘더 드워프를 이끌고 있는 엘드라고 합니다. 『세계의 끝』에 펼쳐진 끝없는 황무지에서 숨어 살고 있던 저희들에게, 이 정도로 풍족한 토지를 하사해주셔서 감사드립니다."

"아, 아뇨. 마코토라고 합니다. 곤란하신 일이나 질문이 있으시면 언제든지 편하게 말씀해 주세요."

"감사합니다. 그렇다면 바로 한마디 여쭤도 되겠습니까?"

"예?"

"제가 본 바로는, 마코토 님께선 간신히 휴만종(種)이라고 부를 수 있는 모습을 하고 계십니다. 하지만 마코토 님께서 종자로 계약하고 계신 이들은 환영을 관장하는 상위 용종인 신 님에다가, 또 한쪽은 세계를 집어삼키는 공포의 화신으로 알려진 재앙의 검은 거미입니다. 어느 쪽도 휴만의 힘으로 지배할 수 있는 존재들이 아닙니다."

"아, 예."

초인의 진면목을 발휘하고 있다고 하면 될까……? 그건 그렇고, **간신히** 휴만이라는 얘기는 꽤 신랄한 말씀이군요.

"솔직하게 질문 드리겠습니다. 당신께선 이 세계를 다스리시는 여신의 가호와 사명을 띠고 황무지에 내려서신 분이 아닙니까?"

번쩍, 엘드 씨의 눈이 빛났다. 하지만! 나도 그런 말을 들으면 할 말이 잔뜩 있다고!

"그, 그런 여신에게 가호 따위를 받을 리가! 그 녀석 때문에 세계의 끝으로 추락한 건 사실이지만! 지독한 꼴만 당했다고!"

"아……."

"그 망할 여신! 「세계의 구석탱이에서 마물들하고나 살아라」라고 지껄이고, 나를 황무지로 내던졌겠다!"

으아, 기억을 떠올리니 다시 울화가 치밀어 오른다!

"그, 그럼 사명은 없다는 말씀이신가요?"

"그래, 없어! 전혀 없고말고! 나는 피해자라고?! 뭐, 마물이나 마족 같은 종족들과 이야기를 나눌 수 있게 해준 건 조금 감사할지도 모르지만."

조금 말끝이 용두사미가 되고 말았다.

"저희들과 말이 통하는 것은 여신의 가호로 인한 능력입니까?"

"이건 『이해』라고 하더군. 가호를 부여하는 것조차 구역질 난다는 소릴 들었어!"

젠장, 떠올리고 싶지도 않은 이야기다.

엘드 씨는 내 푸념을 듣고 잠시 동안 골똘히 생각에 잠겼다.

"그, 그렇다면 마코토 님께선 어느 세력에도 속하지 않는 입장의 휴만이십니까?"

"물론이지. 아, 그리고 휴만이라고 부르지 말아주겠어? 나는 인간이라고 불리는 편이 자연스럽거든."

"인간…… 말입니까? 고대에 존재했던 이 세계의 주민들을 부르는 이름이군요. 휴만종의 조상이라고도 불리는."

"그런 것 같더군요. 그럼 저에 관해선 인간이라고 불러 주세요."

"……알겠습니다. 하지만 여신의 사명을 받들지 않으셨다는 말씀을 듣고 안심했습니다. 저희들은 여신과는 뜻을 달리하는 종족입니다. 적대 관계라고까지는 할 수 없습니다만—. 마찬가지로 휴만이나 마족들과도 우호 관계는 없으며, 동맹이라고 부를 수 있는 종족도 없습니다."

"그런가요……. 독립적인 종족이라는 말씀이군요."

"허나 당신께선 매우 흥미로운 분입니다. 신기루 도시라는 구상, 우리와 대화할 수 있는 능력, 그리고 상상을 초월하는 엄청난 마력……. 당신 같은 분이라면 저희들이 주인으로 섬기는 것도 재미있겠다는 생각이 들었습니다."

"아하하, 그렇게 대단한 것도 아니지만요."

"후후후, 그럼 너무 장황한 질문을 드려 실례했습니다. 차후에 인사를 대신하여 보물들을 바치도록 하겠습니다."

장로가 물러났다.

"다음은 내 차례로군."

토모에다. 여전히 기분이 좋아 보였다.

푸른 비늘의 리자드맨들이 일제히 일어섰다. 그들의 동작은 마치 훈련을 받은 군대를 연상시킬 정도로 매우 정확했다.

"도련님! 제 등 뒤에 모여 있는 이들은 저의 권속인 미스티오 리자드맨입니다! 물과 바람, 두 가지 속성을 함께 갖춘 대단히 진기하고도 강력한 종족이지요! 그 특징은 누가 뭐래도 아름다운 빛깔의 푸른 비늘이라고 할 수 있습니다!"

"너한테 권속이 있었다는 사실은 오늘 처음 알았거든?"

"멋대로 신앙을 바치고 있는 이들까지 합치면 저는 꽤 권속을 많이 거느리고 있는 편입니다. 애매하게 신(神)이라고 부르고 있는 녀석들까지 포함하면 더욱 늘어나지요. 하지만 지금 이 자리에 있는 이들은 저와 강한 결속을 지닌, 그야말로 권속이라고 부를 수 있는 존재입니다. 단독으로도 아룡(亞竜) 정도라면 상대할 수 있는 전투력을 지니고 있습니다."

"그거 참 굉장한데? 거기다 이 분위기를 보면, 진짜 특기는 집단 전투지? 이쯤 되면 이들은 거의 병기나 다름없는 레벨인 것 같군."

"그거 참 그럴듯한 표현이군요. 아주 간단하게 이들의 본질을 간파하신 것 같습니다. 여하튼 그들의 인원수는 총 108명입니다. 오늘부터 이주시키도록 하겠습니다. 저와 함께 앞으로도 잘 부탁드립니다."

토모에가 가볍게 머리를 숙였다. 그들도 정확하게 통솔된 움직임으로 인사를 했다.

그들은 토모에의 권속으로 두기엔 아까운 느낌이……. 단독으로 아룡을 상대할 수 있는 전사들이 군대로서 기능을 발휘한다니, 운용하는 방법에 따라선 엄청난 결과를 부를지도 모르겠군. 아룡을 본 적은 없지만 약하진 않을 테니까.

내가 받은 그들의 첫인상은 전사라기보다는 기사 같다는 것이었다. 국왕 직속의 정예 부대라는 느낌이다.

다음으로 미오가 이야기하기 시작했다.

"도련님, 제 뒤에 대령한 이들은 저의 권속인 아르케라고 합니다. 그들도 저와 마찬가지로 굶주림의 숙명에서 벗어날 수 없는 자들이었습니다만, 이번에 도련님의 정기를 받아 제정신을 차렸기 때문에 이곳으로 데리고 왔습니다."

아르케? 모르겠군. 역시 미오의 종족은 내가 있던 세계와는 전혀 접점이 없는 존재인 건가?

아니 잠깐, 걸리는 구석은 거기가 아니야!

정기라니…… 정기라니 무슨 소리야!

피나 마력을 말하는 거겠지만 정기라는 표현이 왠지 마음에 안 들어!

애초에 어떻게 나눠 준 거지?

“어, 어떻게 그런 눈에 보이지 않는 것을 나눠 주신 거죠?”

무심결에 존댓말로 묻고 말았다. 여, 역시 뭔가 질척질척한 일이 벌어지고 있던 걸까?

“그거야 물론, 이렇게! 랍니다!”

미오가 가장 가까이에 있던 아르케를 손짓으로 부르더니 그 어깻죽지 부근에 수도를 찔러 넣었다. 미오의 수도는 아주 확실하게 어깨를 관통하고 있었다.

“이봐!”

나도 모르게 목소리가 나왔다.

“……♪”

하지만 어깨를 관통당한 아르케는 어딘지 모르게 기분이 좋아 보였다.

시, 싫어—!

이 녀석들 전부 한통속의 괴물인가?! 미니 미오가 늘어난 것뿐이냐고! 아, 또 두통이…….

자세히 보니 미오의 수도를 통해 무언가가 권속에게 흘러 들어가고 있었다. 이게 정기를 나눠 주는 동작인가? 그들의 관계는 정말 폭력적인 것 같다.

“아—, 이제 알았습니다. 아니, 알았어. 이제 됐어, 미오.”

“예, 알겠습니다.”

미오가 손을 아르케의 어깨에서 빼냈다. 피도 나오지 않고 상처가 아물었다. 윽…… 불가사의 스펙도 가지고 있는 거냐? 이 녀석들도 내 관점에서 보자면 충분히 치트 성능이군.

“아르케, 라고 합니다. 이름은, 없습니다. 잘, 부탁, 드립니다.”

말하는 건 별로 능숙하지 않은 것 같다. 그래도 천천히 분명하게 의사를 전달하고 있었다. 성실한 사람들……인 걸까?

그들은 개인 단위로 생활했기 때문에 대화를 나눌 상대도 주위에 없었던 것이다. 그라서 이름도 언어도 필요 없었던 거군.

그리고 미오와 마찬가지로 굶주려 있다. 아니, 굶주려 있었다고 해야 하나?

“『앞으로』가 빠졌잖아! 먹히고 싶니? 엉?”

네가 무슨 조폭이냐?!

“미오, 그런 건 상관없으니까! ……천천히 해도 되니 여기에 적응해줬으면 해.”

미오가 마지못해 물러나자 아르케들도 안심했는지 내 말에 고개를 끄덕였다.

“저도 아르케들도 몸 안에서 희소 물질을 만들어 낼 수 있습니다. 또한 고대의 연금술에 관한 지식도 지니고 있으므로 마음껏 사용해 주십시오. 그럼 불초의 권속들이긴 합니다만 앞으로 잘 부탁드립니다, 도련님.”

대장장이는 드워프에 연금술은 아르케, 전투는 미스티오 리자드맨이라. 그리고 기본적인 작업은 튼튼한 하이랜드 오크와 미스티오 리자드맨에게 맡기면 될 것이다.

흠, 대충 구색은 갖췄을지도 모르겠군. 인간 성분이 상당히 부족한 상태지만—.

이걸로 각자의 자기소개는 끝났다. 어쨌든 이제 마을로 갈 수 있게 된 것이다! 이제 곧, 염원하던 휴만의 마을에 도착한다고!

……드디어 인간들과 만날 수 있다!

"음. 그럼 여러분, 앞으로 잘 부탁해. 자세한 사항은 각각의 상급자에게 질문해줘. 토모에와 미오는 엘드 씨에게 여러 가지로 가르쳐 드리도록 하고. 거주 장소는 자유롭게 결정해도 좋지만 사소한 일로 다투는 일은 가능한 한 피해. 나는 마을로 가볼게. 이제 아주 가까이까지 왔으니까 나 혼자서 다녀올 수 있어."

"아, 혼자서는 위험하지 않겠습니까?"

"그래요, 모시고 따르겠습니다."

"아니, 괜찮지 않아? 여기까지 온 길보다는 틀림없이 안전할 거야. 거기다 이런 대가족인데, 누군가가 지시하질 않으면 수습이 되질 않잖아? 난 인간들의 마을에서 그대로 하룻밤 자고 날이 밝으면 돌아올게. 그럼 이만."

나는 거기까지 말하고 출입구로 향했다.

토모에와 미오도 납득한 것 같다. 따라오지 않는다는 건 바로 그런 뜻일 거다.

아공에서 귀찮은 일이라도 벌어지면 그때는 그때 가서 해결하면 되지!

지금은 어찌 됐건 마을로 가야만 해.

이쪽 세계로 건너온 후 일주일 정도 지났는데도 인간은 한 사람도 만나지 못했고 두 차례나 보스 캐릭터와 사투를 벌였다.

슬슬 사람 구경을 하고 싶다고!

잠시 걷자 건물이 보였다.

간소한 구조의 문이다. 도시나 마을이라고 부르기엔 조금 무리가 있어 보이는군. 판자촌이라는 표현이 딱 들어맞을 것 같은 느낌이다.

안쪽 분위기를 확실히 파악할 수 있을 정도로 접근한 순간, 이 지역의 주민으로 보이는 묘령의 여성과 만났습니다. 굉장한 미인이다.

머리카락은 부드럽게 빛나는 황금색에다가 바람에 휘날리는 모습은 마치 한 폭의 그림과도 같았다. 이런 가혹한 토지에서도 그 피부는 도자기를 연상시킬 정도로 새하얬다.

굉장하다. 우리 고등학교 궁도부에도 이 정도의 미인은 많지 않다.

참고로 궁도부는 남녀 합쳐서 미인이 많다고 평판이 높은 동아리였다.

그녀도 나의 존재를 눈치챘는지 그 자리에 멈춰 서서 이쪽을 보고 있었다. 이게 무슨 일이지? 이 아가씨하고 플래그가 성립한다면 진심으로 기대가 멈추질 않는데?

이건…… 우, 운명인가?

나는 상당히 스스로에게 유리한 해석을 하면서 그녀에게 가까이 갔다. 친숙하게 「저기요」라고 말을 걸었다. 물론 내가 할 수 있는 최고의 미소를 얼굴에 띠고 말이다.

하지만 내 미소에 대한 그녀의 반응은 실로 처참했다. 그녀는 절규에 가까운 비명을 내지르면서 총알 같은 로켓 스타트에 이은 전력 질주로 내달렸다. 크라우칭 스타트와 비교해도 손색이 없을 것이다.

단호한 거부라는 건 바로 이런 걸 말하는 걸까……. 굉장히, 마음이 아프군.

그녀는 망설임 없이 판자촌을 향해 도망갔고 나도 그 뒤를 쫓았다. 뛰어서 쫓아가는 바람에 그녀를 자극하게 되면 곤란할 수 있으니 천천히 걸어서 갔다.

그리고 문 앞에 도착했다.

내 눈 앞에는 즐비하게 늘어선 휴만 여러분이 기다리고 있었다. 엘프 같이 보이는 사람이나 수인, 왠지 자그마한 사람들까지 다양한 종족이 대기하고 있었다.

그들은 모두 무장을 마치고 명백한 적의를 발산하고 있었다. 나는 이 마을의 주민들을 자극할 만한 행동은 한 적이 없는데…….

하지만 상대는 지성을 보유한 인간이다. 야만족들과는 달리, 전투가 아니라 대화를 통해 해결한다는 수단이 있다.

"저는 미스미 마코토라고 합니다. 이 마을에 들어가고 싶은데요."

"……."

대답이 없다. 아니, 정확히 말하자면 적의가 훨씬 강해졌다. 난 자기소개를 했을 뿐인데?!

"……!"

"……!"

휴만들 사이에서 의논이 시작됐다.

조금 기다려야 하나? 이 분위기를 보면 의견이 모일 때까지 시간이 걸릴 것이다.

……의논이 끝난 것 같다. 최전방에 늘어선 사람들이 무기를 들고 전열을 정비하기 시작했다. 본격적인 전투 모드입니다.

아니, 어라?!

그리고 대열의 가운데 뒤에서 자리를 잡고 있던 활이나 투척용 무기를 지닌 사람들도 공격 태세에 들어갔고 지팡이를 가지고 있는 사람들은 영창을 시작했다.

이거 혹시 위험한 장면인가?!

"자, 잠깐! 나는 단지……!"

"#$%&$&#$()!!"

거짓말이지?

나는 잠시 우두커니 서서 귀를 기울였다.

아직 공격은 시작되지 않았다. ……시작되지 않았지만!

"%$#&%$#!!"

일단 이 사태를 수습하기 위해, 양손을 들고 항복할 의사를 표시해보자—.

하지만 그들은 내 동작을 공격의 의사가 있다고 해석한 것 같다.

화살과 마법들이 일제히 날아들었다.

나는 자신의 주위에 약간 넓은 느낌으로 방어의 계를 전개했다. 각양각색의 마법과 화살들이 전부 계를 통과하지 못하고 튕겨 나갔다. 검이나 창을 들고 돌진해 온 인간들이 그 광경을 보고 멈춰 섰다.

어쨌든 그들은 상황을 살필 생각으로 보였지만 주민들은 지금 당장에라도 죽음도 불사할 각오로 공격하려는 것처럼 보였다. 내가 여기서 일단 물러나지 않으면 돌이킬 수 없는 사태를 초래할지도 모른다.

나는 곧바로 뒤돌아 전속력으로 달렸다. 말조차 쫓아올 수 없는 스피드로 엄청난 흙먼지를 일으키며 아공으로 돌아왔다.

"제엔자아아앙! 인간들의 말을 못 알아먹는다니 이런 게 어딨어어어어어!!"

정작 중요한—.

절대로 문제없을 거라고 생각했던 이들의 말을 알아들을 수 없었던 것이다.

—내일은 어느 쪽이냐!!

자, 문제가 생겼습니다.

말이 안 통합니다.

지금까지 일본어로 말해도 아무런 문제도 없었는데…… 오크나 드워프, 뿐만 아니라 거미까지도 OK였는데 말이야.

……아니, 아닌가?

인간인 내가, 인간들하고 말이 안 통한다는 건 예상 밖도 정도가 있지!

있을 수 없는 일이지요. 예.

불길한 예감밖에 들지 않았지만 토모에나 미오에게 부탁해서 휴만들이 사용한다는『공통어』라는 걸 말해보라고 했다.

와우, 모르겠네요. 솔직히 말해서 나는 이 녀석들이 그걸 구사할 수 있다는 사실에 약간 상처 입었다. 특히 미오! 어떻게 네가 그걸

말할 수 있는 건데! 굶주림 말고 다른 기억은 없다고 했잖아! 너 사실은 천재였냐?!

공통어란, 이 세계에 사는 휴만들이 거의 예외 없이 구사할 수 있는 의사소통을 위한 언어라고 한다. 모든 휴만 국가들의 언어는 이 언어로 통일되어 있다. 그렇다면 휴만어라고 할 수 있는 거 아닌가? 내가 그렇게 묻자, 이 세계는 휴만의 번영이 워낙 압도적이라서 다른 종족들도 필요에 따라 습득하는 경우가 많다고 했다. 그 결과, 공통어라는 명칭에 어울리는 보급 상황에 이르렀다는 것이다. 그러나 그 공통어는, 나에게는 언어라기보다는 단순한 소리로밖에 들리지 않았다. 지금까지 평범하게 말이 통했기 때문에 충격은 매우 컸다.

나는 현실을 받아들이지 못하고 이 녀석들이 나를 놀리고 있는 게 아닌가 의심이 들어서 어떤 실험을 해보기로 했다.

지금 아공에 살고 있는 주민들로부터 각 종족의 대표를 선출하고 한자리에 모아, 일상적인 회화를 해보라고 한 것이다. 그러나 그 자리에서 모든 종족의 언어를 이해하고 대화할 수 있는 것은 나뿐이었다.

각 종족들은 나나 토모에, 그리고 미오와의 대화는 가능하지만, 다른 종족끼리의 대화는 서로 애매하게 이해하는 정도거나 전혀 통하지 않고 있었다.

비교적 우수한 종족은 오크 일족이었다. 그들은 각 종족들과 어떻게든 커뮤니케이션을 성립시키고 있었기 때문에 앞으로 도시 운영에도 큰 전력으로 활약할 것이다.

어쨌든―.

나는 서둘러서 공통어를 적어도 읽거나 알아들을 수 있는 레벨까지는 습득해야 했다.

토모에와 미오가 공통어를 구사할 수 있다는 사실은 굉장히 도움이 됐다.

젠장―! 반드시 습득해주겠어!!

4

반드시 습득……이라.

그렇게 생각했던 시기가 저에게도 있었습니다.

어, 말을 꺼낸 게 그렇게 옛날 일이 아니라고?

아니, 그러니까 말이지. 극한의 집중 상태로 계속 공부하고 있으면 시간 감각 같은 건 사라지는 법이랍니다.

……약간 과장했다는 사실은 인정한다.

후, 그건 그렇고 이 공통어의 발음이라는 건 대체 어떻게 돼먹은 거야?

듣는 것은 그래도 어느 정도 가능하다.

그러나 모르면 모르는 대로 단어의 소리를 겨우 기억해서 머릿속에서 조합한 후에 의미를 뒤지고 있는 느낌이다. 정말 아슬아슬하지만 그래도 이 방법으로 노력하고 있다.

위험해. 이건 본격적으로 위험하다고!

내가 이런 상태로 상대방의 세세한 감정 같은 걸 파악할 수 있을까? ……아니, 무리라는 생각이 든다. 표정을 보고 판독할 수 있다면 대화가 성립될 가능성은 남아 있다고 생각하고 싶다.

그리고 가장 심각한 것이 발음이다.

이게 그야말로 괴멸적이었다. 몇 번을 시도해 봐도 토모에와 미오는 고개를 가로저을 뿐이었다.

나 스스로는 두 사람이 가르쳐준 발음을 충실하게 따라 하고 있다고 생각하는데…….

「그 『아』가 아닙니다」 같은 소리를 들어도 「그럼, 어떤 『아』를 말하는 건데!」 그런 입씨름을 하게 되고 만다. 나는 들린 소리를 그대로 발음하고 있다고 생각하는데……. 어쨌든 지금의 나에게 공통어의 발음은 불가능하다고 한다.

곧바로 공략하는 건 무리일 것 같다. 아니, 차분하게 공부해도 힘들지도 몰라. 모르겠다. 어찌 됐든 전혀 모르겠다.

이것이 내가 나름대로 필사적으로 공부해서 내린 결론이었다. 깜짝 놀랄 지경이지. 꽤 노력했거든?

습득을 단념할 생각은 없지만 당분간은 스스로 대화를 시도하는 건 포기할 수밖에 없다.

하지만 글자에 관해선 문제없었다. 소리는 관계없으니까, 요컨대 평범한 외국어라고 생각하면 괜찮다. 그렇게 한 달간의 노력이 결실을 맺어서 글자의 번역이나 간단한 필기는 일단 가능해졌다.

덕분에 마법을 사용하여 만화의 말풍선을 공중에 그려서 의사를 전달하는, 우악스러운 방법으로 간신히 커뮤니케이션을 할 수 있게 되었다.

단적으로 말하자면 필담이다. 공중에 글자를 적을 수 있으니 종이는 필요 없다.

그리고 감정 같은 측면에 관해서는 토모에나 미오의 도움을 받으면 겨우 대화가 가능할 듯싶다. 설마 그 여신이 부여한 **이해**라는 능력이 휴만과의 대화를 방해하고 있는 건 아니겠지……? 이종족과 대화할 수 있는 대가로 인간과 말이 안 통한다니, 제발 좀 봐달라고.

그리고 문제는 사실 언어의 장벽뿐만이 아니었다.

왜 처음 만난 마을 사람은 도망갔고 마을 전체의 무력행사와 맞닥뜨린 것일까? 그 태도는 단순히 말이 통하지 않았던 것만 가지고는 설명할 수 없었다.

엄중한 경계 태세를 준비해야 할 사태가 벌어지고 있었던 건가, 아니면 내가 저 마을의 주민들에게 혐오의 대상인 누군가와 외모가 흡사하기라도 했던 건가…….

조사해 본 결과, 정답은 어느 쪽도 아니었다. 마을은 평범하게 경계 태세를 전개하고 있었던 것뿐이고 나와 닮은 흉악한 인물에게 원한이 있던 것도 아니었다.

……믿어지지 않고 인정하고 싶지도 않았지만 원인은 나 자신에게 있었다. ……말이 안 통하는 것 이상으로 충격적인 진실이었다.

아무래도 저는 엄청난 양의 마력을 사방으로 흘리면서 걸어 다니고 있었던 것 같습니다. 그것은 아무런 소양이 없는 평범한 사람도 즉시 감지할 수 있을 정도의 말도 안 되는 양이라고 한다. 구체적으로 말하자면 내 주위로 수십 미터 정도의 경치가 일그러져 보인다는군.

물론 아공에 사는 여러분들께서도 내가 방출하는 방대한 마력에 눈치채고 있었다.

하지만 자신들과 의사소통이 가능한 데다가, 공간을 다스리는 용을 하인으로 부리며, 겉보기엔 휴만이고, 덤으로 본인도 마력의 분출을 신경 쓰고 있는 기색도 없었다.

설마 강대한 마력을 무의식적으로 흘리고 있다고는 누구도 생각하지 못했고, 자신들이 말을 꺼낼 만한 일이 아니라고 생각했다는 것 같다.

……부탁이니까 신경 써줄래?

그리고 누가 말 좀 해줘!

최근에 오크 중에서도 특히 사교적인 성격이라서 아공의 중심인물로 떠오르고 있는 에마 양에 따르면 「처음 뵈었을 때는 마력은 느껴지지 않았습니다」라고 한다. 내 몸 안에 갇혀 있었다는 느낌일까?

정화의 동굴에서 마법을 터득했을 즈음부터 마력의 누출이라고 해야 하나, 마치 뚜껑이 열린 것처럼 넘쳐흐르기 시작한 것을 알아챘다고 한다.

제 마력은 절찬 방류 상태로 흐르고 있다고 합니다. 뿐만 아니라 날이면 날마다 그 양이 늘어나고 있다고 한다.

……부탁이니까 빨리 말해줄래?

마력, 새고 있네요. 그렇게 한마디 해주면 덧나니?

차라리 계속 흘리고 있으면 뻗어버린다던가 그런 사태가 찾아왔더라면 뼈에 사무치게 이해할 수 있었을 텐데…….

종자 두 사람은 마치 커다란 강의 원천이 되는 호수와 같이…… 그런 멋들어진 비유를 들어 가며 설명해줬다.

"실제로 그 사람들 눈에 나는 어떻게 비친 거야?"

"그렇군요……, 뭐 한마디로 말씀드리면……."

"응, 알기 쉬운 예로 부탁해."

토모에가 잠시 생각에 잠기다가 대답했다.

"갑자기 마왕이 여러 사람 나타났다고 표현하면 대충 들어맞을까요?"

"……."

머릿속이 얼어붙었다.

……아, 그렇, 슴까?

그렇구나. 이걸로 납득했다.

무시무시한 양의 마력을 사방으로 흘리면서 도망치는 여성을 쫓아 싱글벙글 문으로 다가오는 녀석이라. 그야 완전히 호러의 영역이겠군.

음, 그들의 처사도 어쩔 수 없는 반응인지도 모른다.

나는 크게 심호흡을 들이쉬었다.

어————떡하면 좋나요 이거?!

하지만, 질 수 없다!

이까짓 시련 따위, 극복해 주겠어! 미스미 가문의 장남은 간단히 굴복하지 않는다!

드워프 여러분에게 협력을 받아서 마력의 누출을 방지하는 아이

템 같은 걸 만들 순 없을까?

어쨌든 휴만과 만날 때는 마력을 숨길 필요가 있다.

얼굴이 알려지고 말았지만 그 정도야 가면이라도 눌러쓰고 다니면 문제없겠지!

실력이 좋은 대장장이 드워프 님들에게 부탁해서 얼굴의 위쪽 절반을 가려주는 폼나는 가면을 만들어 달라고 하자!

복장도 바꾸는 편이 좋을 것 같았다. 에마 양에게 부탁해서 옷을 몇 종류 정도 보여 달라고 한 다음에, 입을 만한 걸 고르면 될 것이다. 어쨌든 내 정체가 들통나지 않도록 최대한의 노력을 기울여야 한다. 공통어를 구사할 수 있는 토모에와 미오도 데려가는 편이 좋겠군. 나 혼자만 가면 금방 들킬 것 같으니…….

일단 드워프 여러분에게 장비를 부탁하는 것부터 시작하자. 마을로 향하는 건 그 다음이다.

며칠 후, 드워프들로부터 반지와 가면이 완성되었다는 보고가 들어왔다. 드디어 여행 준비를 마칠 수 있었다. 반지는 드워프 여러분이 혼신의 힘을 다해 완성한 작품이었다. 이름하여 『드라우프니르[#11]』입니다!

드워프 여러분에게 부탁해서 마력을 흡수하여 고농도로 압축할 수 있는 반지를 제작했습니다! 참고로 끼고 있으면 마력을 흡수당해서 규정 수치에 이를 때까지 뺄 수가 없는 『저주의 반지』로 제작되었지요!

#11 드라우프니르(Draupnir) 북유럽 신화의 최고신인 오딘이 가지고 있던 황금의 반지.

드워프들의 언급으로는 내 경우엔 이런 스펙이 아니면 결국 마력을 숨길 수가 없다고 한다. 마력을 억제하는 정도는 스스로의 힘으로도 가능하지만 그 효과는 한정되어 있기 때문에 결국 넘쳐흐른다는 것이다.

이 반지는 마력을 축적함에 따라 서서히 변색을 일으키고 한계치까지 마력을 흡수하면 새빨갛게 변하는 구조라고 합니다. 참고로 처음엔 흰색입니다. 의도한 구조가 아니라 소재의 관계로 이러한 변화가 일어난다고 해요.

토모에에게 동행을 부탁하자 깔끔하게 OK라는 대답을 들을 수 있었다.

"세 사람 하면 역시 코몬[#12] 님이지요! 도련님은 어르신 역할이라고 치면…… 저는 카쿠노신[#13]을 하겠습니다! 미오는 스케사부로[#14]나 하치베[#15] 역할이 딱이겠지요!"

검과 마법의 이세계에서 왜 시대극 놀이를 해야 되는데…….

"이봐, 토모에. 이 세계에 미토 노공(老公) 같은 건 없지 않을까?"

여기는 아무리 봐도 중세 유럽 분위기의 판타지잖아!

"흠, 확실히 아직 서브 캐릭터가 다 모이진 않았지요."

아니, 그게 아니고 시대극 놀이 그 자체를 관두자는 거거든?

"아니, 너 말이야, 왜 그렇게 설정을 시대극에서 가지고 오는 건데?"

#12 코몬 미토 코몬. 본명은 도쿠가와 미츠쿠니. 일본의 암행어사 같은 인물로 시대극의 단골 소재..
#13 카쿠노신 아츠미 카쿠노신. 미토 코몬의 가신으로 알려진 가공인물.
#14 스케사부로 사사키 스케사부로. 미토 코몬의 가신으로 알려진 가공인물.
#15 하치베 시대극 미토 코몬의 등장인물인 가공인물.

"이거 묘한 말씀을 하시는군요. 모처럼 드워프들이 일본도를 만들어서 바쳤으니 당연히 한번 써보고 싶어서 그런 겁니다!"

그건 네 취미잖아!

토모에는 「뽑아 들면 구슬처럼 번쩍이는 서슬 푸른 칼날! 에에잇! 다가서지 마라! 다가서면 벨 것이다!」라고 고함을 지르며 드워프가 만들어 바친 일본도를 휘두르고 있다. 아주 신이 난 모양이네요. 하지만 그건 미토 코몬이 아닙니다.

미오도 이번 여행을 몹시 기대하고 있는 것 같았다.

"가는 곳마다 각종 명물과 명품을 먹고 다닌다니, 너무나 감미로운 말씀이세요. 당연히 메인은 도련님이고 여러 가지 유적은 디저트겠지요?"

명물이 어떤 명물을 가리키는 말인지는 일단 차치하더라도 나와 유적은 식량이 아니야. 아무리 먹보라고 해도 사람과 무기물은 안 먹거든?

그건 그렇고 난 역시 메인 디시구나. 으아아아아, 우울하다, 우울해!

"역시 앞으로는 양보다는 질이지요. 도련님의 피, 마력, 그리고…… 우후후후후후."

……머리가 아프다. 우후후후, 의 내용물 같은 건 진심으로 알고 싶지 않다.

앞으로 나는 이 두 사람을 데리고 여행을 해야 한단 말인가? 언어의 장벽 이상으로 엄청난 핸디캡을 지고 있는 느낌이 들지만 힘내라, 나! 지지 마라, 틀림없이 어딘가에 밝은 미래가 기다리고 있을 거야!

각 종족의 대표들에게는 우리가 아공을 비워도 문제가 없도록 당분간 해야 할 일에 관해서 지시를 전달했다.

이걸로 드디어 여행을 나갈 수 있게 되었다.

셋이서 상담한 결과, 장난 아니게 수상한 몰골을 하고 있는 저의 설정은 각지를 돌면서 수행하고 있는 대상인의 아들이라는 식으로 결정 났습니다. 경호원 겸 종자인 두 사람의 수행원을 데리고 여행하고 있으며 진기한 물품을 판매하고 다니는 것이 특징이다. 진기한 물품이라는 건 아공에 살고 있는 주민들의 생산품이나 아공에 자생하고 있는 과일들을 가리킨다. 어렸을 때 걸린 병으로 목소리를 잃었을 뿐만 아니라 저주의 가면과 반지로 인해 각종 부자유에 시달리고 있다는, 엄청 대충 만든 설정이다.

완전 불행의 축제네. 각종 부자유란 건 또 뭐고?

이렇게 도련님이라고 불리는 나의, 세상을 바로잡는 나그넷길이 시작된 것이다.

나는 그다지 주위 사람들이 수상하게 여기지 않도록 최대한 얼굴을 움직이지 않고 눈의 움직임만으로 마을 내부의 분위기를 관찰했다. 예전에 주민들에게 쫓겨났을 때는 겉모습밖에 보지 못했기 때문에 마을 비슷한 느낌이라고 생각했지만 자세히 보니 실제로는 옛날에 TV에서 본 적 있는 난민 캠프에 털 난 정도의 분위기였다. 휴만의 마을이나 도시라고 하기는 어려운 규모였다.

여기는 말하자면 황야에 휴만들이 건설한 거점이었다. 기지라고 할 수 있을 정도로 설비를 갖추고 있는 것은 아니지만 베이스라고 불리고 있다는 것 같다. 텐트가 많은 편이었는데 구획에 따라서 제대로 된 목조 건물(이라고 해도 통나무집 정도)이 늘어서 있는 곳도 있었다.

주거 지역과 점포는 서로 분위기가 상당히 다르며 정교한 석조 건물도 가끔 가다 존재하기는 했다. 그런 장소는 수많은 인원이 삼엄하게 경비하고 있었고, 그야말로 중요한 상품을 보관하고 있다고 소리 높여 주장하는 듯한 엄중한 경계 태세였다.

아까 만난 문지기의 말에 따르면 이곳의 주민들은 주로 수행이나 자원 탐색을 목적으로 머물고 있는 이들이라고 한다. 힘과 돈이라, 아주 간단한 이야기다. 그런 이들이 모이는 휴만들의 최심부인 베이스가 보였다. 수행은 어찌 됐건 자원을 목적으로 이 땅을 찾아온 이들은, 인도적이라고는 말하기 힘든 사고방식으로 움직이고 있을지도 모른다. 이 예감이 나의 억측으로 끝났으면 좋겠지만…….

내 입장에서 보자면 이곳은 처음으로 목격한 휴만의 거주 지역이지만, 나를 제외한 모든 주민들의 입장에서 보자면 이곳은 끝없는 황야에 진입하기에 앞서 『마지막』으로 방문하는 지역이라고 할 수 있다. 광장에서 평화롭게 뛰노는 아이들 같은 흐뭇한 광경을 기대하면 안 될지도 모르겠군…….

우리는 아무런 문제 없이 내부로 들어올 수 있었습니다.

요전번의 나와 동일인물이라고 들통나지는 않은 것 같다. 반지와 가면을 만들어준 드워프들에게 감사할 따름이다.

즉석이긴 하지만 적당히 짐을 실은 마차도 준비했다. 진기한 품목을 준비한 덕분인지 수상해하기는커녕 오히려 환영을 받았다.

문지기로 보이는 사내는 과일에 흥미가 몹시 동한 모양이었다. 아공에서 잽싸게 채취할 수 있었던 과일을 상자에 대충 담아 왔을 뿐이라서 그렇게 주목하는 모습을 보니 조금 면목이 없었다.

주위가 황야이기 때문에 이런 매물을 환영하는 걸까? 그러고 보니 황야에선 과일이 달린 나무 같은 건 구경도 못했지. 어쩌면 귀중품으로 취급하는지도 모르겠다.

아공으로 이주해 온 엘더 드워프 중에 휴만의 도시에서 생활했던 경험이 있는 이도 있었고 그에게 각종 품목의 시세에 관해 정보를 얻을 수 있었다. 하지만 이런 특수한 장소에서는 어디까지나 참고 정도로 생각할 수밖에 없었다. 정보 자체가 과거 시세이기도 해서 예비지식 정도로만 활용해야 한다고 생각했다.

우리는 일단 상인이라는 간판으로 움직일 생각이었지만 모험가 등록도 해 두고 싶었다. 그 드워프가 모험가 길드라는 판타지스러운 시설이 존재한다고 가르쳐줬으니까—.

장소가 장소인 만큼, 이곳은 고레벨 모험가들의 수행 장소로 활용되고 있다고 한다. 길드에 『등록』하러 방문하는 것만으로도 흔치 않은 경우일 텐데, 거기다 레벨 1이라고 하면 이곳에선 이단아적인 존재일 것이다. 나의 등록에 관해서는 후학을 위해 등록만이라도 하고 싶다는 명분으로 길드 직원에게 설명할 예정이다.

레벨 1, 이라는 것은 나에게만 일어난 특유의 버그 같은 현상이라고 한다. 사실 토모에와 미오는 하이랜드 오크들이 지니고 있던 판별지로 고레벨이라는 사실이 판명되었다. 두 사람이 이곳 길드에서 등록하더라도 나만큼 수상하게 인식되지는 않을 거라고 생각한다.

참고로 이 세계에서 레벨의 상한선은 없다고 했다. 내가 과거에 플레이했던 게임의 지식을 생각하고 99가 최고치냐고 묻자 수백 단위까지는 확인된 상태라고 들었다. 그런 세계에서 레벨 1인 나는 대체……?

대략적인 수치이긴 했지만 토모에와 미오의 레벨은 적어도 세 자릿수에는 확실하게 도달한 상태라고 한다. 그리고 그 수치는 휴만의 기준으로 치면 평범한 중견급 정도다. ……드워프에게서 들은 30년 이상 오래된 정보긴 했지만 말이다. 하지만 당장 겉모습은 인간형이라고 해도 두 사람의 정체는 각각 용과 거미 모습을 한 괴물들이다. 휴만의 기준으로 생각해선 안 된다.

"너희들 말인데, 차원이 다른 고레벨로 주변 사람들이 전원 당황하는 사태만큼은 피해 주라."

바로 그것이 문제였다. 100 이상인 건 확실하지만 더욱 자세히 측정해본 결과 황당한 수치가 나와 버리면 대단히 곤란하다. 주위에 대한 실력 과시가 될 수도 있으나 동시에 주목을 모으게 될 공산이 크다. ……지금 상황에선 불이익 쪽이 클 것 같다.

"음—, 하지만 이것만큼은 저희도 알지 못하는 일이라서요. 사실 휴만이나 마족 같은 이들이나 레벨이 몇인지 신경 쓰지, 저희들은 그다지 흥미가 없는 수치라서……."

토모에가 흥미가 없다는 표정으로 대답했다. 듣고 보니 그런 걸 신경 쓸 리가 없어 보이긴 한다. 왜냐하면 그녀의 정체는 전설의 용이기 때문이다.

"그렇지요. 그러고 보니 옛날에 레벨이 250인지 300 정도에 도달한 휴만 파티가 저의 아이들 중 한 명을 물리친 적이 있었답니다. 상당히 격렬한 전투가 벌어졌고, 휴만 중에서도 몇 명 정도 죽었다고 들었어요."

권속인 아르케에게서 들었던 보고를 기억해 냈는지, 미오가 참고가 되는지 안 되는지 판단하기 어려운 어중간한 사례를 들어서 설명했다. 미오도 단편적인 기억 정도는 지니고 있는 것 같다.

진짜냐……? 이곳 길드의 평균적인 레벨에 따라선 등록하지 않는 편이 나을지도 모르겠다. 미오의 권속이 레벨 300 정도의 휴만 다수를 상대로 선전할 수 있는 능력을 지니고 있다면 두 사람은 더욱 위라고 생각하는 편이 자연스럽다.

우선 1개월 정도 체류하면서 물품의 시세나 장사의 기초를 익히고 가능하면 모험가로서의 행동거지에 관해 공부할 생각이기 때문에, 이상한 소문이 퍼지는 것은 바람직하지 않다. ……흠, 과연 어떻게 행동해야 할까?

……그건 그렇고 이 장소는 뭔가 이상하다.

말하자면 땅끝에 위치한 거주 지역이니 다양한 종족이 섞여 있는 것은 납득할 수 있다.

그런데 휴만과 전쟁을 하고 있다는 마족까지 공존하고 있는 것처럼 보였다.

어쩌면 여기가 정말로 외진 곳이라서 그런 건가?

서로 대립각을 세우고 있을 만한 여유가 없을지도 모른다. 오월동주(吳越同舟)라는 말도 있을 정도니—.

말끔하게 정리된 점포보다 노점상 형식으로 상품을 진열한 가게가 많은 것도 이 베이스에 지어진 건물의 수와 자원 상황을 생각해보면 납득할 수 있다. 미개척 지역에 도전하기 위한 최전선이라고 할 수 있는 땅이니까.

하지만 그런 것보다—.

왜 여기엔 미남 미녀들밖에 없는 거지?

"저기, 토모에. 미오."

"음, 왜 그러십니까? 도련님."

"말씀하세요, 도련님."

양옆을 걷고 있던 두 사람이 나에게 고개를 돌렸다. 이 녀석들도 상당한 미인이었지……. 이 괴물들이 계약의 결과로 이 정도까지 미녀로 변신한 것을 보면 이 세계에서는 미의 기준이 대단히 높은 건지도 모른다.

"왜 이 베이스에는 이렇게 미남 미녀들만 모여 있는 거지? 여기는 아름다운 사람들밖에 살 수 없다든가 그런 불합리한 규칙이라도 있는 거야?"

그렇다.

남녀노소 관계없이, 휴만부터 마족에 이르기까지—.

모든 사람들이 멋있고 예쁘다고! 불가능한 일이야!

자학할 생각은 전혀 없지만 만약 내 양옆에 휴만과 오크를 세우고 비교하게 되면 나는 틀림없이 오크에 가까운 존재일 것이다.

……어라, 이상한데……? 눈에서 땀이…….

하지만 토모에나 미오는 그러한 환경에 딱히 신경을 쓰고 있는 분위기가 아니란 말이지.

"그런가요? 제가 보기엔 주목할 정도의 미인은 없어 보입니다만."

토모에, 넌 대체 어딜 보고 있는 거냐? 지금 네 옆을 지나간 엘프 같은 여성분, 대체 어디서 새긴 조각이냐는 생각이 들 정도로 아름답잖아! 틀에다가 떠서 장식품으로 만들면 장사 잘될 것 같다는 생각이 들 정도로!

"예, 그렇게까지 외모가 빼어난 사람은 이 주변엔 없는 것 같은데요?"

미오, 그 진지하게 미인을 찾고 있는 눈은 진심인 거야?

사방에 어디를 쳐다봐도 「무슨 패션쇼에 출연하시는 모델인가요?」라고 묻고 싶을 정도로 미남 미녀밖에 없잖아!

"……진심으로 하는 말이야?"

두 사람은 내 질문에 고개를 끄덕였다. 그것도 대단히 의아하다는 표정으로—.

……혹시 이 세계, 아까 정도의 외모 레벨이 평범한 편인가?

……뭐, 뭐지 이건?! 내 입장에서 보면 엄청나게 살기 힘든 세계 아냐?!

아니? 잠깐?

지금, 나는 뭔가 대단히 중대한 사실을 깨닫고 말았는지도 몰라.

……진정해라, 나!

내 부모님은 두 분 다 이쪽 세계 출신이야.

실제로 멋있고 예쁜 분들이지. 지금 이 꼴을 보면 이쪽 세계에선 평범한 외모였다는 생각이 들지만…….

그리고 나에겐 누나와 여동생이 있어. 전혀 편애를 안 하더라도 소문난 미인 자매지.

그, 크흐럼 난 대체?

부모님이 휴만이고 그 자식이라는 건, 나도 인간이 아니라……어라, 휴만이라는 거야?

그렇다고 한다면 나만 바꿔친 아이(체인질링) 같은 외모 레벨인 건 무슨 조화지? 사실은 드워프나 트롤의 아이였나?

설마 어머니가 바람이라도 핀 건가?

아니면 나만 다리 밑에서 주워 온 거야?

……아니야, 그 어느 쪽도 불가능한 일이야. 그 여신조차도 우리 가족의 혈연은 확실하다고 인정했어.

"도련님, 매우 복잡한 얼굴로 무슨 고민이라도 있으십니까?"

"혹시 어딘가 안 좋은 곳이라도? 그렇다면 어딘가 건물에라도 들어가서 쉬시는 게 어떨까요?"

두 사람으로 하여금 신경을 쓰게 한 것 같다. ……아니, 그만두자. 이 일에 관해선 깊이 생각하는 건 그만두는 게 좋을 것 같아.

"아니, 아무것도 아니야. 그것보다도—."

그래, 아직 아무것도 모르는 이 세계에 관해서 공부하는 게 우선이겠지.

"노점상에서 팔고 있는 상품의 가격이나 종류를 슬며시 체크해 뒤. 가격이 적절한지 어떤지, 어떤 품목이 팔릴 것 같은지 그런 일에 관해서 나중에 두 사람의 의견을 들려달라고."

"흐음, 귀찮은 작업이로군요."

"알겠습니다."

두 사람의 성격이 잘 나타나는 반응이었다.

"그럼 일단은 모험가 길드……라는 명칭이 맞는 거지? 토모에, 장소를 확인해 줄래?"

"명을 받들겠습니다."

토모에는 그렇게 말하고 중년의 남성에게 말을 걸어 길을 물었다. 이렇게 토모에나 미오를 통해 휴만들과 커뮤니케이션을 시도하는 것이 지금의 나에게 가장 무난한 선택이었다.

공통어를 완전히 습득하지 못했기 때문에 나는 두 사람 이외의 사람들과 대화를 나눌 때는 필담에 의지할 수밖에 없다. 토모에나 미오와 대화할 때 주위에 신경을 쓰면서 중얼중얼, 가는 목소리로 얘기하고 있으면 괴상한 겉모습과 상승 작용을 일으켜서 지나가는 사람들은 몹시 수상하게 생각할 것이다. 하지만 큰 목소리로 이종족의 언어를 떠벌이는 것보단 그나마 낫겠지.

……분한 마음 따위는 없거든!

토모에가 남성으로부터 대답을 듣고 돌아왔다.

"도련님, 저 모퉁이를 오른쪽으로 돌아가서 정면에 보이는 건물이 모험가 길드라고 합니다."

무난하게 부탁한 일을 수행해줘서 다행이다.

자, 그럼 한번 가보실까?

◇◆ 미스미 마코토의 일기 · 최초의 거리에서 ◆◇

원래 세계.

그곳은 이제 돌아갈 수 없는 장소다.

하지만 나는 이 새로운 세계에서 맞닥뜨리는 수많은 사건에 관해, 원래 세계의 상식으로 생각하고 만다.

그것이 무의미하다는 사실은 알고 있다. 돌아갈 수 없는 세계의 가치관 따위, 이미 필요가 없기 때문이다.

나와 동일한 인간인 것으로 추정되는 휴만종— 그들은 미남 미녀뿐이다. 일류 배우만 캐스팅한 영화나 최신 기술을 구사한, 엄청나게 아름다운 CG 영상을 보고 있는 착각을 불러일으킬 정도였다.

내가 베이스 바깥에서 목격했던 엄청난 미녀도 지극히 평범한 부류의 외모였던 것이다.

여신이 나에게 못생겼다고 말한 것도 납득이 간다.

그런 미인들이 스스로의 외모를 자랑하지도 않고 필사적으로 생활하고 있다. 그 모습이 내 눈에는 이상하게 비쳤다.

곧바로 스카우트라도 받은 후에 연예인으로 먹고살 수 있을 것으로 보이는 사람들이, 좁은 골목길 안쪽에서 생기를 잃은 표정으로 무릎을 감싸 안고 주저앉아 있는 모습을 목격했다.

나는 이 광경에 익숙해질 수 있을까?

미남 미녀의 정의는 사람에 따라 다를지도 모르지만 나는 이 모습들이 정말 불가사의하게 느껴졌다. 내가 있던 세계에서는 미인이라는 것만으로도 어느 정도 유리한 위치를 차지할 수 있었으니까.

정말로—.

이 세계는 모든 것이 불가사의한 곳이었다.

◇◆◇◆◇

“예? 등록, 하신다고요?”

길드의 접수 직원 누님이 노골적으로 「이 녀석 무슨 소릴 하는 거야?」라는 눈으로 바라봤다.

역시 당연한 반응이다. 일부러 이 지역의 길드에서 등록하는 신입이 있을 리가 없지요. 그야 알고말고요.

“예. 그렇다고는 해도 이쪽 분은 후학을 위해서고, 메인은 저희 두 사람이랍니다.”

미오가 즉각 말을 덧붙였다.

“아, 예? 하지만 그쪽 분은 몹시 수상해 보이는 모습이신데…….”

접수 직원 누님은 나를 의아스러운 듯 쳐다보면서 대놓고 수상하다는 표현을 쓰고 있었지만…….

진짜로 귀엽다. 주간지 그라비아 같은 데 나와도 이상하지 않을 정도다. 그만큼 아까 한 말은 쓸데없이 내 마음을 후벼 파고 있지만 말이야!

아니 뭐~, 왼손에 핑크랑 흰색의 반지를 하나씩 끼고, 실제 체격에 비해 커다란 사이즈의 회색 로브를 걸쳤을 뿐만 아니라, 얼굴 위쪽을 숨긴 가면을 쓴 남자를 보면—.

그야 수상하겠지요. 거기다 본인은 입도 열지 않고 있으니…….

"이쪽 분은 어느 유명한 상회의 후계자분입니다만, 어렸을 적에 무거운 병에 걸려 그 이후로 목소리를 잘 내실 수가 없습니다. 뿐만 아니라 여행 도중에 사건에 휘말려서 여러 겹의 저주에 걸리고 말아서……."

여성 직원이 저주라는 단어를 듣고 쓰레기라도 보는 눈으로 나를 바라봤다. 마치 폐부를 찌르는 듯 시선이다. 공격력이 상당하군…….

미오는 접수 직원의 나에 대한 태도 하나하나가 불쾌했는지 그녀의 얼굴이 경련을 일으키고 있었다.

덜그럭거리는 소리가 들린 쪽을 바라보니 토모에가 칼에 손을 가져간 채 온몸을 떨고 있었다.

아니 잠깐, 이 설정은 너희들이 생각한 거잖아?!

나는 서둘러서 토모에의 손을 붙잡고 그 눈을 노려봤다. 그녀는 마지못해 칼에서 손을 뗐다.

"저주를 봉쇄하기 위해 어쩔 수 없이 이 가면과 반지를 착용하고 계십니다. 하지만 주인님은 마력을 능숙하게 다루시는 분이라서, 대화라면—."

미오가 나에게 눈짓을 했다.

나는 자신의 얼굴보다 약간 옆에 만화의 말풍선 같은 것을 만들어 내서 공통어로 [안녕하세요.]라고 적었다.

여성은 놀란 것 같이 보였지만 일단 납득한 듯했다. 필담으로 해결이 가능해 보이니 다행이었다.

"이와 같이 문제는 없으므로 부디 용서해 주십시오. 저희들 두 사람은 실력에 자신이 있습니다만, 본래 주인을 섬기는 몸이기 때문에 지금까지 길드에 등록 같은 것은 하지 않았습니다. 하지만 앞으로 사업의 편의를 위해 역시 등록은 해 둘 필요가 있다고 생각해서요."

토모에도 미오의 말에 가볍게 고개를 끄덕였다.

"그 이외에 무슨 문제라도 있으신가요?"

온화한 말투지만 미오의 목소리에는 상당한 위압감이 서려 있었다. 아까 길을 물어볼 때는 토모에에게 부탁했으니 이번엔 미오에게 설명 역을 맡기려고 생각했다. 하지만 두 사람의 분위기를 보면 앞으로 누구에게 어떤 일을 맡길지 망설여지는군. 조금 더 분위기를 살필 필요가 있을 것 같다.

"아, 아닙니다! 그런 사정이 있으시다면 문제없습니다. 이곳은 알고 계신 대로, 일정한 레벨 이상의 실력자들만 모이는 장소이기 때문에 지금까지 등록 등을 의뢰하시는 분은 한 사람도 없었습니다. 그래서 그……, 실례했습니다."

누님, 겁먹게 해서 죄송합니다. 정말로…….

"그럼, 등록을 위해 우선 레벨부터 판별하겠습니다. 준비가 필요하므로 그동안 길드에 대한 설명을 시작하겠습니다."

고마운 제안이다. 나는 긍정한다는 뜻을 미오에게 전달했다.

"부탁드립니다."

"예, 저희 길드는 여러분께서 상상하고 계신 대로 모험가분들께 다양한 임무를 알선하고 있습니다. 임무의 랭크는 E~SSS까지,

특수성과 난이도에 따라 나뉘어져 있습니다. 모험가 랭크와 동일한 랭크의 임무까지 인수하실 수 있습니다."

랭크 제도라. 음, 그렇군. 그렇게 임무를 실력에 맞게 분담시키는 건가?

"모험가의 랭크는 처음엔 누구나 E랭크부터 시작합니다. 길드에 대한 임무의 성공률과 레벨에 따라 승격하게 됩니다."

"어머나, 고레벨이라고 해도 처음엔 최저 랭크의 임무에서 선택해야 하나요?"

미오, 그 자신감은 대체 어디에서 솟아나는 거지? 얌전히 듣고만 있으면 될 것을…….

실력이 있다고 해도 모험가에 대한 신용이라는 건 길드에서 판단하는 거니까 어쩔 수 없는 일이다.

"그, 그렇습니다. 아무리 레벨이 높은 분이라고 해도 처음엔 E랭크의 임무를 부탁드리게 됩니다. 실력에 비해 간단한 임무가 될 테니, 랭크의 상승 속도는 일반적인 경우보다 상당히 빠를 거라고 생각합니다."

"흥, 귀찮은 제도로군."

토모에, 너까지 또 그런 소릴…….

내가 나무라듯 두 사람에게 시선을 돌리자 그녀들은 동시에 머리를 숙였다.

"……각 랭크는 또다시 마이너스, 일반, 플러스로 난이도가 구분되어 있습니다. 예를 들면 E플러스의 임무를 세 차례 성공하시게 되면 랭크가 하나 올라갑니다. 일반이라면 다섯 차례, 마이너스라면 열 차례 성공으로 랭크를 상승시킬 수 있습니다."

다행히 접수 직원은 그다지 신경 쓰지 않고 설명을 계속했다. 주위를 둘러보니 거칠어 보이는 인상의 건달 같은 분위기를 풍기는 모험가들도 드문드문 있는 것 같았다. 그래서 길드 직원은 상대방의 불손한 태도 정도는 익숙한 나머지 신경이 쓰이지 않는 건지도 모른다.

토모에와 미오에게는 각 랭크의 플러스 난이도에 해당하는 의뢰를 수행하게 하면 문제없을 것 같았다.

"그리고 예외적으로 특수 랭크라는 분류가 있습니다만, 두 가지 케이스가 존재합니다. 하나는 모든 랭크의 모험가가 인수할 수 있는 임무입니다. 하지만 명확하게 레벨이 낮거나 실력이 모자라다고 판단될 경우에는 길드 차원에서 해당 파티의 임무 참가를 거절할 수도 있습니다. 이러한 임무의 경우, 평소에 저희 길드가 서포트로 제공하는 각종 보험이 어떤 경우에도 적용되지 않습니다. 모든 사항을 자기 책임하에 부탁드리게 됩니다. 이 케이스는 각 랭크로 배정된 의뢰 중에 실패가 계속되는 경우, 특수 랭크로 이행됨으로써 발생하는 경우가 많습니다. 이를 무사히 해결하시면, S랭크 미만의 모험가분은 길드로부터 감사의 뜻을 담아 무조건 랭크를 하나 상승시키게 됩니다. S랭크 이상의 모험가분이라면 길드에 대한 공헌도 항목에 대폭으로 추가점을 드리게 됩니다."

헤에, 그건 말하자면 하이 리스크 하이 리턴이라고 할 수 있는 의뢰로군. 하지만 우리에게는 알맞은 의뢰일지도 몰라. 토모에와 미오를 이 특수 랭크의 임무에 적극적으로 참가시켜야겠다.

"또 하나의 케이스는, 의뢰인이 특정한 모험가나 파티를 지명해서 의뢰하는 경우입니다. 이러한 안건은 의뢰인과의 교섭을 통해 시세를 무시한 거액의 보수를 받으실 수 있습니다. 하지만 예외를 제외하고 기본적으로 길드 랭크에 변동은 없습니다."

……그렇군. 지명을 받는 경우도 있다는 얘긴가.

"그리고 길드에 가입함으로써 지원 조직의 원조를 받을 수 있게 됩니다. 주요 시설을 할인 가격으로 이용하실 수 있게 됩니다."

오~! 그건 듣던 중 반가운 소리네!

모험가 길드라는 건 질 나쁜 파견 노동자 알선 조직 같은 게 아닌가 의심했는데, 꽤 양심적인 조직일지도 모르겠어.

"하지만, 그쪽의—."

어라, 저요?

"그쪽 분의 경우 이미 상인 길드 같은 조직에 등록된 상태라고 생각합니다만, 그쪽의 규약이 우선적으로 적용될 겁니다. 2중으로 영향을 끼치는 항목이 존재할 경우, 상인 길드의 규약에 따르게 되므로 주의하여 주십시오."

아하, 그렇군. 아니, 애초에 상인에게도 길드가 있었구나? 판타지=검과 마법이라고 생각해서 상인에 관한 건 머릿속에 없었어. 상회의 후계자라는 설정도 잊어 먹고 있었다.

"모험가의 특권을 이용해서 사재기 등의 행위를 일으키지 못하도록, 상인의 입장을 지키고 불필요한 마찰을 피하기 위해 이러한 규약을 체결하고 있으니 양해를 부탁드립니다."

흠, 설명은 이걸로 대강 끝난 건가? 익숙하지 않다고 말한 것치고는 제대로 된 설명이었다. 고마운 일이다.

똑똑, 나는 책상을 손가락으로 두드려서 그녀의 주의를 환기하고 말풍선에 글자를 써 넣었다.

[두 가지 질문이 있습니다. 여기에 소속된 이름 높은 모험가에 대한 정보는 어디서 알 수 있나요? 그리고 리즈의 토벌을 임무로서 의뢰할 경우에 랭크는 어느 정도일까요?]

그녀는 말풍선의 글자를 눈으로 좇고 있었다. 내용도 이해해준 것 같다. 다행이다.

그녀는 질문을 전부 읽은 후 나에게 시선을 돌리면서 설명을 시작했다.

"우선 이 길드에 소속된 고랭크 모험가에 대한 정보는 랭크와 레벨만이라면 길드의 게시판에 게시합니다. 이곳 게시판은 수시로 갱신하고 있기 때문에 잘못된 정보나 지연 등은 기본적으로 없다고 할 수 있습니다. 그리고 리즈의 토벌 말씀이신가요? 둥지의 제거 작업, 무리의 토벌이나 소재의 회수 등 다양한 케이스가 있습니다. 어떤 경우의 랭크를 말씀하시는 거지요?"

어라, 꽤나 세세하게 가는데? 하지만 그게 의뢰로써 **존재하는** 케이스라는 얘기군. 흠.

[소재의 회수, 무리의 토벌에 대한 케이스로 가르쳐 주세요.]

나는 계속해서 질문했다.

"소재의 회수라면 가죽, 어금니, 눈동자가 해당됩니다. 이쪽은 기본적으로 C플러스로 계산합니다. 무리의 토벌이라면 B랭크 임무에 해당됩니다. 다만—."

그녀는 설명을 이어 나갔다.

“소재를 회수하는 작업의 경우, 랭크에 비해 필요한 노력이 과하기 때문에 임무를 인수하는 모험가는 거의 없습니다. 그리고 무리를 토벌하는 임무의 경우에도 리즈는 성가신 마물이므로 특수 랭크로 이행되는 경우가 많습니다.”

……날아 차기 한 방으로 끝냈다는 말은 못하겠군.

나는 그녀에게 감사를 표시한 뒤, 고랭크 모험가의 리스트를 확인하겠다고 두 사람의 종자에게 전하고 접수처에서 일어났다.

300이나 400 같은 레벨이 굴러다닐 정도의 수준이라면 몰라도 그렇지 않다면 두 사람을 여기서 등록시켜선 안 된다.

나는 그렇게 생각하면서 리스트가 게시된 장소로 향했다.

…….

리스트의 가장 위에 있는 이름을 확인했다.

랭크 SS 레벨 444

밀스=에이스

에이스라는 패밀리 네임도 있구나. 미스미라는 성도 상당히 이상하다고 생각했지만 에이스라…….

거기다 레벨 항목에 불길한 숫자가 보였다. 사망 플래그가 보인다.

한 단계 밑에 있는 이름은 S랭크에 레벨은 280이었다. 이름도 평범했다.

1위와 2위의 레벨 차이를 생각해보면 에이스라는 양반은 상당히 강한 것으로 추정됐다. 그런데도 레벨이 500에 도달하지 못했다면 토모에와 미오는…….

결정했다.

등록은 미루자. 뭔가 이유를 갖다 붙여서 이 자리를 뜨자. 그게 정답일 거다. 여기의 2위에 해당하는 레벨들이 무더기로 덤벼들어서 겨우 미오의 아이 하나를 쓰러뜨릴 수 있었던 것을 생각해보면 토모에와 미오가 그 이상의 힘을 지니고 있다는 건 틀림없을 거란 말이지. 뭐가 뭔지 분간도 못하는 상황인데 쓸데없이 주목을 모으는 사태만큼은 피하고 싶다.

내가 리스트를 확인하고 있으려니 등 뒤에서 소란이 벌어지고 있었다.

신경이 쓰여서 고개를 돌린 내 눈에 비친 것은 종이를 손가락으로 집고 있는 종자 두 사람이었다.

……너희들, 내가 왜 고랭크 리스트를 보러 온 건지 짐작도 안 가냐?

그거, 뭔가 조사하는 종이로 보이거든?

저기 말인데?

평범하게 생각하면 초반에 문제를 일으키는 건 갑자기 이세계로 내던져진 신세인 내 담당 아니겠어? 그런데 왜 원래부터 이 세계에 살고 있는 너희들이 문제를 일으켜서 내 발목을 잡아당기는 거지?!

곧바로 두 사람에게 돌아갔다.

두 사람이 지니고 있는 색종이 정도 크기의 종이는 새빨간 색을 보이고 있었고 뭔가 복잡한 문양까지 떠올라 있었다.

레벨을 판별하는 종이다……. 틀림없다.

아마도 본래 색깔은 붉은색이 아닐 거야……. 이게 붉게 변색한

게 문제라는 거지.

주위의 시선이 따갑다. 그저 한결같이 따갑다.

나는 말을 못하는 설정이라 고함을 지를 수도 없기 때문에 두 사람을 있는 힘껏 노려볼 수밖에 없었다. 두 사람은 내가 노려본 이유를 이해한 것처럼 보였다.

“아~, 그게……. 어째서인지는 모르겠지만 우리가 이 종이에 손가락을 대자마자 새빨개졌군요.”

아하하, 토모에가 쓴웃음을 지었다.

끄덕끄덕, 미오가 그 말에 동의했다.

두 사람 다 내가 진심으로 열 받았다는 사실을 이해한 것 같다. 그 감성을 수 분 전에 발휘하라고! 어느샌가 누님이 한 사람 더 늘어나 있었다. 그것도 고양이 귀다. 수인 같은 종족도 있기는 있었구나. 음, GOOD JOB입니다! 고양이 귀 누님!

“저, 이게 말이죠? ……레벨 400까지 측정할 수 있는 판별지인데요…….”

누님은 굉장히 긴장한 분위기였다. 갑자기 랭킹 베스트3에 등극한 두 사람이 눈앞에 있으니 무리도 아니었다.

아마 두 사람 다 에이스란 사람을 큰 차이로 따돌리고 톱 랭커 확정인 것 같군.

지금 상황이 돌아가는 걸 보면 등록을 안 하겠다는 소리는 통하지도 않으리라.

어쩔 수 없지, 이왕에 일이 이렇게 된 이상 여기서 조사해 버리는 게 낫겠다.

"아, 저…… 그럼 이쪽에 가지고 온 625 종이를 써보죠."

나는 다음 용지를 꺼내려는 고양이 귀 누님을 손으로 제지했다.

[이 두 사람에게는, 일주일 정도 저를 비호하면서도 특별한 부상을 입지 않고 이 황야를 횡단했을 정도의 실력이 있습니다.]

그 정도는 별거 아니라는 느낌으로 반짝이는 두 사람의 눈빛이 조금 짜증 난다!

[실력으로 치면 아르케 클래스의 마물조차 물리칠 수 있을 정도입니다. 그러니 좀 더 높은 레벨의 용지를 준비하시는 편이 좋을 것 같습니다.]

구경꾼들이 술렁이기 시작했다.

아르케?!

그건 암흑의 화신이라고 불리는 거미 괴물이잖아?!

재앙의 거미가 부리는 권속이야!

625보다 위라는 건 900?!

이봐, 저 아가씨들은 대체 어디서 갑자기 나타난 달인들이야?!

만에 하나 1600 종이라도 쓰게 되면 정령에게 필적할 정도라고?!

그럴 리가 종이에 무슨 문제가 있는 게 틀림없어!

그래, 예전에 에이스가 측정했을 때도 좀 부자연스러운 구석이 있었잖아? 갑자기 그런 고레벨이 돼서 나타나다니…….

다양한 목소리들이 들려왔다. 솔직히 귀를 틀어막고 싶다. 정령이란 건 뭐지? 그렇게 강하단 말이야?

"지, 진심이신가요? 625 종이 이상은 지금까지 쓴 적이 없어서…… 잠깐 재고를 확인하고 오겠습니다!"

고양이 귀 누님이 창고를 향해 뛰어갔다. 잠시 후, 그녀가 커다란 통 모양으로 둘둘 말린 종이를 안고 돌아왔다.

"도련님, 아까부터 주변이 소란스럽습니다만……."

이제 와서 뭔 소릴 해도 어쩔 수 없어! 이대로 돌파할 수밖에 없다고!

"저……, 가지고 왔습니다."

오옷, 레벨이 높은 만큼 확실히 커다랗군. 양손으로 집는 타입인가?

음, 가장자리에 고정해 둔 클립 같은 걸 푸는구나.

종이 자체에서 전체적으로 희미하게 마력의 흐름이 느껴졌다.

[토모에, 너부터 시작해.]

나는 말풍선의 글자로 토모에에게 지시를 내렸다.

"명을 받들겠습니다."

토모에는 카운터에 놓인 종이를 양손으로 잡았다.

종이의 변화에 비례하듯 주위의 술렁임도 커졌다. 종이는 벌써 3분의 1 정도 붉은색으로 변색했다. 저 판별지 전체가 붉게 물들면 레벨 1600이라고 한다. 그 종이가 점점 붉게 물들고 있는 이 상황을 보고, 주변 사람들도 놀라고 있는 것이다. ……전체의 80퍼센트 정도를 붉게 물들인 시점에, 레벨 측정이 끝났다.

아, 종이에서 마력이 사라졌다. 이제 다른 사람이 만져도 괜찮은 건가?

고양이 귀 누님이 특별한 장갑을 끼고, 머뭇거리면서 아까 풀어 둔 클립을 다시 부착했다.

그녀는 클립을 뚫어지게 쳐다봤다. 헤에—, 저기에 레벨이 수치화돼서 나타나는 건가? 아마 그렇게 이해하면 될 것 같다.

고양이 귀 누님이 고개를 들고 한차례 한숨을 내쉬었다. 그녀는 뭔가를 기록한 후 미리 준비해 둔 카드 형태의 플레이트에 마력을 사용하고 있다. 이름이나 레벨을 새기고 있는 것 같군.

플레이트에 각인하는 작업이 끝난 것 같다. 그녀가 다시 한 번 판별지에 손을 대자—.

종이가 순식간에 불꽃에 휩싸여 사라졌다. 기밀 유지를 위한 조치인 걸까?

아니면 이미 사용한 종이에 뭔가 위험한 요소라도 있는 건가?

"이상의 작업으로 등록은 완료되었습니다……. 이, 이 플레이트가 앞으로 토모에 님의 모험가 길드 등록증입니다."

"오, 미스릴 플레이트에 내 얼굴이 찍혀 있군. 어떻습니까, 도련님?"

나는 토모에의 말에 고개를 끄덕였다. 말풍선을 사용할 필요도 없겠지. 그건 그렇고 미스릴이 아주 평범하게 등장했군. 판타지 금속이라고 해도 겉보기엔 그냥 평범한 금속이구나. 빛이 나거나 그러지도 않는다.

"토모에 님의 랭크 및 레벨은—."

주위 사람들이 마른침을 삼키고 지켜보는 가운데, 드디어 그 레벨이 밝혀졌다.

"E랭크, 레, 레벨은…… 1320입니다. 현재 전체 모험가 길드를 통틀어…… 최고 레벨에 해당됩니다."

넘버원이라고?!

"흐음, 이미 1등이라니 시시한 얘기로군. 혹시 차석의 레벨이 어느 정도인지 물어봐도 되겠나?"

기분이 좋아 보이네? 대체 얼마나 주목을 끌어모아야 만족하겠냐?!

하지만 톱 수준의 모험가는 어느 정도의 레벨인지 흥미가 동했다.

"차석은 『드래곤 슬레이어』 소피아=브루거 님입니다. 랭크 SSS…… 레벨 920입니다."

"호오, 드래곤 슬레이어라? 혹시 그 사람이 물리쳤다는 용이 어떤 용인지 알고 있나?"

토모에가 눈웃음을 지으면서 즐겁다는 듯 되물었다.

그랬지, 이 녀석도 용이었다.

"제가 알기로는, 소피아 님의 파티가 토벌한 용은 분명 제국에 본거지를 두고 있던 상위 용종인 『랜서』라고 들었습니다."

"랜서? 흥, 『어검(御劍)』이라는 칭호를 얻고 교만을 부리더니 그리된 것이군. 멍청한 놈."

가면을 써서 감정이 겉으로 잘 드러나지 않는 이 모습에 감사해야겠군.

그건 그렇고 그 칭호 진짜 멋있네. 목숨이 붙어 있을 때 한 번 만나보고 싶었다.

"다음은 제 차례지요?"

아, 그랬지. 아직 미오가 남아 있었다.

대충 상상은 가지만 이 녀석도 아마 네 자릿수는 될 것이다.

……측정 중.

종료!

아 예! 90퍼센트 새빨갛군요!!

고양이 귀 누님이 미오에게 금속 플레이트를 넘기면서 손을 부들부들 떨고 있다.

그야 눈앞에서 드래곤 정도는 쌈 싸 먹을지도 모르는 녀석들을 두 사람이나 목격하게 되면 그럴 만도 하지. 얼굴에서 땀도 마구 솟아나고 있다. 조금 불쌍해 보였다.

"……미오 님, E랭크에 레벨…… 처, 1500입니다."

OK. You are Number One.

이제부터 나는 엄청나게 눈에 띄겠지. 레벨 네 자릿수의 호위를 두 사람이나 데리고 다니는 신입 상인…… 전 세계를 뒤져봐도 나밖에 없을 거라는 생각이 든다.

"뭐라고?! 미오가 1500이고 내가 1320일 리가 없어! 이봐, 너! 다시 한 번 종이를 가지고 와! 재측정이다!"

이 녀석은 또 무슨 아무짝에도 쓸모없는 억지를 부리고 있는 거야……?

톡톡.

나는 토모에의 어깨를 가볍게 두드리면서 설득을 시도했다.

[네가 편히 자고 있는 동안에도 미오는 계속 싸우고 다녔으니까, 이건 당연한 결과야. 다음은 내 차례니까 비켜.]

토모에가 그 산에서 쿨쿨 자고 있는 동안에도 미오는 배를 곯은 채로 전 세계를 돌아다니면서 날뛰고 있었으니, 순수한 경험치로 따져서 미오가 위라고 해도 이상할 건 없었다.

……그것을 올바른 의미로 **경험**치라고 할 수 있을지의 여부는 좀 의심이 가지만…….

그럼에도 불구하고 투덜거리고 있는 토모에를 상대하는 일은 미오에게 맡기고, 나는 아직도 떨고 있는 고양이 귀 누님에게 레벨 측정을 부탁했다.

[잘 부탁드립니다.]

말풍선으로 내 의사를 전달했다.

고양이 귀 누님은 쭈뼛거리면서 900 종이를 내밀었다.

나는 무심코 쓴웃음을 짓고 말았다.

[저는 가장 작은 종이로 충분할 겁니다.]

나는 그렇게 말하고 양손 사이즈의 판별지를 거절했다. 아마 필요 없을 테니 당연한 일이다.

고양이 귀 누님이 내민 것은 에마 양이 빌려줬던 것과 많이 닮은, 반가운 느낌의 판별지였다.

오른손으로 종이를 잡았다.

잠시 동안 변화를 기다렸다. ……이 종이는 딱히 문양 같은 것도 없는데 어떻게 레벨을 판별하는 거지? 굳이 말로 표현하자면 침묵이 굉장히 따갑다. 고요한 분위기가 사정없이 나를 찔러 대고 있었다.

아, 색깔이 조금 변화했다. 드디어 레벨이 오른 건가?

"아…… E랭크, 레벨 1입니다."

고양이 귀 누님이 명확하게 기운이 빠진 목소리로 가르쳐줬다.

아, 음. 그렇겠지요. 알고 있었어요.

괜찮아, 알고 있었으니까…….

레벨 네 자릿수의 종자를 데리고 다니는 레벨 1의 소년…… 이런 불가사의한 집단에 대한 주위의 시선은 그야말로 어쩔 도리도 없을 것이다. 이름과 레벨, 랭크는 아무래도 누구나 열람할 수 있는 공개 정보인 듯하니 앞으로 두 사람에 대한 정보를 숨기는 건 어려울 것 같다.

하지만 레벨보다 랭크가 높은 쪽이 영향이 커서 랭크를 많이 올리지만 않으면 두 사람의 유명세가 극적으로 확산되지는 않을…… 지도 모른다.

보다 세세한 스테이터스를 조사하는 작업은 딱 잘라서 사양했다. 대체 어떤 이상한 숫자가 튀어나올지 짐작도 안 가니까 그럴 수밖에 없었다.

개인적으로 스스로의 수치 정도는 파악할 필요가 있다고 생각했다. 스스로 조사할 수 있는 방법을 찾아볼까?

그럼 노점상들을 둘러보면서 숙소를 찾아보자. 고양이 귀 누님으로부터 길드와 제휴한 여관이 몇 군데 정도 존재한다는 이야기도 들을 수 있었다.

길드에 모여 있던 다른 모험가들이 토모에와 미오를 피하듯 구석으로 이동해준 덕분에, 들어올 때보다 훨씬 넓어진 통로를 유유히 걸으면서 우리는 오늘 밤 묵을 숙소를 찾아 떠났다.

5

“쿠즈노하 상회님이시군요. 상인 길드의 플레이트는 가지고 계신가요?”

[아니, 여행길 도중에 분실했다. 재발행은 부근에 있는 마을에서 할 예정이니 일반적인 이용객……, 아니, 모험가 자격으로 숙박하고 싶다.]

나는 말풍선에 그렇게 적고, 여관의 프런트 직원에게 레벨 1의 모험가 플레이트를 보여줬다.

“……라이도우 님이시군요. 예, 알겠습니다.”

접수 직원인 소년은 그렇게 말하고 플레이트를 돌려줬다.

토모에와 미오의 플레이트를 사용하게 되면 쓸데없는 트러블에 휘말릴 것 같은 느낌이 들어서 앞으로 신분증이 필요할 경우엔 쿠즈노하 상회라는, 즉흥적으로 생각해 낸 이름과 내 플레이트를 보여주기로 했다.

흐음―. 하지만 폼 나는걸? 저는 쿠즈노하 상회의 후계자인 라이도우랍니다.

……모 게임의 주인공처럼 사범 학교 학생복을 입고 있는 것도 아니고 시험관을 지니고 다니는 것도 아니다. 정말로 그냥 자칭에 지나지 않지만…….

데리고 다니는 일행이 괴물 두 사람이니까 서머너라고 해도 OK겠지? 종족으로 따지면 용왕(龍王)에다가…… 요수(妖獸)를 데리고 다니는 셈인가?

"분실하셨다니, 참 큰 재난을 당하셨군요. 이 마을의 상인 길드는 단순한 출장소에 지나지 않으니까요, 여러 가지로 불편하시지요?"

[위험한 루트를 건너왔으니, 플레이트를 분실한 정도로 끝나서 다행이라고 생각한다. 원래 세계의 끝으로 올 예정은 없었거든.]

사실은 이 세계로 올 예정 자체가 없었답니다.

"……정말 무사하셔서 다행입니다. 아무런 준비도 없이 이 베이스에 도착하신 건 정말 기적이에요, 고객님."

[일행의 실력이 좋아서—. 방을 두 개 부탁하고 싶다. 비어 있나?]

"예, 물론입니다. 하지만…… 가장 비싼 방밖에 남아 있지 않은데 괜찮으신가요?"

칫, 그렇게 되나? 하지만 다른 여관들은 애초에 빈방 자체가 없었으니 그나마 나은 편인지도 모르겠다. 성수기 관광지 수준으로 사람들이 몰려든 것 같다.

여관이라고 하면「한 분당 몇 골드입니다」같은 소리를 듣고 곧바로 묵을 수 있다는 인상밖에 없었다……. 게임을 너무 많이 했나?

[숙박비는?]

"그렇군요. 모험가 플레이트를 이용한 숙박이라면 마차의 주차 요금은 조금 비싸지지만, 숙박 요금은 상인 플레이트를 사용할 때보다 다소 저렴해집니다. 그리고……."

소년은 어딘지 모르게 말을 꺼내기 어려운 듯 보였다. 네가 무슨 여성향 게임에 나오는 소년 캐릭터냐?

머뭇거리는 모습이 이상할 정도로 잘 어울렸다.

[뭐지?]

“마차에 실린 짐에 대한 사항입니다만…….”

나는 고개를 끄덕이면서 그의 말을 재촉했다.

“모험가 자격으로 이용하시는 관계로 짐에 대한 보증은 불가능합니다. 면목 없습니다만, 도난 등의 사태가 발생할 경우 여관 측에서는 책임을 지기 어렵습니다.”

확실히 말을 꺼내기 어려운 내용이었다.

사실 모험가가 짐을 잔뜩 실은 마차를 주차시키는 일 자체가 거의 없을 것 같다.

그에 비해 상인의 경우 마차에 물품을 잔뜩 싣는 경우가 일반적이다. 여관 측이 책임지는 것도 당연한가?

하지만 여기는 치안이 그다지 좋은 편이 아닐 것이다. 치안이 양호한 난민 캠프 같은 얘기는 들어본 적도 없다.

[상관없다. 짐에 무슨 일이 발생한다고 해도 그쪽에 책임을 추궁하지는 않을 것이다.]

“그럼 세 분의 숙박 및 마차 위탁 요금까지 포함해서, 1박당 금화 여섯 닢이 되겠습니다.”

비싸다아아아!!

숙소의 시세는 비싸 봤자 은화 정도 가격이라고 들었는데 드워프가 가르쳐준 경제 지식은 역시 너무 과거의 것이었나?

이 세계에 기본적으로 유통되고 있는 화폐는 기본적으로 금, 은, 동 세 종류다. 또한 모리아 은이라고 불리는, 마력을 머금은 금속을 처리해서 제작하는 마은화(魔銀貨)라는 것도 있다. 그리고 금보다 상위의 가치를 지닌 진금(眞金)이라는 금속을 처리해서 제작한 황금화(黃金貨)까지 포함해 총 다섯 종류의 화폐가 존재한다.

나는 모리아 은이라는 것은 미스릴의 다른 이름이라고 생각했지만 드워프에게 물어보니 완전히 별개의 소재라는 대답을 들었다. 하긴 동일한 재질이라면 모험가 플레이트로 마은화를 제작할 수 있다는 것을 의미하니 당연했다.

참고로 현대 일본과 비교해서 간단히 설명할 경우—.

동화……1000엔

은화……10000엔

금화……100000엔

대충 이런 느낌입니다. 마은화는 1000만 엔이다. 황금화는 이미 제조되지 않는 초고급 미술품이나 다름없는 존재라고 한다. 그 가치는 성을 지을 수 있을 정도라고 들었다.

에도 시대에 일반적으로 유통되던 금화 이상의 가치를 지닌, 선물용 화폐가 존재했던 것과 비슷한 감각일지도 모른다.

일반적인 월급쟁이의 월급이 은화 두 닢에서 세 닢 정도다. 그러니까 상당한 디플레이션 감각으로 받아들이면 된다는 얘기였습니다만—.

아—, 이 여관은 한 분당 1박에 20만 엔이라는군요?

아무리 하이 리스크 하이 리턴이 기다리는 개척지라고 해도, 이거 완전히 바가지 아냐? 뿐만 아니라 마차 위탁에 보장은 없다고?

어떻게 해야 하나? 상인으로서 배포가 큰 모습을 보여줘야 하는 대목인가?

하지만 지금 소지하고 있는 돈은 드워프로부터 받은 돈이란 말이지. 그들은 자신들에게는 필요 없는 물건이니 마음대로 써 달라고 했지만…….

짐을 팔면 돈이 생기긴 하겠지만…….

"그럼, 어찌 됐건 열흘 동안 잘 부탁한다."

내가 천천히 옆으로 시선을 돌리자 토모에가 내 것으로 보이는 지갑에서 금화를 꺼내어 카운터에 가져다 놓고 있었다.

한 덩어리.

두 덩어리.

세 덩어리.

하나— 둘— 셋— BGM이 들려온다.

넌 금전 감각이라는 게…… 그렇지, 있을 리가 없지.

하지만 그거 말인데, 100닢밖에 없는 전 재산이거든요?

그중에 예순 닢이나 되는 돈을 척척 잘도 쓰네요?

열흘 숙박비로 600만 엔이라. 아하하, 내가 대체 언제부터 그런 고상한 신분이 된 거지?

이런 통나무집에 600만 엔이라고?

"틀림없이 받았습니다. 그럼 객실로 안내하겠습니다."

"아, 그리고—."

토모에가 싱글벙글한 얼굴로 일어서려는 소년 카운터 직원을 불러 세웠다. 이 멍청이는 또 무슨 소릴 하려는 거야?

"예…… 히익?!"

"도련님께선 도량이 넓으신 분이지만, 나는 조금 성질이 급한 구석이 있어서 말이야. 자주 야단을 맞는 편이지."

토모에는 광기가 느껴질 정도의 숫자가 기재된 레벨 플레이트를 호주머니 사이로 스리슬쩍 보여주면서 이야기를 계속했다.

이건 협박이군.

"실은 아까부터 이 마을에서 묵을 곳을 찾아다니고 있었는데 모든 숙소에 빈방이 전혀 없더군. 이곳에 묵을 수 있게 되어 정말로 다행이다만, 가격은 적절하다고 할 수 있나?"

"그, 그야 물론입니다……. 장소도 장소거니와, 거기다 저희 여관이 마을에서 최고의 숙소라는 자부심도 가지고 있습니다."

소년은 겁에 질린 채 토모에의 질문에 대답했다. 어, 이 녀석 조금 수상한데?

"그거 잘됐군. 아까 방문했던 여관에서 최고급 객실의 숙박비를 물어보니 세 사람 합쳐서 1박에 금화 한 닢이라는 이야기를 들었거든. 최근엔 의심이 많아져서 탈이야. 혹시 가격에 허위가 있다면, 이 여관을 통째로 날려버릴 참이었어, 후후후."

토모에는 부드러운 미소를 지어 보였다. 그 미소는 입가에만 한정되어 있었다.

이 녀석은 주변에 전혀 신경을 안 쓰는 성격이라고 생각했는데 의외로 많이 보고 다니는군.

아까 들렀던 여관의 최고급 객실 가격 같은 건 어떻게 알아낸 거야?

자세히 보니 미오도 옅은 웃음을 띠고 있었다. 입가로만 웃고 있으니 박력이 굉장하다.

"마지막으로 묻지. 이곳은 1박에 금화 여섯 닢이었나?"

"윽…… 그건, 저……!"

역시 바가지였구나. 벌레도 죽이지 못할 것 같은 미소녀의 얼굴로 하는 행동은 찌질한 악당 짓이라니—.

이 세계에선 겉으로 본 인상을 판단 재료로 삼으면 안 되겠다. 어려운 일이다…….

아, 하지만 아름다운 여성을 보고 있으면 아무리 애를 써도 얼굴이 풀려 버린단 말이지……. 어쩔 수 없잖아?! 꽃다운 고등학생이라고!

그러고 보니, 이 세계에 학교 같은 건 있을까? 뭐, 틀림없이 이 부근에는 없겠지만—.

"그, 금화 두 닢이었습니다! 제가 잘못 봤습니다! 죄송합니다!"

소년은 마치 오체투지라도 할 듯한 기세로 머리를 깊이 숙여 사죄했다. 하지만 그렇다고 해도 한 명당 1박에 6만 엔 남짓인가?

궁전 같은 호텔이라면 납득하겠다만 아무리 지붕조차 귀중한 지역에 위치한 숙소라고 해도 그건 좀 아니지 않냐?

"호오, 그것 참 많이도 잘못 봤군? ……어이쿠."

콰직!

토모에가 휘청거리(는 척하)면서 다리로 바닥을 꿰뚫었다.

소년이 창백한 얼굴로 넋을 잃은 채 구멍을 쳐다봤다.

"미안하게 됐군. 바닥이 낡은 모양이야."

물론 그럴 리가 없다. 소년의 새파란 얼굴빛만 봐도 그런 사실은 알 수 있었다.

"토모에, 제발 몸가짐을 조심해 주세요. 그건 그렇고 소년, 거스름돈은 체크아웃 할 때 받아 갈 테니 그때까지 책임지고 보관해 주실래요?"

미오의 제안도 상당히 살벌했다. 소년은 바가지를 씌우려고 시도했던 돈을 열흘 동안이나 책임지고 보관해야 하는 입장에 처하고 말았다.

만약에 도난이라도 당하는 날에는…… 지금 느낀 공포를 훨씬 초월하는 경험을 하게 되리라.

"예? 그럴 수는?! 고, 곧바로 돌려드릴 테니……!"

"아니요, 가지고 다니기도 귀찮거든요. 주인께서도 그 정도 금액을 신경 쓰시진 않을 겁니다. 오늘 식사는 기대하지요. 가격에 걸맞은 훌, 륭, 한, 식, 사를요."

생긋, 미오는 그렇게 웃으면서 소년에게 방 안내를 재촉했다. 돌려받을 생각도 없고 반론도 허락하지 않겠다는 뜻이다. 소년이 고를 수 있는 선택지는 그저 방으로 서둘러 안내하는 것 이외엔 없다는 태도다.

내가 절실하게 느끼는 건데, 이렇게 재치 있는 대응을 할 수 있을 정도로 눈치가 빠른 녀석들이 왜 길드에서는 그런 소동을 일으킨 거지?

모르겠다. 뭐라고 표현하기 힘든 악의까지 느껴졌다.

소년이 방 앞에서 멈춰 섰다. 그의 얼굴이 구원의 손길을 기대하듯 이쪽을 쳐다봤다.

……네가 무슨 치와와냐!

말해 두지만 나는 개 파가 아니라 고양이 파야!

내가 만약 개 파였다고 해도 나를 속이려고 한 악당 치와와를 구해줄 생각은 없거든?

나는 그에게 건네줄 말 한 마디조차 떠오르지 않았기 때문에 소년에게서 시선을 돌린 채 객실 안으로 들어갔다.

"이거야 원, 한 때는 어떻게 될지 불안했지만 이제야 한숨 돌리겠군."

"저 소년, 아마 지금부터 불안해서 마음을 놓지 못할걸요? 바가지를 씌우려던 큰돈을, 책임지고 지켜야 하는 입장이니까요. 우후훗."

"토모에하고 미오는 성격이 무서워. 뭐, 원인은 저 소년에게 있었으니 할 말 없지만."

객실로 들어왔으니 나도 입을 열어서 말했다.

물론 제대로 된 방음 같은 건 기대할 수 없겠지만 큰 소리로 말하지 않으면 대화가 방 밖으로 샐 정도는 아니었다.

"드워프에게 들었던 시세보다도 가격이 상당히 비싼 것 같네요."

"이곳은 변경이라 서비스를 제공하는 측이 결정권을 지니고 있는 모양입니다. ……어느 정도는 납득할 수밖에 없습니다."

"그리고 귀중한 자원도 채취할 수 있으니 돈의 흐름이 다른 곳과는 다르다는 건가? 귀찮은 얘기네."

"그랬지요. 물품의 시세가 그야말로 괴상한 곳입니다. 나이프보다 물이 비싸고, 물보다도 몬스터의 어금니나 발톱과 같은 물품이 더 비쌌습니다."

"그것들은 맛있을까요?"

"아니, 물 말고는 입에 넣는 게 아니거든? 미오, 먹는다는 발상에서 떨어져."

이 녀석의 본래 모습은 폭식 거미다. 어쩔 수 없는 반응인가?

"이곳에서밖에 입수할 수 없는 품목이, 시세와 크게 차이 나는 가격으로 거래되고 있습니다. 그 다음이 입수하기 힘든 일상용 잡화. 그리고 가장 저렴한 것이 일반적인 무기나 방어구. 상당히 뒤틀린 경제 구조군요."

특수한 품목이나, 아마도 그 재료가 될 수 있는 물품이 비싼 것은 그래도 납득이 가지만 왜 무기나 방어구 같은 종류가 식품보다 싼 거지?

그것들이 싼 이유를 억지로 생각해보면…… 소모하는 페이스가 빨라서 교체 주기도 빠르기 때문인가? 말인즉슨, 평범한 무기는 이곳에선 빠르게 고장 나서 교환할 수밖에 없는 사태에 처하기 쉽다는 것이다.

하지만 그래도 조금 신경 쓰이는군.

일반적인 무기라곤 해도 가공하는 데 작업을 위한 수고는 물론이고 재료비도 필요해. 그것들이 저렴한데 기호품이나 식품이 더 비싸다는 건 아무리 생각해도 수상한 얘기다.

……찝찝하다. 권력이나 음모 같은 건 어느 세계에나 있다는 느낌인가? 상인들이 이런 위험한 장소에서 활동하는 이유는 나름대로 일정한 수익을 기대할 수 있어서라고 생각하지만 역시 뭔가 구린내가 나는 것 같다.

"그러고 보니 상인 길드라는 게 있는 것 같은데, 멋대로 물건을 팔아도 괜찮을까?"

"흠, 이곳에는 출장소가 있다고 했었지요."

"부적절하다면 저쪽에서 중단시키러 오지 않을까요?"

미오, 그런 문제가 아니야. 우리는 지금 주위의 주목을 끌어모을 수 없는 상황이라고…….

"그런 행동을 하게 되면 상인 길드의 등록증을 『분실했다』는 도련님의 말씀에 모순이 생겨 버린다. 상인 길드의 상식도 모르는 상회의 후계자라고 하면, 이야기의 신빙성이 그만큼 떨어질 테니."

항상 척수 반사로만 움직이는 토모에로 보이지 않을 정도로 내가 하고 싶은 말을 대변해주고 있었다.

"뭐, 토모에가 한 말이 대충 맞아. 미오, 미안한데 지금부터 그 출장소로 가서 상인 길드에 가입하고 싶다든가 적당한 이유를 붙여서 규약을 조사하고 와줄 수 있을까?"

"예? 지금 바로 말인가요? 도련님."

"그래. 아마 내일로 넘어가게 되면 너희들 두 사람에 대한 소문이 온 동네로 퍼질 테니까. 오늘 안에 해 둘 수 있는 일은 전부 끝내는 편이 유리해. 자, 어서 갔다 와. 어서."

"후…… 알겠습니다. 바로 다녀오겠습니다."

미오는 실망을 숨기지 못하면서도 상인 길드로 가줄 생각인 듯했다.

"훌륭하십니다. 종자들을 부리는 모습이 실로 모양이 나십니다. 역시 노공의 소질이 충분하세요."

“노공 아니거든?! 너희들이 눈에 띄는 짓만 안 했어도 이렇게 몰래 움직일 필요는 없었다고!”

“하지만 이렇게 숙소에 도착하고 나서 조사를 시작하는 것이 바로 미토 코몬의 묘미가 아니겠습니까?”

토모에가 납득이 안 간다는 표정으로 말했다. 글쎄 왜 그렇게 미토 코몬에 집착하는 건데?

“아니 잠깐, 여기에 꼭 탐관오리 같은 녀석이 있으리라는 법은 없지 않아?”

“있을 겁니다.”

“장담할 정도야?!”

세상사라는 건 그렇게 알기 쉽게 권선징악으로 흘러가진 않거든?!

“여러 가지 품목의 시세가 너무 부자연스러우니까요. 아무리 생각해도 뭔가 있습니다.”

예리하다. 시대극 모드가 켜지면 멍청한 성분이 빠져 달아나나?

“토모에는 의외로 대단한 구석이 많은걸?”

“도련님께서도 눈치채시지 않았습니까? 틀림없이 지저분하게 벌어들이고 있는 악당이 있습니다. 부정한 방법으로♪”

거기는 기쁜 듯 이야기할 대목이 아니라는 생각이 들어.

“미오가 뭔가 파악해서 돌아오면 움직이기 쉬워질지도 모르지만—.”

“무리라고 생각합니다. 그 녀석은 아무것도 아는 게 없으니까요…… 어쩌면 미행까지 달고 돌아올지도 모릅니다.”

그러니까 왜 기뻐하는 거냐고!

큰일이군. 우리가 마차에 싣고 온 짐은 주로 식품이라서 주목을 끌기 쉬웠다.

하아…… 초장부터 완전히 미토 코몬 같은 전개로 가고 있다.

"……솔직히 말해서, 토모에는 탐관오리나 악덕 상인 같은 역할이 어울린다고 생각해."

「크크큭」 같은 웃음소리도 어울릴 것 같다.

애초에 미토 코몬 패밀리에 토모에하고 어울릴 것 같은 캐릭터는 없어.

탐관오리나 악덕 상인을 빼면 말이지.

"저는 어딜 어떻게 봐도 카쿠노신 아닙니까!"

"카쿠노신은 일단 맨손으로 싸우는 게 정석이라고!"

"그럼 검을 주로 사용하는 카쿠노신으로!"

"아무거나 막 찔러 보겠다는 거야?!"

"어쨌든 제 캐릭터는 카쿠노신으로 갈 테니, 잘 부탁드립니다!!"

이 녀석, 억지로 밀어붙일 생각이야!

"너는 도대체가…… 그래, 알았어. **핵**노신[#16]."

너한테는 핵노신이라는 칭호가 딱이야. 완전히 폭탄 같은 녀석이니—.

"응? 조금 느낌이 다른 것 같은데요?"

일부러 작은 목소리로 중얼거렸는데 엄청난 청각을 발휘했다!

"……나는 네가 악의를 가지고 길드에서 소동을 일으킨 게 아닌지 의심스러울 정도야."

#16 핵노신 카쿠노신의 카쿠와 핵(核: 카쿠)의 일본어 발음이 똑같다는 언어유희.

"어……?"

응? 이 녀석, 진심으로 시대극처럼 트러블을 일으킬 생각이었던 거야?!

"하하하하, 하."

이 녀석, 농담이 아니고 정말로 핵폭탄 같은 존재다…….

◇◆◇◆◇

똑똑.

문을 노크하는 소리가 방 안에 울려 퍼졌다.

응? 누구지?

나는 토모에에게 눈짓을 했다.

"누구신지?"

"미오입니다. 문을 열어도 될까요?"

"응, 상관없어."

미오가 돌아왔나.

나는 주위에 탐색의 계를 전개했다.

여관을 에워싸듯 여섯 명이 접근하고 있었다. 익숙한 몸놀림으로 봐서 초보자는 아닌 것 같다.

……설마 정말로 미행을 데리고 돌아올 줄이야.

"어머나, 도련님? 왜 그러시죠? 갑자기 바라보시고."

미오가 뺨을 붉게 물들이며 물었다.

…….

"아니, 아무것도 아냐."

나는 약간 어처구니가 없다고 느끼면서 그 말에 대답했다.

토모에도 미행의 존재를 눈치챈 것 같다.

미행자들은 아직 여관 부지에 진입하지는 않았다. 짐은 아직 무사하다.

토모에와 미오가 프런트 직원에게 제대로 으름장을 놨으니 우리의 정보가 곧바로 새지는 않을 것이다. 상대편이 소년에게 돈만 먹이면 간단하게 농락할 수 있겠다는 생각도 들지만—.

"상인 길드에서 이야기를 듣고 왔습니다."

"응, 그래서?"

"길드 등록증 없이 물건을 판매하는 행위는 위반이라고 하더군요. 등록증의 교부나 재발행이 가능한 가장 가까운 마을은 츠이게라는 장소라고 합니다."

"거리는?"

"여기에서 마을을 세 개 정도 통과하면 도착할 수 있다고 합니다. 시간으로 환산하면 한 달은 걸릴 거라고 했습니다."

마을을 세 개? 이런 베이스를 앞으로 세 개나 경유하고 나서야 겨우 도착할 수 있다고?

멀다. 게다가 그때까지 수입이 없다는 건 녹록치 않은 일이다. 두 사람이 모험가 길드의 의뢰를 해결하면서 나아간다고 해도 E랭크 임무의 보수 정도로는 턱도 없을 거야.

"어떻게든 물건들을 팔 수 있는 방법은 없을까?"

"교역소를 이용하면 문제는 없다고 합니다."

"교역소?"

그런 장소가 있었나?

"상인 길드에 소속된 중매인과 같은 존재라고…… 그런데 중매인이란 건 뭘까요?"

모르면 내가 아니라 길드에서 물어봐.

"같은 상인을 상대로 한다면 판매할 수 있다는 거군. 하지만 그건……."

짐에 어느 정도의 가격이 붙을지 참고로 삼을 수 있을 것 같았다.

이 베이스의 부자연스러운 시세를 생각해보면 상인들이 모험가에게서 착취하는 구조로 보인다. 우리가 그런 경제 구조에 가담하는 모양새가 될 수도 있으니 유쾌하진 않지만…… 이건 내가 너무 복잡하게 생각하는 건가?

"상하기 쉬운 제품을 싣고 있으니까 어쩔 수 없나? 그럼 내일 교역소에서 전부 팔아버리자."

그럭저럭 일정한 수익은 기대할 수 있을 것 같다.

자, 드디어 오늘 하루가 끝난다. 느긋하게 여유를 부릴 시간은 그다지 없어 보였다. 해야 할 일이 계속해서 생겨나고 있으니—.

오늘은 아공으로 가는 건 관두고 빨리 잠이나 자야겠다.

"그렇군요. 미행의 동향에도 신경을 써야 하니까요."

"미행이라고요?"

"네 녀석이 잔뜩 달고 오지 않았나?"

"이 나를?!"

미오는 원래 회피 같은 건 절대 안 하는 타입이니까……. 전부 받아 내고 나서 흡수해주마! 대충 그런 스타일이잖아?

"처리하고 오겠습니다!"

미오가 창 쪽으로 성큼성큼 걸어갔다.

"아니, 괜찮아. 일단 내버려 두기로 했어."

"하지만 도련님?!"

"괜찮다고."

"으음—."

"이제 곧 식사 시간이야. 기분을 전환하고 즐기자."

나는 미오에게 그렇게 말했다. 그녀는 식사라는 단어에 반응했는지 곧바로 방향을 전환해서 돌아왔다.

"아, 그렇지. 토모에?"

"예, 도련님."

"너는 지금부터 마차에서 대기하고 있어. 그리고 하룻밤 동안 짐을 지켜줘. 지금 마차 쪽을 살피고 있는 움직임도 조금씩 보이기 시작했거든."

"뭐, 뭐라고요?!"

"네가 자기 입으로 카쿠노신 지망생이랬잖아. 이런 건 카쿠노신의 역할이라고♪"

"바, 밥은……?"

"물론 금, 지♪"

"다, 당신은 도, 도깨비입니까? 도련님—!"

"그리고 너도 상회의 일원이니까 당연히 알고 있을 거라고 생각하지만, 일단 충고해 두지……. 짐에는 손대지 마라."

"아, 악마다! 악마가 나타났다!"

"오늘 하루 동안 너 때문에 얼마나 피곤했는지 알기나 해?! 이건 명령이야!!"

가끔 이 정도로 세게 나가지 않으면 네 천방지축은 끝을 모르고 폭주할 거잖아! 도깨비건 악마건 마음대로 떠들어 보시지, 후하하하.

◇◆ 신 ◆◇

칫…… 도련님께서는 조금 더 부드럽게 대해주셔도 되는 것 아닌가?

이대로 가면 역대 코몬 님 중에서도 심술궂은 어르신의 부류로 들어가고 말 것이야. 나는 굳이 말하자면 지적이고 총명한 코몬 님이 취향이란 말이다.

그리고 조금 더 적극적으로 귀찮은 일들에 고개를 들이밀 수 있는 호기심이 필요하다고 생각한다. 숙박비에 얽힌 건에 관해서도 도련님은 낌새를 알아차리신 뒤 일부러 무시하려고 하셨다. 도련님께서 그런 것들을 무시하시면 사건이 일어나지 않고 끝나 버린다. 내가 재치를 발휘하지 않았다면 어떻게 됐을지 모르겠군.

그래서는 좋지 않다. 세상을 바꿀 수가 없다. 그리고 사소한 일에 지나지 않지만 내가 칼을 뽑을 수가 없다.

일단 겉모습만 흉내 냈으나 내 칼은 엘더 드워프…… 길군, 줄여서 엘드워들에게 부탁해서 제작한 신품이다.

미오는 딱 알맞은 느낌으로 백치미를 전개하면서 배역에 알맞은 행동거지를 보여주고 있다. 저 모습이야말로 바로 하치베의 귀감이다. 깜빡이를 기본으로 갖추고 있다니 우습게 볼 수 없는 녀석이다.

이제 남은 것은 도련님께서 마음을 진지하게 먹으시기만 하면, 아무런 문제 없이 『세상을 바꾸는 여행, 세계의 끝 편』을 시작할 수 있지만—.

나는 마차 안에서 기척을 숨긴 채 짐을 지키고 있었다.

저녁밥 금지라는 불쌍한 처지여도 오늘 밤이야말로 가장 사건을 기대할 수 있는 대목이라는 건 사실이다.

그렇게 생각하면, 흠…… 도련님께서 적재적소라고 할 수 있는 장소로 나를 보내신 사실에 감사를 드려야 할지도 모른다.

지금 내가 차고 다니는 검은, 일본도의 형태를 모방해서 예리하게 한쪽 날을 세운 검이다. 일본도와 관련된 상세한 사항에 관해선 조사를 계속하고 있다.

도련님께서는 부모님을 따라 여러 차례 **세키**라는 마을에서 개최되는 **하모노마츠리**[#17]라는 행사에 여행을 가신 적이 있다. 그 부근의 기억에 대한 자세한 사항과 관련된 지식을 조사할 필요가 있을 것으로 보인다.

도련님께서 잡다한 지식을 대량으로 소유하고 계신 분이라서 정말로 다행이다. 흥미를 끄는 대상을 그대로 내버려 둘 수 없는 천성이신 것 같다. 내 입장에서 말하자면 정말로 고마운 습관이다. 아무리 거듭 감사를 바쳐도 모자랄 지경이야.

#17 하모노마츠리 일본 기후 현 세키 시에서 매년 10월에 개최되는 칼 관련 축제.

나는 문득 내가 지키고 있는 짐 쪽으로 시선을 돌렸다.

아공에서 자생하고 있던 과일들이다. 도련님의 말씀에 따르면 원래 계시던 세계에 있던 과일들과 똑같다고 한다. 따라서 그것들의 식용 가능 여부에 대한 판단은 도련님께서 내리셨다.

모든 과일들이 생명력이 넘치고 싱싱한 것들뿐이다. 맛도 대단히 훌륭하다.

도련님께서 계시던 엄청나게 가혹한 세계에서 자생할 수 있는 과일들인 만큼, 그야말로 굳센 생명력을 지니고 있었다. 우리는 대량으로 맺힌 열매들 중 일부를 싣고 왔지만 아직도 상하려는 낌새조차 보이지 않았다. 윤기가 흘러넘치고 있다.

그때―.

"음, 움직이려는가?"

미오를 미행한 녀석들이 드디어 움직이기 시작했다.

오랫동안 휴만과 접촉하지 않은 내 안목으로는 녀석들의 숙련도가 어느 정도인지 도저히 파악할 수 없었다. ……하지만 오늘 밤 찾아온 이 녀석들은 아무래도 꽤 거친 부류에 속하는 듯하다.

나름대로 대형을 지을 줄 아는군. 전투 경험이 전혀 없는 부류는 아니라는 건가.

……흠, 이건 머리를 쓸 필요가 있겠는걸.

객실에서 나오기 직전, 도련님께서 「부탁이니 몰살 같은 건 제발 참아줘」라고 진심이 담긴 눈빛으로 당부하셨다.

나는 계약에 의해 예전보다 훨씬 힘이 강해진 상태지만 도련님처럼 일부러 마력을 억제하기 위한 도구를 만들지는 않았다.

진심으로 실력을 발휘하면 상대는 아마도 죽게 될 것이다.

하지만 도련님의 부탁을 무시할 수도 없다.

……이 녀석들을 힘 조절의 시험 대상으로 삼을까?

두 사람은 방을 보고 네 사람이 짐을 훔치러 들어올 생각인 것 같았다.

고맙군.

만약 힘 조절에 실패하더라도 두 사람은 살아남을 수 있다는 계산이 성립된다.

네 사람 중에 두 사람이 먼저 다가오고 있다.

그들이 마차에 올라타려고 손을 뻗었다. ……때가 왔군.

나는 어둠 속에서 소리도 내지 않고 칼을 칼집에서 뽑은 후 마차 옆에 내려섰다.

"이봐 잠깐, 우리 마차에 무슨 용무라도 있으신가?"

나는 대단히 쾌활한 목소리로 그들에게 말을 걸었다.

그들이 일제히 움직임을 멈추고 나에게 시선을 집중시켰다. 그리고 살기와 경계를 보이기 시작했다.

그들의 반응은 무리도 아닐 것이다. ……내가 전투에 대한 흥분 때문에 먹잇감을 노리는 뱀과 같이 번쩍이는 눈빛으로 그들을 바라봤기 때문이다.

"……."

그들은 말이 없었다. 눈빛으로 신호를 교환하면서 서로 고개를 끄덕이고 있다.

교섭의 여지는 없어 보인다……. 좋아, 말은 필요 없다는 거로군. 떠돌이 무사 따위가!

망을 보고 있는 두 사람에게서 별다른 움직임은 보이지 않았다. 훼방꾼들이 합세하지는 않을 거라고 봐도 될 듯하다.

마차에 올라타려고 했던 두 사람의 손에 쇠붙이가 번쩍이고 있었다. 멀리서 이쪽을 살피던 두 사람이 무언가를 발사했다. 가까이에 있던 두 사람의 칼날이 나에게 덮쳐 왔다. 나는 한 녀석의 공격은 칼로 막고 나머지 한 녀석의 공격은 피했다. 멀리서 날아온 무언가는 칼집으로 튕겨 냈다.

가볍고, 느리다. 전혀 준비운동조차 되지 않는다.

회피한 쪽의 단검이 옆에서 나에게로 들어왔다. 그야말로 걷어 차 달라고 말하는 위치에서 공격을 해 왔다. 나는 녀석이 바라는 대로, 체중을 거의 싣지 않고 그저 속도에 맡긴 킥을 무기를 쥔 손에다가 선사해주었다.

둔탁한 소리와 함께 내가 걷어찬 상대가 공중을 날았다.

있는 힘껏 힘을 조절했다만…… 저건 확실하게 부러졌군.

이 정도의 완력으로 칼을 휘두르면 조금 문제가 커질 거라는 생각이 들지만 현재의 능력을 시험해 볼 필요가 있는 것도 사실이다.

"흠."

무기를 노린다면 문제없을 것이다.

나는 거리를 벌리기 위해 가볍게 후방으로 스텝을 밟았다. 그리고 그 자세 그대로 놀라서 정신을 놓고 있는 적이 쥐고 있는 검을 향해 한 차례 횡 베기—.

"앗?!"

적이 낮게 목소리를 흘렸다.

전혀 반응을 못하고 있군. 아마 내가 뒤쪽으로 도약한 것조차 눈치채지 못했을 것이다. 사라진 것으로 착각했을지도 모른다. 그 결과로 경악에 이어 경직이 일어난 건가? 미숙하군.

챙, 이라는 날카로운 소리가 울려 퍼졌다. 상대는 짧아진 자신의 무기를 보고 더욱 경악했는지 꼼짝도 하지 않았다.

전혀 벤 감촉이 느껴지지 않았다. 무기와 육체의 성능은 생각보다 훨씬 대단하다. 엘드워 녀석들, 진지하게 일본도를 만들게 했을 때의 완성품이 기대되는군, 크크크.

털썩.

응? 무슨 소리지?

소리가 난 쪽을 보니 그곳에는—.

원래 장소에는 상반신의 대부분을 잃어버린 하반신이 남아 있었다.

이럴 수가, 이 정도란 말인가……?!

이런! 내가 동요하고 있다는 사실을 나머지 네 사람이 눈치챈 것이 느껴졌다. 이래 가지고는 남김없이 놓치고 말 것이다. 즉, 심문을 할 수 없게 된다!!

망을 보던 녀석들은 이미 상당히 멀리 도망갔다. 이대로 가면 소동이 더욱 커질 수도 있다.

어쩔 수 없지. 가운데 진형을 담당했던 두 사람만을 생포하는 걸로 만족할 수밖에 없다.

나는 칼을 반대로 틀어잡았다. 도련님께서 충고하신 대로 역날

검이라는 걸 만들게 해야 했나?

녀석들은 체면도 신경 쓰지 않고 등을 돌린 채 도망치기 시작했다. 한 사람은 여자인가? 천으로 얼굴을 가리고 있다 보니 남녀의 분간도 가지 않는다. 하지만 체형을 보면 저선 여성이로군.

……어차피 생포할 거라면 여자를 붙잡는 편이 도련님께서 기뻐하실까? 한눈에 알 수 있을 정도로 커다란 가슴이다. 검은색 암살자 복장을 소화하기에는 위화감이 느껴지는 몸매로군.

도련님께서는 그다지 빼어난 용모가 아닌 이들을 보고도 만날 때마다 미인이라고 말씀하셨지. 어지간히 여성에 굶주리신 건지도 모른다. ……그런 것치고는 밤 시중을 들라는 명령을 내리시지는 않으니 불가사의한 분이시다.

응? 기다려 보라고?

여자를 생포할 경우, 도련님께서 나를 또 탐관오리 같은 녀석이라고 부르시지는 않을까?

아니! 도련님이라면 부르시고도 남는다!

크으윽! 이런 교묘한 덫이 기다리고 있었다니! 도련님을 사모하는 나의 마음을 이용하다니…….

역시 도련님이시군! 응, 아니, 뭔가 다른 느낌이…….

흥, 세세한 일은 나중에 생각하자. 우선 여자는 보내주고 나머지 한쪽을 생포할까?

나는 조금 힘을 담아서 대지를 박차고 뛰어나갔다. 명백하게 속도의 차원이 다르기 때문에 상대를 따라잡는 것은 어렵지 않았다.

나는 가슴이 없는 괴한의 눈앞에 다가서서 칼자루를 그 명치에 때려 박았다.

조금 거리를 두고 선두를 달리던 한 사람이 이쪽으로 고개를 돌렸다. 나는 녀석을 견제할 생각으로 칼을 한 번 휘둘렀다. 저 녀석도 아까 데리고 온 일행이 동강 나는 광경을 목격했을 테니 말이야.

아니나 다를까, 녀석은 비틀거리면서도 황급히 달아났다.

훗, 내가 한 일이지만 깔끔한 솜씨로군.

이 녀석에게서 정보를 얻어 내면 이 베이스에 본거지를 두고 있는 악당들의 일망타진! 을 시작할 수 있단 말이겠지?

크크큭, 지극히 순조롭게 일이 돌아가는군!

◇◆◇◆◇

"아무리 생각해도 너는 탐관오리 역할이 딱이야."

나는 있는 힘껏 깊은 한숨을 내쉬면서, 눈앞에서 작게 움츠리고 있는 토모에와 정신을 되찾지 못한 포로를 번갈아 쳐다보며 말했다.

미오는 토모에가 저질러버린 두 사람의 **처리**를 위해 마차에 가 있었다.

팔짱을 끼고 토모에를 내려다보고 있는 내 등 뒤로 의자에 걸터앉아 있는 인물이 한 사람 있었다. 그 인물은 불안한 기색을 보이면서 방 안을 두리번두리번 둘러보고 있었다.

그녀는 미오와 산책하던 중에 만나게 된 소녀다.

토모에와 별개 행동을 시작한 후 나와 미오는 식사를 했다. 그리고 소화라도 시키려고 이 부근을 어슬렁거리다가 이 소녀와 만난 것이다.

이야기는 잠시 전으로 거슬러 올라간다.

나와 미오는 산책 중에 만난 소녀를 데리고 숙소로 돌아왔다.

우리는 방으로 들어와서 소녀로부터 자세한 이야기를 들으려고 했지만 숙소 앞에서 희희낙락한 표정을 한 토모에가 기다리고 있었던 것이다…….

전부 죽이지는 않았습니다! 도련님!

대충 그런 소리를 지껄인 거지.

토모에에게 상세한 전말에 관해 묻자 여섯 명 중에 세 명은 도망쳤다고 한다.

……그건 뭐 상관없다고 치자.

그럼, 나머지 세 사람은 생포한 거냐고 묻자―.

"두 사람은 죽였습니다. 하지만 한 사람은 붙잡을 수 있었습니다. 자, 여기에."

이 녀석은 태연하게 그런 말을 입에 담았다.

한 사람은 단검을 떨어뜨리게 하려고 발로 걷어차니 공중에 붕 떠서 날아가고서 그 후로 움직이지 않는다고 한다. 쇼크사라는 건가?

또 한 사람은 무기를 노리고 횡 베기를 시전했더니 몸도 함께 잘려 나갔다고 했다.

토모에는 두 사람 다 사고나 다름없는 일로 사망한 것이지 죽일 생각은 없었다고 투덜거렸지만 그건 정말 논의할 가치도 없는 소리거든?!

그 설명에 따르면 도저히 사고로 끝낼 수 없는 얘기잖아!

그런 끔찍한 참살 현장도 흔치 않다고!

미오의 상상을 초월하는 잡식, 아니, 흔적도 없이 처리할 수 있는 능력에 기대하면서 그 시체들을 은폐할 수 없겠느냐고 부탁하자 「할 수 있어요」라는 대답을 들었다.

즉시 부탁해서 현장으로 향하게 했다.

어쨌든 포로로 생포한 인물의 무력화를 끝내 놓았는지 확인하기 위해 침대로 향했다.

날씬한 몸매다. 이쪽의 기준을 모르기 때문에 이 정도면 근육질이라고 해도 납득할 수밖에 없지만 말이야.

"토모에, 너 설마 여자를 생포한 거야?"

"훗, 크크큭!"

이 녀석, 왜 갑자기 웃기 시작한 거지?

"그렇게 말씀하실 거라고 생각했습니다! 도련님!"

글쎄 뭐가?!

"그리고 이어서 이렇게 말씀하고 싶으신 거겠지요! 토모에, 너는 정말 탐관오리 같은 녀석이구나! 라고!"

왜 그렇게 자신이 넘치는 거지? 어찌 됐든, 내가 하고 싶은 말을 거의 대변해주고는 있지만—.

"하지만 그 녀석은 남자입니다!"

척! 하고 효과음이라도 들려올 것 같은 모습이었다.

…….

아니, 만약 그렇다고 해도 말이지—.

그래서 어쨌다고?!

애초 성별 이전에 무기가 있는지 몸을 검사한다든가 최소한 해야 할 일을 마쳤는지 확인하고 싶은 거라고!

뭐, 아무리 이 녀석이라도 그 정도는 했겠지? 남자라고 딱 잘라 장담하고 있을 정도니까.

침대라고 해도 이불을 덮고 있는 건 아니라서 토모에가 남자라고 장담하는 포로의 머리부터 발끝까지가 눈에 들어왔다.

……정말로 이 녀석이 남자라고?

묘하게…… 그, 여자 같은 느낌이 드는데? 특히 허리 부근—.

어? 이봐, 토모에~, 제발 정신 좀 챙겨 달라고요.

포로의 허리춤에 달린 홀더에 칼 같은 게 보이잖아?

"보디 체크도 안 했어? 쳇, 방에 데리고 와서 눕힐 생각이라면 위험물 소지 여부 정도는 조사해 달라고. 너무 부주의하잖아?"

나는 홀더에서 나이프를 뽑아서 압수했다. 투척용 나이프인 걸까? 손에 지니고 휘두를 수 있을 정도의 강도는 아니였다. 접근한 상대를 방심하게 한 다음 목을 베는 사용법 정도는 가능할 것 같군.

"그, 도련님과 저희들만 있다면 일부러 날뛰게 하는 것도 하나의 여흥이 아닐까~ 해서요."

아하하, 토모에가 쓴웃음을 지었다. 너는 정말 무시무시한 어트랙션을 고안하는구나?

"응, 하……"

응? 포로가 몸을 뒤척였다—.

투둑.

"어?"

어디선가 천이 끊어지는 소리가 들려왔다.

그리고 포로의 가슴이, 부풀어 오르기 시작했습니다.

……침묵.

대충 그런 느낌으로 서두의 말로 돌아간 것이다.

토모에는 어안이 벙벙한 표정으로 포로와 나를 번갈아 쳐다보면서 점점 몸을 작게 움츠렸다.

옛날 형벌 중에 조리돌림이라는 게 이런 느낌이었을까? 그리고 이 포로는 붕대를 요리조리 돌려 감아서 가슴을 감추고 있었다, 이 말인가? 음, 재미없군.

어지간히 꽉 졸라매서 눈에 안 띄게 하고 있었던 거구나.

그렇지 않으면『투둑』하고 끊어지진 않을 테니까—.

"이, 이건 누군가의 음모가 틀림없습니다! 그렇지 않고서야 이런 사면초가에 몰릴 리가 없어요!"

토모에의 외침이 공허하게 울려 퍼졌다.

"너 말야~, 제발 조금이라도 좋으니 주인한테 신경 좀 써줄래……. 내가 어느 쪽을 더 심문하기 쉬운지는 알고 있지?"

"아니, 그러니까 가슴이 커다란 녀석을 피해서 말이지요. 이번엔 완전히 남자를 붙잡았다고 생각했습니다만—."

가슴이 커다란 녀석을 피했다니 그게 뭔 소리냐? 의미를 모르겠다.

"어쨌든 끌고 온 이상, 우선 옷을 벗겨 놓으라는 얘기야. 그렇게 하면 무기 소지 여부도 성별도 한 방에 알 수 있잖아?"

"이야~ 벗겨버리면 변태 취급하시지 않을지 너무 불안해서요."

"안, 전, 제, 일이라고!! 드라마도 아닌데 변태고 뭐고 상관없잖아! 바보와 변태 중엔 변태 쪽이 그나마 낫다고!"

어디까지나 개인적인 주장에 지나지 않는다는 사실을 말해 두겠습니다.

"으— 음—."

끙끙거리지 마!

"애초에 토모에는—."

"저, 저기—."

응?

뭐지요, 이 꺼져 들어갈 듯한 목소리는? 미오나 토모에의 것은 아니다. 이 방에 또 다른…….

아, 그랬지!

아까 산책 도중에 만난 소녀다!

자세히 보니 소녀는 불안해 보이는 표정을 짓고 앉아 있었다. 가족이 행방불명됐다고 호소하는 소녀와 우연히 맞닥뜨려서 일단 여기로 데려온 것이다. 토모에 때문에 존재를 잊고 있었다.

생판 모르는 사람들이 이해 불가능(할 것으로 추정되는)한 언어로 서로 고함을 지르고 있었다.

그야 불안해질 만도 하지. 숙소까지 오는 길에 나는 병 때문에 말을 할 수 없으니 필담을 하고 있다고 설명을 끝내 놓은 상태였다. 따라서 그녀가 지금 우리의 대화를 목격하고 수상하게 생각해도 어쩔 수 없었다.

"—뭐, 이번 일은 용서할게. 다음부턴 조심해."

이런 자그마한 아이가 불안한 시선으로 바라보니, 화를 낼 기력도 달아나 버렸다.

"오오! 감사한다! 낯선 소녀여!"

이봐, 그 전에 나한테 감사해야 되는 거 아니냐?!

뿐만 아니라 딱 거기만 공통어로 말했다.

대체 어디까지 확신범인 거야…….

그 머리의 회전 속도를 나를 위해서도 조금은 써 달라고! 우는 꼴 보고 싶냐?

"저 오빠, 말을 못한다고 들었는데…….

"말할 수 있답니다."

공통어라는 걸로 신중하게 대화를 시도해봤다. 어쩌면 통할지도, 라는 마음이 없지는 않았지만—.

"……?"

소녀의 목을 갸웃거리는 몸짓을 보고 대답을 알 수 있었다. 토모에에게 고개를 돌렸다. 토모에가 고개를 끄덕이더니 소녀에게 시선을 돌렸다. 이런 데는 눈치가 빠르군.

"도련님께서는 지금 공통어로 「말할 수 있다」라고 발음한 거다. 알아들을 수 없었지?"

"헤에에?! 아니, 하지만 「마랴류헤퍼테~」라고 들렸는데?"

그, 그렇게 들렸단 말인가……. 대략 알고는 있었지만 쇼크는

켰다.

「말할 수 있답니다」라는 한마디에서 『마』밖에 인식할 수 없었다는 이야기잖아?

"그래, 그게 바로 이 저주의 무서운 위력이지. 도련님께서는 원래 다양한 언어를 구사하실 수 있는 분이라서, 그중에 하나의 언어로 우리 종자들과 대화하고 계신다."

"에, 어? 병에 걸리신 게 아니고?"

"응, 그런 거다. 사실은 도련님께선 저주에 걸리셨다. 하지만 그렇게 말하고 다니면 다른 사람들에게 전염되는 것도 아닌데 차별하는 이들이 생길지도 모르니 진실을 감추고 다니는 거란다. 병의 영향이라고 하면, 저주에 걸린 부정(不淨)한 자라는 취급은 받지 않을 테니까."

소녀는 토모에의 설명을 듣고 납득한 것 같았다. 응, 그래. 앞으로는 그 화술을 내 이익으로 환원시켜 달라고…….

"수많은 말들을 사용할 수 있는데, 공통어만 봉인당하다니…… 틀림없이 마족의 소행이야! 너무해!"

응? 잠깐, 왜 마족이 튀어나오는 거지? 저주는 걔네들의 전매특허라도 돼? 혹시 그렇다고 한다면 다음부터는 이유를 바꿀 필요가 있겠군. 단지 내 설정에 구실을 갖다 붙이려고 특정 종족에 대한 편견을 심고 다니는 것도 생각해볼 노릇이다.

"네 말이 맞다, 정말로 곤란한 녀석들이야……. 그런데 소녀여, 그대는 왜 도련님과 함께 여기로 온 거지?"

하지만 토모에는 아무 일도 없었던 것처럼 대화를 계속하려고 했다.

[이봐, 기다려.]

나는 이번엔 필담으로 전환해서 토모에의 어깨를 손가락으로 두드렸다. 왜 이 녀석은 소녀의 말을 깔끔하게 흘려 넘기려는 거지?

"아, 도련님, 왜 그러시죠?"

토모에가 느긋하게 대답했다.

이 녀석은 소녀가 한 말에 위화감을 느끼지 못한 건가……?

[왜 나에게 걸린 저주를 마족의 소행이라고 단정하는 건지 물어봐도 될까?]

나는 소녀에게 질문했다. 그녀가 글자를 읽을 수 있어서 정말 다행이었다.

"왜냐면, 공통어는 태어난 뒤 얼마 지나지 않아 여신님의 축복을 받아서, 이 세계의 모—든 사람들이 깨우치는 말인걸!"

"……."

"아, 하지만 괴물들은 안 된대. 휴만 이외의 종족은 여신님에게 인정받지 못해서, 열심히 공부하지 않으면 익힐 수 없어."

"……."

소녀가 입에 담은『모—든 사람들』이라는 카테고리에 휴만밖에 포함되어 있지 않다는 사실이 약간 슬펐다. 하지만 그 이상으로…….

나는 그 카테고리 중에서 괴물에 포함된다는 거냐?

그건 그렇고, 축복……이라. 소녀에게 좀 더 자세히 물어보니, 태어난 이후로 매년 여신님의 신전이라는 장소를 참배하는 동안 서서히 말을 이해하게 된다고 한다. 그런 과정을 여러 단계 거치는 동안 말을 완전히 깨우친다는 것이다.

말문이 트이는 시기에는 개인마다 차이는 있지만, 일반적으로 세 살 정도가 되면 말을 이해할 수 있다고 한다. 소녀는 자신의 경우엔 네 살 때부터 완전히 깨우쳤다고 했다.

그야 말할 수 있을 리가 없구먼요. 오히려 공통어를 공부해서 습득한 이종족들이 존경스럽다.

그럴 수밖에 없는 게, 이건 어학이라고 할 수가 없잖아! 「아—우—에—」라는 옹알이 소리가 축복을 받으면서 언어로 변화한다. 이것이 바로 공통어! 자, 휴만이 아닌 여러분! 이 옹알이를 분석해서 공부하자! 이런 소리야?!

헤에—. 흐으음—.

그래, 그런 시스템이구나.

…….

빌어먹을 여신 녀석! 정녕 갈 데까지 가길 바라는 거냐!

좋았어. 이렇게 된 이상 끝까지 한번 가보자고!

내가 공통어에 관해서 예상치 못한 정보를 획득한 후, 소녀는 토모에를 상대로 본론을 꺼내기 시작했다.

◇◆ 미오 ◆◇

처리를 끝내고 돌아온 제가 본 것은, 무표정한 도련님과 기분이 가라앉은 얼굴의 토모에였습니다. 방 안쪽에서 잠자는 숨소리가 하나 들립니다. 아까 데리고 온 여자아이의 것이겠지요.

그리고 두 분의 맞은편에 위치한 침대에 걸터앉아서 적의를 드러내고 있는 여자가 한 사람 있었습니다.

토모에……, 도련님께서 심문하실 건데 당연히 남성을 골라서 데리고 왔어야지요.

그건 그렇고 이 검은 옷을 몸에 걸친 여성은 저를 미행했던 일당 중 한 사람이라고 들었습니다만 방금 처리한 이 여자의 일행은 정말 맛없었습니다.

어둠으로 에워싸서 한꺼번에 흡수했는데 도련님의 맛과 비교하면 하늘과 땅 차이였어요. 예전의 저라면 전혀 신경 쓰지 않았겠습니다만 도련님의 맛을 알아버린 지금에 와서는 그들의 맛은 정말 불쾌할 뿐이었습니다.

……심문은 저와는 상관없는 이야기가 될 것 같네요.

저는 아직 세상사에 관해서 공부 중인 몸이니, 아무래도 사람의 감정이 지닌 기복 같은 것을 파악하는 것은 아직 어렵습니다.

화가 나서 먹어버리기라도 하면 도련님이나 토모에를 볼 낯이 없으니까요.

단지, 지금까지 본 적이 없었던 도련님의 무표정을 보니 조금 흥미가 생기는군요.

……대체 무슨 대화가 오갔던 걸까요?

"토모에, 시작해."

"옛."

짧은 응수 끝에 토모에가 포로의 몸을 안개로 둘러쌌습니다. 포로가 몸부림을 치면서 저항하는 모습이 잘 보입니다. 하지만 그

저항도 보람 없이 여성은 침대 위로 쓰러졌습니다.

상대를 잠들게 하는 마법일까요? 하지만 그런 것치고는 안개가 아직 주위에 머물러 있습니다.

"도련님, 이 상태로도 표징은 보이십니까?"

토모에가 어딘지 모르게 확인하는 말투로 물었습니다.

"문제없는 것 같아. 이 상태로 말을 통하게 할 수 있어?"

도련님은 여전히 표정이 없습니다. 처음 보는 표정입니다. 저는 도련님에게 이런 표정을 짓도록 만든 여자에게 조금 살의를 품었습니다.

"제가 통역을 해서 전달하는 형태가 됩니다만."

"상관없어. 시작하자."

두 사람 다 제가 돌아온 것을 눈치채지 못한 것 같습니다. 그 이유는 아마도 도련님이 말없이 내뿜고 계신 중압감 때문일 겁니다. 살의나 분노도 없는, 그저 우격다짐으로 짓누르는 듯한 위압감입니다.

"하지만 이래 가지고서는 상당히 싱겁군요. 정보를 캐내는 즐거움이 없어요."

저는 이런 상황에서도 농담을 입에 담을 수 있는 토모에가 대단하다고 느꼈습니다.

"즐거움 같은 건 필요 없어. 협박이건 자백제건 알아낼 수만 있으면 문제없다고."

"……예."

"네가 있어줘서 다행이야. 자백제가 필요 없다는 건 편리하군.

고문 방법 따윈 알지도 못하니까."

차갑지도 따뜻하지도 않습니다.

도련님의 목소리는 그저 담담했습니다. 도련님께서 원래 계셨던 세계는 일상적으로 사람이 죽는 일이 그다지 많지 않은 평화로운 장소라고 들었습니다.

따라서 도련님께서 사람의 생사에 관여하게 되실 때, 틀림없이 큰 고뇌를 느끼게 되실 거라고 걱정했습니다만…….

……어쩌면, 도련님께서는 이 여자의 목숨을―.

사실 도련님께서 어떤 결정을 내리셔도 저와는 상관이 없습니다.

지배의 계약에 의한 속박이 없다고 해도 저는 이미 제 모든 것을 도련님께 바친 몸이니까요.

도련님 이외의 모든 것은 사사로운 일에 지나지 않습니다.

음, 그랬지요. 당연한 사실을 재확인한 느낌입니다.

두 사람은 담담하게 심문을 계속했습니다.

두 사람의 대화에서 헤아려 볼 때 토모에가 자백을 촉진하는 무슨 방법을 사용한 듯합니다. 심문은 순조롭게 이어졌습니다. 아무래도 이번 습격의 목적은 단순한 절도가 아닌 것 같습니다. 도련님과 제가 데리고 온 소녀도 이 사건과 관계가 있어 보입니다……. 이 베이스에서는 역시 악당들이 활발히 활동하는 것 같군요.

물어보고 싶던 일들은 거의 다 알아내신 것 같습니다. 두 사람은 깊은 한숨을 내쉬고 안개를 해제한 후 서로 얼굴을 마주 보고 있었습니다. 슬슬 들어가도 될까요?

"수고하셨습니다. 끝나셨나요?"

"엇? 아, 미오였구나. 뭐 대충? 그쪽은 어땠어?"

도련님은 한순간 놀란 표정을 지으셨지만 곧바로 침착한 말투로 바꾸시더니 평소와 마찬가지의 모습으로 제 말에 응해주셨습니다.

"물론 끝났습니다. 굉장히 맛없었지만요."

힐끔, 토모에에게 시선을 돌렸습니다. 그녀는 쓴웃음을 지으며 사과했습니다.

"고마워. 저엉말 딱딱 맞아떨어질 정도로 토모에가 선호하는 전개로 들어가는 것 같으니 질려버리겠어."

토모에가…….

분명 『**권선징악**』이라는 거였지요? 자세히 물어보진 않았지만—.

"아닙니다. 이번엔 이걸로 끝일 테니까요. 그다지 재미있는 회가 될 것 같지는 않습니다."

저는 가끔 토모에의 언동을 이해할 수 없습니다.

제가 알 수 있는 것은 이제 곧 사건이 끝날 것 같다는 예감 정도입니다.

"그럼, 움직이는 건 내일부터인가요?"

심문은 마친 상태이므로 어쨌든 오늘 밤은 이걸로 끝이겠지요.

도련님께서는 제 질문에 대답하지 않고 말없이 한 장의 종이쪽지를 저에게 보여주셨습니다.

"어, 어머나?! 저, 도련님? 이건 뭐죠?"

숯을 사용해서 그린 그림일까요? 젊은 여성 한 사람이 부드럽게 미소를 짓고 있는 그림입니다. 가슴부터 위쪽을 그린 알기 쉬운 초상화입니다. 꽤 솜씨가 훌륭하네요.

"저 아이의 언니라고 하는군."

도련님께서 그림에 그려진 인물의 정체를 가르쳐 주셨습니다. 아, 그렇구나. 이 여성이 저 여자아이의 언니군요. 애초에 도련님과 제가 산책 도중에 저 소녀와 만난 것은, 그녀가 행방불명된 언니에 관해 아는 게 없냐고 우리에게 물어본 것이 계기였습니다.

그때, 도련님께서 어렴풋이 누군가가 소녀를 감시하는 기척을 감지하시고 그녀를 데리고 오기로 결정하신 겁니다. 숙소로 들어오기 전에 기척이 사라졌으므로 재울 필요까지 있었는지는 모르겠습니다만…….

하지만 도련님의 판단이 소녀를 객실에 재우는 것이라면 저에게 불만 따위는 없습니다.

마차를 덮친 인물을 심문해서 알아낸 사실은 저 소녀의 언니가 그들이 소속되어 있는 집단에 사로잡혀 있다는 것입니다. 도련님은 아무래도, 소녀의 언니를 구출하실 생각이신 것 같습니다. ……이미 죽었을지도 모르는데요.

"소녀의 언니가 사로잡혀 있는 장소는 대충 짐작이 가. 그래서 미안한데, 두 사람은 곧바로 그녀를 찾으러 가 줄 수 없을까?"

……예?

아, 예? 그 말씀은, 저, 잠을 자지 말고 강행하라는 말씀이신가요?

"도, 도련님? 저녁밥뿐만 아니라 수면도 취하지 않고 돌격하라는 말씀이십니까?"

토모에의 반론이 그야말로 적절합니다!

"그래? 너희들은 매일 제시간에 자지 않아도 괜찮지 않아?"

으, 으음—. 확실히 말씀을 듣고 보니, 유유히 수개월에서 수년까지의 간격을 두고 자고 일어나는 게 일상이었지만요…….

도련님의 종자로서는 주인의 생활시간에 맞춰서 생활하고 싶나는 것이 본심입니다만…….

그리고—.

"그 말씀은, 그, 틀림없습니다만."

"도련님, 저는 자고 싶습니다! 이 몸이 된 이후로 수면의 쾌감에 눈뜨고 말았습니다!"

토모에의 발언은 굉장히 직접적입니다. 하지만 저도 격렬히 동의합니다. 인간형으로 변한 뒤 며칠밖에 지나지 않았습니다만 잠을 잔다는 행위가 얼마나 상쾌한 것인지 깨닫고 말았습니다.

"토모에. 아까 심문했으니 너도 알고 있겠지만, 이 여성이 무사하리라는 보장이 없어. 장소는 알아냈으니 두 사람의 능력이라면 거의 대부분의 사태에 대응할 수 있잖아?"

"살아 있을지조차 알 수 없는 상황인데도 서둘러야 하나요?"

저는 신경이 쓰이던 의문을 입에 담았습니다. 아무래도 방금 발언은 실언이었던 것 같습니다. 도련님의 눈빛이 다시금 허무감에 지배당하기 시작했습니다—.

"미오, 나는 가능하다면 저 아이의 언니를 무사히 구출하고 싶어. 부탁해, 무사하다면 보호해서 데리고 와. ……만약 그러지 못했을 경우에도 결과를 가능한 한 빠르게 전달해 줘. 알았지?"

끄덕.

저는 얌전히 고개를 끄덕일 수밖에 없었습니다. 거북스러운 느낌입니다. 도련님께서 저를 이런 눈빛으로 바라보시는 건 싫습니다.

흥미를 잃은 듯한 무기질한 시선—. 이분께서 저의 가치가 없다고 판단하시고 흥미조차 끌 수 없는 존재로 전락한다면, 저는…….

저는 토모에에게 시선을 돌렸습니다. 그녀도 긴장한 분위기로 고개를 끄덕이고 있었습니다.

"미안해. 교역소는 나와 이 아이 둘이서 다녀올 테니 신경 쓰지 않아도 괜찮아. 너희들은 일단 우선적으로 이 여성의 안부를 확인할 것. 일손이 부족하니까 시대극의 닌자 역까지 부탁할게."

"그렇게까지 말씀하시니 어쩔 수 없군요. 코몬 님은 곤경에 처한 사람을 보호하시고 아랫사람들의 보고를 기다리는 것이 일이니까요. 미오, 가자."

토모에는 왠지 그 한마디에 납득한 것 같습니다. 저는 솔직히 말해 뭐가 뭔지 모르겠습니다만—.

하지만 분위기가 누그러진 것은 고마운 일입니다.

허무한 도련님과 온화한 도련님 중엔 당연히 온화한 도련님 쪽이 나은 것은 틀림없으니까요, 토모에에게 조금은 감사의 마음을 느끼고 있었습니다.

"아, 그리고……."

둘이서 함께 문에서 나가기 직전에 토모에가 고개를 돌렸습니다.

"응? 왜?"

다행이다, 도련님께서는 평소의 분위기로 돌아와서 말씀하시고 계십니다.

"이 건이 잘 매듭지어지면…… 저는 저, 스스로를 『이 몸』이라고 부르고 싶습니다만."

도련님에게서 단번에 긴장이 빠져나가는 것이 느껴졌습니다.

사실 저도 마찬가집니다. 그런 건 마음대로 하시면 되는 거 아닌가요?

"그, 그딴 건 멋대로 하면 되지 않을까? 아니, 애초에? 왜 물어본 거지?"

제 말이 그 말입니다.

"아니, 그~ 이 몸이라는 1인칭이 제 성격에는 맞는다고 생각합니다만, 역시 캐릭터의 입장으로 치면 좀 아니지 않은가 싶어서요. 역시 그런 1인칭은 높으신 분의 특권이라는 느낌이 들지 않습니까?"

"……맘대로 하십쇼."

"오오! 감사합니다!! 그럼!!"

토모에는 활짝 표정을 풀고 좋아하더니 도련님께 감사 인사를 드리고 기세 좋게 객실 문을 열어젖혔습니다. 저는 그녀를 따라 방에서 나왔습니다. 행선지는 그녀가 알고 있을 테니 저는 따라가기만 하면 됩니다.

저는 숙소 밖으로 나와서 문득 발걸음을 멈췄습니다. 한 가지 신경 쓰이는 일이 있었기 때문입니다. 다행히 지금은 그녀와 단둘뿐입니다. 시간도 상당히 늦어져서 밖을 걸어 다니는 행인들의 모습도 없습니다.

"저, 토모에? 도련님께서 꽤나 기분이 거북해 보이셨는데 무슨 일이라도 있었나요?"

"모른다. 하지만 네가 때마침 돌아와 준 덕분에 이야기가 진행돼서 살았다. 너도 이 초상화는 똑똑히 봤지?"

"예, 우리가 데리고 온 여자아이의 언니지요?"

"그래, 그거다. 저 계집아이가 그림을 잘 그린다고 해서 언니의 얼굴을 그려보라고 시켰다."

"그렇다면 저 나이치고는 솜씨가 훌륭하네요."

분명히 아직 열 살이라고 들었어요.

"음, 하지만 그때부터다. 도련님의 눈빛이…… 이렇게 스윽, 감정이 없으면서도 묘하게 중압감이 느껴지는 눈으로 바뀌신 것이 말이야. 그때 초상화를 본 포로 계집이 갑작스럽게 표정을 바꾸더군……. 그래서 뭔가 있는 게 틀림없다고 생각해서 심문을 시작한 거지."

저는 도련님께서 아까 보여주신 표정을 떠올렸습니다. 그래요, 그 정도의 조용한 중압감은 느껴본 적이 없습니다.

"그 초상화에 그려진 여성이 설마 도련님의 지인이시기라도 한 걸까요?"

"그것만큼은 절대로 있을 수 없는 일이다. 도련님은 이곳에 친구는커녕 지인조차 한 사람도 없을 터."

토모에는 저의 추론을 단호하게 부정했습니다.

"……토모에는 도련님에 관해 정말로 잘 알고 계시는군요. 만나고 나서 시간이 많이 지난 것도 아닌데."

도련님의 말씀에 따르면 토모에와 만난 것은 나보다 불과 며칠 빠른 정도라고 하셨다.

"흠, 그건 말이지. 내 경우에는 조금 특수하다고 할 수 있지."

"여쭤 봐도 될까요?"

"음, 상관없다. 나는 환각을 다스리는 능력을 지니고 있는데…… 그, 부산물이라고 해야 할지 아니면 완전히 별개의 능력인지는 모르겠지만."

"……결국 뭐죠?"

"말하자면 상대의 기억을 볼 수 있다. 그리고 도련님의 기억을 봤다는 거지. 그것뿐이다."

"보셨다고요?! 하인에 지나지 않는 당신이 도련님의 기억을?!"

"그때는 아직 서로 적이었다. 너와 마찬가지다."

이렇게 부러울……, 아니, 불경한 일이 있을 수 있는 건가요?

"그래서, 도련님의 정체는 대체 어떤 분이시죠?"

"그건 네 녀석이 직접 도련님께 여쭐 일이다. 그렇게 서로를 알고 나서야, 신뢰 관계도 깊어진다고 할 수 있지 않겠나?"

"으…… 그 말씀에 틀린 건 없지만 너무 불공평해요."

"지금은 나도 도련님의 모든 기억을 볼 수 있는 것은 아니다. 참고로 너의 기억도 들여다볼 수 없더군. 도련님의 것 중에 일부는 허가를 받아서 확인할 수 있지만 말이야."

나의 기억……. 오직 본능에 의해 움직이던 당시의 기억이 있기는 한 걸까요?

"그렇다면, 전에 보셨다는 기억에 그 초상화의 여성에 대한 정보는 없었나요?"

토모에가 도련님의 기억을 들여다봤다면 아마 알고 있을 겁니다.

하지만 토모에는 고개를 가로저었습니다.

"나도 그 정도까지 세세하게 기억하고 있는 것은 아니야. 계약 후에 봉인한 부분도 많다. 금지되지 않은 기억은 볼 수 있으니 그 안에 비슷한 정보라면 있을지도 모른다. 하지만 어찌 됐건 확실한 것은—."

제 앞에서 걷고 있던 그녀가 고개를 돌렸습니다.

"우리가 그 여성을 보호해 데려오지 못한다면, 도련님께서는 얼마 동안은 아까의 엄격한 분위기를 유지하실지도 모른다는 거다."

그건 틀림없이 중요한 사항이군요.

아까와 같은 분위기로 여행을 계속하는 것만큼은 솔직히 말해서 사양하고 싶습니다. 그것만큼은 온 힘을 다해 저지해야 하는 사태입니다…….

과연, 그렇군요. 토모에가 하려는 말은 충분히 알아들었습니다.

"알겠습니다. 지금은 쓸데없는 호기심보다도 눈앞의 임무를 확실하게 처리해야 하겠군요."

우리의 미래를 위해서라도—.

저는 어둠을 몸에 휘감으면서 즐거운 여행을 계속하기 위해 눈앞의 임무에 임하기로 했습니다.

6

"오빠, 아무리 도련님이라고 해도 마차도 운전 못하는 건 상인으로서 실격이 아닐까?"

아침의 냉기도 아직 덜 차오른 와중에, 옆에 앉아서 고삐를 잡고 있는 소녀의 말은 한없이 차가웠다.

……딱히 못하는 건 아니거든? 사실은 아마도, 고삐조차 잡을 필요 없이 운전할 수 있을 것 같다.

마차를 끌고 있는 것은 평범한 말로 보였다. 하지만 그 머리에는 두 개의 뿔이 달려 있었다. 특수한 술법을 사용한 것인지 체질인지는 모르겠지만 지금은 그 뿔을 숨기고 있다.

이 말은 사실 바이콘[#18]이라고 불리는 어엿한 마수(魔獸)로, 아공에 거주하고 있는 오크들이나 리자드맨들이 기마전이나 이동을 할 때 이용하는 짐승이다.

나는 이 녀석하고도 대화가 가능하다. 도대체 어느 정도 범위까지 의사소통이 가능한 걸까? 지금으로서는 무기물과 휴만, 식물을 제외하면 가능할 것 같은 느낌이다.

그렇기 때문에 사실은 고삐는 폼으로만 잡은 채로 직접 지시를 내리면 그대로 움직여 준단 말이지.

하지만 괴짜 취급이 가속화될 거라는 이유로 관뒀다. 처음엔 별 생각 없이 그렇게 하고 있었는데, 아공에서 마차를 타고 바이콘에게 지시를 내리는 내 모습을 보고 있던 토모에가 「귀에 익지 않은

#18 바이콘 두 개의 뿔이 달린 말로 유니콘의 아종이라고 불린다.

언어로 말과 대화를 하고 계시면 기인(奇人) 취급을 받으실 겁니다」라고 충고해준 이후로 봉인한 것이다.

……이세계에서 사무라이를 하려는 녀석에게 기인 취급을 받고 싶지는 않다.

[미안하다, 모든 일들을 종자 두 사람에게 맡긴 영향이 이런 곳에서 나오다니.]

"헤에~ 아무리 부자라고 해도 장사꾼의 후계자가 그래도 되는 거야~?"

그야말로 옳으신 말씀이다. 될 리가 없지.

역시 헝그리 정신 하나는 제대로 단련될 것 같은 장소에서 생활하고 있는 만큼, 정말 정신 연령이 높은 아이이다.

[그러니까 이렇게 내버려진 거지. 견문을 넓히기 위한 여행이라기보다는 의절에 가까울지도 몰라.]

"아~ 그렇구나. 납득했어~. 하지만 그렇다면 미오 언니들이 자리를 비웠는데 이 짐들을 제대로 팔 수는 있어?"

납득시켜버렸나~. 언니하고 다르게 독한 성격이군……. 정확히 말하자면 그 초상화의 인물과 똑같이 생긴 사람과 비교해서 그렇다는 얘기지만 말이야.

어제는 그녀가 그린 그림을 보고 당황했다.

나는 토모에와 미오에게 화풀이 같은 태도를 보이고 만 것을 떠올리고 약간 자기혐오에 빠졌다.

[그래, 이 과일들에 한해서는 누가 팔아도 마찬가지란다.]

지금까지 이쪽을 보지 않고 대화를 하고 있었는데 갑자기 소녀가 이쪽으로 시선을 돌렸다.

"응? 왜?"

[이 과일들은 나도 처음 보는 품종이거든. 아마 이 세계의 사람들 중에 누구도 본 적이 없을지도 몰라. 여비도 슬슬 불안해진 상황이라, 얼마를 받건 팔아버릴 생각이란다. 날것이라서 다음 베이스까지 버티지 못할 테니까.]

"저기, 이런 질문을 하면 가르쳐주지 않을지도 모르지만……."

[응?]

소녀가 말을 멈췄다. 이 아이는 언니를 찾아달라고 말했지만 목적은 그것뿐만이 아닐지도 모른다.

"오빠가 싣고 있는, 본 적도 없는 과일들은 굉장히 맛있어 보여. 어디에서 입수해서 어떻게 가지고 온 거야?"

그녀의 눈매가 예리해졌다. 소식통, 좀 더 과장해서 표현하자면 마치 스파이 같은 시선이다.

하지만 언니에 대한 얘기는 사실인 것 같고 소식통이라면 직업정신이 투철하다. 아니, 너무 투철할 정도다. 만약 이 아이가 누군가가 보낸 스파이라고 한다면 정말 말세라는 느낌이 든다.

언니의 신변과 맞바꾸려면 정보를 손에 넣어 와라, 뭐 그런 건가? 실제로 그녀가 우리에게 이야기를 걸어왔을 때도 어딘지 모르게 부자연스러웠다. 숙소에 따라오겠냐고 권했을 때도 망설임 없이 고개를 끄덕였다.

아니, 만약 그렇다고 한다면 뒤에서 조종하고 있는 사람들은 정말로 어쩔 도리가 없군. 열 살짜리 여자애한테 무슨 짓을 시키는 거야? 초등학교 4학년 정도잖아!

[흠, 그에 관해서는 다른 사람들이 믿어줄지 자신이 없다만—.]

"응? 그래서? 그래서?"

그녀는 굉장히 흥미진진하다는 모습을 보였다. 알기 쉬운 녀석이군.

뭐 상관없지. 어차피 이 상품에 관해서는 생각이 있었거든.

정보를 공개할 수 있는 기회가 찾아온 것은 오히려 환영할 일이다. 뿐만 아니라 이 소녀의 목적까지 알아낼 수 있다면 더할 나위 없다.

[우리는 원래, 세계의 끝까지 찾아올 예정이 없었어. 그야말로 우연히 이 땅에 도착하게 되었단다.]

"응."

[그리고 이곳을 방랑하고 있었는데, 어느 날 짙은 안개에 휩싸이고 말았다. 그 안개 속을 나아가다 보니, 그곳에 마을이 나타났지.]

"마을? 이 부근에?"

[여기로부터 이틀에서 사흘 정도 걸리는 거리였을까? 그 마을에는 그다지 눈에 익지 않은 거칠어 보이는 종족들만 살고 있었어.]

"어?!"

[그런데, 다들 공통어를 구사하면서 실로 호의적으로 우리를 대접해주더군. 그곳에서 며칠 동안 신세를 지다가 선물로 이 물건들을 받게 된 거란다.]

"……."

오~ 의심하는 눈초리다~. 그야 허허실실 마구 뒤섞은 수상한 스토리니까 무리도 아니다.

[어때? 믿기 힘들지?]

“으…… 응. 그 종족들이란 건 어떤 종족들인데?”

[리자드맨이나 아르케 같은 종족들도 있었어. 정말 불가사의한 장소였지. 잠시 꿈이라고 생각한 적도 있지만…….]

그리고 나는 마차에 실은 과일들을 향해 고개를 돌렸다.

실물이 있으면 설득력이 늘어나니까. 참고로 지금 주워섬긴 얘기를 교역소에서 할 생각은 없다. 단지 희귀한 물건이라고 말하며 팔 생각이다.

“그런 종족들이 있었다고? 거짓말 아냐~?”

[그래, 나 역시 지금까지도 안개 속에서 꾼 꿈일지도 모른다고 생각하고 있어.]

“안개……라.”

골똘히 생각에 몰두하고 있다. 지금 이 소녀의 반응은 굉장히 의심스럽다.

[응? 리논, 여기가 교역소 아닌가?]

나는 곰곰이 생각에 빠져 있는 그녀를 불러 세우려고 말풍선에 글자를 써 내려갔다. 이 소녀의 이름은 리논, 언니는 토아라고 했다. 토아는 나보다 한 살 아래라고 했다.

필담이라는 건 이럴 때 불편하군. 눈으로 보지 않으면 커뮤니케이션이 성립되질 않는다.

“이 부근에 그런 마을에 대한 정보는 없는데…….”

리논은 아직도 중얼거리고 있었다.

별도리가 없으므로 나는 그녀의 어깨를 여러 차례 두드려서 주의를 끌었다.

"햣?! 오빠, 갑자기 만지는 건 성희롱이야! 응? 어, 어라?!"

서, 성희롱이란 게 있단 말인가용?! 이 세계, 우습게 볼 수 없겠는걸?! 기본적인 인권조차 존재 여부가 의심스러운 곳에서 그런 단어를 듣게 되다니!

[미, 미안…… 저 뒤에 있는 건물이 교역소가 아닐까?]

"아—! 통과해 버렸다! 미안해요—!"

이 세계에도 성희롱이라는 게 존재한단 말인가……라고 마음속으로 놀라면서 나는 가면을 긁적였다.

드디어 교역소에 도착했다.

신입인 나는 굉장히 주목을 모으는 존재였다. 이상한 가면까지 쓰고 있으니 무리도 아니었다.

이유는 알 수 없지만 리논은 마차에서 기다리겠다고 말하면서 교역소 안으로 들어가는 것을 완강히 거부했다.

아마 복장이 누더기 같은 모양새라서 사양한 건가?

하지만 옷 가게에 가고 싶어도 장소를 알 수가 없고 이런 시간에는 열려 있지도 않을 것이다.

거기다 어쩌다가 알게 된 정도의 상대에게 옷을 선물한다는 것은 왠지 부잣집 도련님의 변덕 같아서 별로 좋은 느낌이 들지 않는다. ……보통 그런 짓은 안 하잖아?

"안녕하십니까. 처음 뵙겠습니다. 오늘은 무슨 용무로 찾아오셨지요?"

[안녕하십니까, 어제 심부름꾼을 보내 이 장소를 알게 됐습니다. 검은 머리카락의, 이상한 복장을 입은 여성이었습니다만.]

나는 미오의 외모에 관해 간결하게 설명했다.

아무래도 임팩트가 상당히 컸던 모양으로 눈앞의 남성은 그녀를 기억하고 있었던 것 같다.

"……! 저, 실례합니다만……."

[면목이 없습니다. 개인적인 사정으로 인해 언어를 자유롭게 구사할 수 없는 상태라서, 이렇게 필담으로 실례하게 되는 것을 용서해주십시오.]

필담에도 딱히 문제없이 대응해준다. 고맙군.

"아. 그러시다면, 혹시 길드증을 분실하셨다는……?"

[예, 창피할 따름입니다. 저는 아직 상업에 종사한지도 얼마 되지 않아서, 정말로 난감하던 차입니다.]

"그렇군요……. 하지만 여기까지 도착하신 것만 해도 기적이나 다름없습니다. 운이 있다는 것은 흔치 않은 재능이기도 합니다. 정말 부럽군요."

[정말이지, 여기까지 찾아오는 도중에 수많은 불가사의를 체험했습니다. 그리고 그 체험을 겪으면서 손에 넣은 상품을 매입하여 주십사 하고 방문한 것입니다.]

"길드증 없이는 당당히 장사도 할 수 없으니까요. 그럼에도 불구하고 암시장에서 팔지 않고 교역소를 통해서 거래하시려는 자세, 같은 상인으로서 기쁘게 생각합니다."

남성은 호쾌하게 웃어넘기더니 상품이 있는 장소로 안내해달라고 나를 재촉했다. 어제의 도둑과는 무관한 녀석인가? 아니면 조직의 말단에 소속된 인원에게는 연락이 도달하지 않은 것인가?

필담으로도 간신히 대화는 성립되고 있으니 넌지시 속을 떠볼 수도 있을 것 같다.

리논은 마차의 마부석에 앉아 있었다. 도망칠 생각은 없었던 모양이다.

"흠, 저 계집아이가 당신의 노예인가요? 이봐, 짐을 보여 보게."

뭐? 노예?

……그렇군. 확실히 저 복장으로 마부석에 앉아 있으면 그렇게 보여도 이상할 건 없다.

꽤 평범하게 노예가 있는 세계라는 건가.

이 상인 아저씨도 리논을 평범하게 노예로 착각하고 있었으니—.

하지만 실수는 확실하게 수정할 필요가 있다.

리논도 남성의 발언에 특별히 반론하지도 않고 평범하게 짐을 보여주려고 한 걸 보면, 노예 취급당하는 일은 익숙할지도 모르지만 그래도 실수는 실수다.

[실례합니다. 그녀는 제 지인입니다. 초행길이라 안내를 부탁했을 뿐입니다. 제 노예 따위가 아닙니다.]

"아, 그런가요……?"

남성은 말없이 리논을 바라봤다.

"실례했습니다."

남성은 쓸데없이 불화를 일으킬 일도 없다고 생각했는지 순순히 리논에게 사죄했다. 리논은 조금 놀란 듯 눈을 크게 뜨더니, 머리를 숙인 후 짐을 숨기고 있던 천을 짐받이의 측면에 고정해 주었다.

"이, 이건……?!"

[어떻습니까? 본 적 없는 과일이지요? 모두 정말로 맛있는 품종들입니다. 한번 시식해 보시지요.]

나는 짐받이에서 사과를 두 개 꺼내 들어, 하나를 남성에게 넘기고 나머지 하나를 그대로 입으로 가져와서 먹어 보였다.

"그럼 어디 한입."

내가 평범하게 먹고 있는 모습을 보고 안심한 것 같았다. 상인도 사과를 입으로 옮겼다.

입으로 깨물자마자 그는 두 눈을 크게 뜨고 사과를 다시 한 번 확인했다. 그리고 또 한입 깨물었다.

흘러넘치는 과즙을 한 방울도 놓치지 않으려는 듯 남성은 한 번에 사과를 집어삼켜 버렸다. 우와—, 정말 어지간히 마음에 쏙 들었나 보군.

그냥 파는 정도라면 고생은 안 할 것 같다.

숙박비 가운데 몇 할 정도만 보충할 수 있을 정도의 매입액을 제시해준다면, 내 입장에선 별문제는 없다만—.

[마음에 드신 것 같아 다행입니다.]

"이건…… 이런 맛있는 과일은 먹어본 적이 없습니다! 대체 어디서 사들이신 거지요?"

[그것만은 비밀로 해주십시오. 모두 여기서 매각하고 싶습니다만, 받아주실 수 있나요?]

"비밀이라고요?! 설마, 이것들을 독점하실 생각입니까?!"

[독점이고 뭐고. 이 상품은 조금 특별한 사정이 있어서요. 다시 얻을 수 있다는 확증이 없습니다—.]

"예에에?! 그 말씀은 설마, 이번 한 번밖에 보장할 수 없다는 말씀인가요?"

[그렇습니다. 며칠 후엔 이 마을을 떠날 생각이기도 하고요. 따라서 여기서 전부 팔아버리면 그걸로 끝입니다.]

"으으음. 그렇습니까, 이번 한 번뿐이라……."

[어느 정도 가격에 매입해 주실 수 있습니까?]

"……다른 종류도 시식해 볼 수 있을까요?"

[물론이죠. 다만, 대량으로 가지고 온 것도 아니라서 각 종류당 하나씩만 부탁드립니다.]

"잘 알겠습니다. 양은 전부 합쳐서 어느 정도지요?"

[이 마차에 싣고 있는 양이 전부입니다. 네 종류가 네 상자씩 총 16상자입니다.]

남성은 일행을 불러서 내가 넘겨준 사과(먼저 넘겨준 하나는 다 먹었기 때문에 특별히 하나 더 넘겼다), 복숭아, 배, 석류의 맛을 함께 확인했다.

……이 네 종류를 선택한 이유는 특별히 없었다. 그저 적당히 골라서 가져왔을 뿐인데 모두 야생치고는 식용으로 쓸 만한 레벨이다.

그것뿐만이 아니다. 이렇게 보고 있어도 아공에서 자란 식물의 황당한 습성은 놀라울 뿐이다. 계절이고 뭐고 모든 걸 무시하고 있으니까—.

앞으로 품종 개량을 추진하려고 생각하고 있지만 그렇게 고생할 일은 없을 것 같다.

"히야, 모두 정말 훌륭한 상품들입니다."

[감사합니다.]

"그래서, 가격 말씀입니다만……."

[예.]

"품질은 만장일치로 손색이 없습니다만 아무래도 처음 취급하는 상품이다 보니 그 부근에 대한 저희 사정도 고려해주셨으면 해서 말이지요……."

맛은 훌륭하지만 정체를 알 수가 없으니까 그렇게 대단한 돈을 지불할 수 없습니다, 이해해 주세요. 대충 그렇게 해석하면 되려나?

"……."

잠시 침묵을 지키다가 남성이 입을 열었다.

"한 상자당 금화 서른 닢, 합계 금화 480닢에 매입하고 싶습니다만."

비싸다아—!

아마 이 녀석들 엄청나게 후려치고 있겠지만 그런 걸 감안해도 엄청나게 비싼 가격을 제시했다! 거의 귀금속이나 다름없어! 비유가 아니라 이건 보석 상자야!

숙박비의 몇 할 정도가 아니라 전부 지불할 수 있겠는걸?

하지만 여기서 너무 순순히 넘어가는 것도 부자연스러우니 조금만 더 버텨볼까? 곧바로 OK 해버리면 이 상품의 희소가치가 떨어질 것 같으니까. 그러나 「전부 합쳐서 금화 100닢 정도」라고 한 뒤 반응을 살필 생각이었던 만큼, 완전히 독기가 빠져나갔다.

애초에 이쪽의 대답을 기다리는 사람들이 너무 알기 쉬운 표정들을 하고 있다. 그들의 입장에서는 여기서부터 교섭을 진행할 생각으로 제시한 최저 가격일 것이다.

[예상보다 높은 금액을 불러주셔서 놀라고 있습니다. 하지만 저는 상품을 매각하는 입장입니다. 무리한 요구를 제시할 만한 이유도 없겠지요.]

"그, 그렇다면 이대로?!"

너무 알기 쉬운 반응이잖아, 이봐!

[아, 예. 하지만 숫자가 조금 어중간한 느낌이라 깔끔하게 금화 500닢 정도면 어떨까요? 그 정도 금액이라면 저에게 이의는 없습니다.]

금액을 아주 조금 더 얹어본다.

"500! 예! 그럼 교섭은 성립됐군요! 이봐!"

상인들이 거래의 성립을 주위에 알렸다. 이놈이나 저놈이나 하나같이 싱글벙글 미소를 짓고 있다. 아마 이 과일들의 행선지는 귀족이나 거상들이겠지.

내가 팔아버린 이것들은 과연 하나당 얼마에 팔리게 될까~? 모르긴 몰라도 2~3배 정도는 가볍게 받아먹을 것 같은 느낌이 드는군요.

리논은 가격을 듣자마자 돌이 되어 버렸다.

그녀의 경우, 하나의 가격이 까딱하면 언니의 연간 수입을 능가할지도 모르는 과일을 먹어버린 셈이니까—.

[예, 그럼 틀림없이 금화 500닢을 수취했습니다. 정말 감사합니

다.]

“저희야말로! 체류 중에 또 희귀한 상품을 입수할 기회가 생기시면, 부디 또 방문해 주십시오.”

[예, 그럼 이만.]

리논을 석화에서 부활시킨 후 고삐를 잡게 했다.

적당히 수확한 과일은 5000만 엔이 돼서 돌아왔다고 합니다.

숙소에 도착해서 객실로 돌아오니—.

당연한 얘기지만 토모에가 생포했던 누님의 모습이 없었다.

하긴, 딱히 구속해 놓았던 것도 아니고 망을 보는 인원도 없어서 도망 안 가는 게 더 이상하다.

나는 커다란 침대에 몸을 던져 큰 대(大) 자 모양으로 뻗었다.

여담이지만 나는 옛날부터 생각을 정리할 때 이 자세를 취하는 경우가 많았다. 그리고 도중에 자버리는 경우도 잦았다.

몸이 매트리스로 깊숙하게 가라앉으니까 오히려 마음이 불안해진다.

킹사이즈는 가볍게 능가할 듯한 침대에다가 고급감이 넘쳐흐르는 장식품…… 이런 사치스러운 객실에서 생각을 정리하는 건 첫 경험이었다.

리논은 없다. 한번 집으로 돌아가겠다고 하더니 제지도 듣지 않고 나가 버렸다.

하지만 그건 거짓말이다. 언니도 없는 집에 그녀가 혼자 돌아갈 이유는 없다.

나는 누워 뒹굴면서 그녀의 동향을 계로 추적하고 있었다. 마력의 감지도 받지 않고 기척을 들키는 일도 없이—.

지금 리논은 숙소에서 수십 미터 정도 떨어진 장소에서 사람과 만나고 있다. 이 정도 거리라면 육안으로 확인할 수 없어도 의식을 집중함으로써 대화의 내용까지 정확히 알아들을 수 있었다. 표정이나 동작도 내려다보는 시점으로 확인 가능하다.

내가 츠쿠요미 님으로부터 하사받은 능력은 정말 편리했다. 설명서가 없다는 게 옥에 티지만—.

"그래서, 그 녀석들의 신원은 알아낼 수 있었나?"

리논이 고개를 가로저었다.

"아니, 어느 상회의 후계자라는 정도밖에 알 수 없었어."

"그건 뭔 소리야…… 그럼 상인 길드 녀석에게서 들은 정보와 마찬가지잖아?"

당연하지. 만난 지 하룻밤밖에 안 지난 어린아이한테 얼마나 주절주절 털어놓을 거라고 생각한 거야? 너 바보냐?

"하, 하지만! 여관에서 마차가 습격받는 바람에 그다지 자세한 얘기를 못해서……."

"그러고 보니 도망쳐 온 녀석들이 돌아왔더군. 지금 뭔가 추적 마술 같은 수작이라도 당하지 않았는지 아지트에서 신체검사를 하고 있지만, 상대의 정체를 짐작할 수 있을 만한 건 전혀 나오지 않았다는군. 너 정말로 달리 아는 게 없냐?"

"아침에 일어났을 때는 경호원으로 보이는 언니들의 모습은 보이지 않았어. 그래서 내가 저 오빠하고 같이 교역소에 갔다 왔는데……."

"경호원? 아, 듣기로는 황당한 레벨을 지닌 녀석들이라던데. 길드에서 함구령이라도 떨어진 건지, 자세한 얘기는 듣지 못했지만…… 그래서?"

……오호라. 그래도 길드에서 함구령 정도는 내린 것 같군. 정보가 그다지 새지 않았다는 건 듣던 중 반가운 이야기다.

"침대에 눕혀 놓았던 언니가, 돌아오니까 보이지 않았어."

"뭐어?"

"그래서 집으로 가겠다고 말하고 나오는 길이야."

"그 부잣집 아들놈은 정말 대단한 얼간이인가 보군. 구속도 하지 않고 망을 볼 인원도 남겨 놓지 않았다고?"

시끄러—. 사실이지만 왠지 열 받네.

그건 그렇고…… 이 남자의 태도, 정말 **어쩔 도리가 없는** 인간이라는 느낌이 든다.

"흥, 짐에 관해서는? 뭔가 들은 얘기는 없나?"

"그게…… 잘 모르겠어."

"뭐라고? 당장 알아낸 것만이라도 좋으니 빨리 말해봐."

"여기에서 이틀에서 사흘 정도 걸리는 장소에서 짙은 안개에 휘말렸대. 그 안개 속에 있었던 리자드맨이나 아르케들이 사는 마을에서 선물로 받았대."

"……."

"저, 정말이야! 그 오빠가 그렇게 말했는걸! 가격도 아무래도 상관없다면서!"

리논은 남자의 침묵에 위험한 느낌을 받았는지 필사적으로 변명했다. 이 분위기를 보면 한 패거리라는 느낌은 아니네. 나는 단정했다.

"가격은 아무래도 상관없댔다고?"

"꿈이나 다름없는 과정으로 입수한 상품이니까 팔 수만 있으면 된다고 했어. 교역소 아저씨들이 금화 500닢으로 사들이겠다고 했고."

"500닢?!"

남자의 목소리가 뒤집어졌다. 분명히 큰돈이긴 하지만, 넌 거기서 태연한 척해야 되는 거 아니냐?

"으, 응."

"최저 가격인데도 그 정도라고? 이거야 정말 터무니없는 패거리일지도 모르겠군……. 그건 그렇고 500닢이라."

남자가 얼굴에 야비한 표정을 지어 보였다. 리논이 혐오스러워하는 것이 느껴졌다.

하지만 역시 최저 가격이었구나. 그럼에도 불구하고 그 정도 금액이라. 생각하면 할수록 엄청나군. 그렇다면 그 상인들도 고액으로 팔아넘기는 것 이외의 용도로 써먹을지도 모르겠다. 신종이라고 판단해서 직접 생산을 시도한다든지 그런 방법을 써서 말이지.

"저, 저기! 언니를 만나게 해줘! 저 사람들에게 여러 가지 물어보고 오면 만나게 해준다고 했잖아?!"

"이봐, 꼬마. 이 정도의 정보로 무슨 소릴 하는 거야…… 이래가지고는 언니하고는 두 번 다시 못 만날지도 모르겠는걸?"

……쓰레기 같은 놈.

자그마한 어린아이를 데려다 놓고 이런 바보 같은 일을 시키다니.

나는 마음속에서 깊은 분노를 느꼈다.

여기에서 어떻게 마법을 때려 박아 줄까? 나는 비교적 진지하게 머리를 굴렸다.

……좋아, 이 기술이라면 가능하다.

질러 버려?

하지만 나는 영창을 시작하려다가 마음을 고쳐먹었다.

지금 마법을 사용하면 리논의 눈앞에서 사람이 죽고 만다. 어린아이가 그런 광경을 목격하게 되면 트라우마로 남을지도 모른다.

쳇, 약간은 생명 연장했구나, 썩을 놈아.

리논은 남자를 붙들고 늘어지며 계속해서 애원했다.

"……그렇게까지 부탁한다면 어쩔 수 없지. 마지막으로 하나만 일을 더 해주실까? 그것만 해주면 언니를 돌려줄 수도 있어. 네 언니가 진 빚도 없던 일로 해주지."

빚이라. 어차피 처음엔 두세 푼 정도의 푼돈이었을 거 아냐?

"……!! 정말로?!"

"그래, 약속하지. 잘 들어……."

남자의 제안은 지극히 비열한 것이었다.

당연히 리논은 거절했다.

하지만—.

나는 계를 해제했다.

결과는 이미 더 볼 것도 없었고 리논의 입에서 그 말을 듣고 싶지 않았기 때문이다.

저 녀석의 말이 사실이라면 아마 리논의 언니는 아직 살아 있을 것이다.

만약 리논의 언니가 이미 죽어 있다면 나는 처음으로 살인을 저지를지도 모른다. 토모에를 옹호할 생각은 없지만 나도 약간은 날뛰고 싶은 기분이다.

나는 잠을 자려고 눈을 감았다.

나머지는 토모에와 미오가 돌아온 후에 처리할 일이고 그때까지는 딱히 할 일도 없다.

그리고 리논의 처지를 생각하면 나는 자고 있는 편이 좋을 것 같다는 생각이 들었다.

나는 깊숙이 숨을 내쉬고 잠자리에 들었다.

7

시끄럽다.

……아, 그렇구나. 나는 자고 있었군.

리논은 무사할까?

솔직히 말해 나는 그녀가 처한 상황에 따라 향후의 대응을 결정하려고 생각하고 있었다.

아직 리논이 **살아 있다면** 조금만 날뛸 것이다.

그리고 **그렇지 못하다면** 크게 일을 벌이자고—.

"응, 안녕?"

나는 주위를 둘러보았다.

토모에, 미오, 그리고…… 초상화를 빼다 박은 듯한 여성과 리논이 기다리고 있었다.

"도련님! 눈을 뜨셨습니까!"

"도련님, 안녕히 주무셨나요?"

저녁인데도 안녕히 주무셨냐는 건, 그거냐? 나만 퍼질러 자고 있던 거에 대한 비아냥?

리논에게 시선을 돌렸다. 그녀는 눈을 피하며 날 보려고 하지 않았다.

리논이 보인 불편한 반응에 비해 언니 쪽은 그저 깊숙이 머리를 숙이고 있었다.

일단 사지는 멀쩡해 보이고 언니는 어쨌든 무사했던 것 같다. 동생은…… 어딘가에서 토모에나 미오에게 붙잡힌 걸까?

그 남자에게 교역소에서 받은 돈을 훔쳐 오라는 명령을 들은 그녀가 지금 이렇게 내 눈앞에 있는 걸 보면 틀림없이 그랬을 것이다. 어떤 경과로 이렇게 됐는지는 몰라도 운이 좋은 아이 같다. 부럽군.

"계집, 머리를 들도록."

언니 쪽이 토모에의 말을 듣고 조심스럽게 머리를 들었다.

[필담으로 실례하지. 글자는 읽을 수 있나?]

여동생이 글자를 읽을 수 있는데 언니가 읽지 못할 리는 없겠지만 그래도 일단 확인차 질문했다.

"아, 에, 예! 구, 구해주셔, 서 저, 저, 정말 감사, 하, 합니다!"

말을 정말 엄청나게 버벅거리는군. 이 아이도 상당히 긴장하고 있는 것 같다.

……하지만 이거 참 별일인걸.

하하하, 목소리까지 빼닮았을 줄은 몰랐다. 머리 색을 제외하면 정말 쌍둥이 같다고 해도 과언이 아니다.

[그렇게 어려워하지 않아도 괜찮아요. 당신은 제 종자도 뭣도 아니니까요.]

"보시다시피 여자의 육신은 온전합니다, 도련님!"

"조금 성가신 약물을 쓰고 있었지만, 제가 세척해 뒀답니다."

자신들의 공을 칭찬해달라고 들이대는 듯한 보고로군요, 두 분. 사실 잘했다고는 생각해. 미오는 정화 능력 같은 것도 가지고 있었나? 편리하네.

새삼스레 리논의 언니를 쳐다봤다. 이름은…… 기억이 안 난다. 음—, 뭐였더라?

틀림없이 리논에게서 듣기는 들었는데……, 참 내가 생각해도 한심한 기억력이다.

하지만—.

조금 무례하다는 생각은 들었으나 머리끝에서 발끝까지 그녀의 모습을 뚫어지게 쳐다보는 스스로를 발견했다. 이건 그냥 닮았다는 레벨이 아니다.

서로 다른 세계의 사람인데도 이렇게 빼다 박은 모습을 보면 정말로 기가 막힌다.

나보다 약간 큰 키에 이미 완성된 느낌조차 드는 몸매…… 주로 가슴의 발육 상태가—.

그리고 무엇보다도 그녀와 거울을 마주 본 듯한 얼굴 생김새가 특징적이다. 다만 눈매가 어느 정도 예리한 편이었고, 이 눈빛은 아마도 모험가 특유의 성향인 것으로 보인다. 거칠면서도 호기심에 가득 찬 눈이다.

머리카락은 동생과 마찬가지로 선명한 붉은색이었다. 불그스름한 검은 머리가 아니다.

이세계에서 토모에 덕분에 기억해 내고, 환각이라고는 해도 더럽혀 버린 후배의 얼굴이었다.

원래 세계에서 항상 진지하게 궁도에 몰두하면서 연습에 열심히 참가하던 귀여운 후배의 얼굴이다. 그렇기 때문에 이렇게 마주 보고 있으면 실제로는 다른 사람이라고 알고 있어도 마음이 흔들린다. 토모에가 안개로 보여줬던 환각 사건 때문에 더욱 그렇게 느끼고 있는 건지도 모른다.

"하세가와……인가?"

무심코 원래 세계의 언어로 말을 걸고 말았다.

그녀가 살짝 움직인 내 입술과 거기서 새어 나온 목소리에 반응을 보였다.

"예?"

토모에는 한 귀로 흘려들었지만 미오는 귀를 쫑긋 세우고 반응했다. 나중에 쓸데없이 추궁당할 것 같은 예감이 드는군.

[아니, 아무것도 아닙니다……. 어쨌든, 리논에게서 사정을 듣고 걱정했습니다. 무사해서 다행이군요.]

“자업자득입니다만, 정말 감사합니다……. 지금까지 잘해 왔기 때문에 방심하고 있었던 거죠, 틀림없이.”

하세가와를 빼닮은 여성이 스스로의 행동을 회고하고 있었다.

일확천금을 노릴 수 있는 곳에서 어느 정도 활약할 수 있는 실력이라면 지나친 자신감을 지니게 되었다고 해도 납득할 수 있는 상황이다.

그래도 이런 곳에 동생까지 데리고 온 건 아니라고 생각하지만—.

단 한 차례의 실패로 인해 동생은 거지꼴로 밤거리를 떠돌게 되고 언니는 약물에 의해 생명의 위기를 겪었으니까 말이야.

[여기는 상당히 위험한 장소 같군요. 저도 우수한 종자들 덕분에 겨우 목숨을 연명하고 있습니다.]

나는 쓴웃음을 지으며 그녀의 말에 대답했다.

실제로 토모에와 미오의 레벨은 기상천외 그 자체라고 할 수 있다.

화제로 거론된 두 사람은 아주 싫지도 않다는 분위기로 확 풀어진 표정을 지었다. 헤벌레~ 라는 느낌으로 아주 느슨하게 풀어졌다. 나는 두 사람이 화제로 거론된 그 순간, 언니와 그 동생의 변화에 눈치챘다.

언니는 감동하고 있고 여동생은 겁에 질린 분위기다.

“두 분의 실력은 정말 굉장했습니다. 우선 저희들이 감금되어 있는 방에 소리도 없이 나타나실 정도로 대단한 잠입 능력부터 시작해서!”

“아니지. 그렇게 대단한 정도는 아닐세.”

“어둠의 술법을 사용하면 그렇게 대단할 것도 없답니다.”

너희들 아까부터 표정이 너무 풀렸어! 아무리 기쁘다고 해도 정도가 있잖아!

"그래요! 그 암흑 마술이에요! 제 몸속에서 약의 효과를 제거해주시고, 그 후에 물리 방어와 대(對)마술 방어로 강화된 문을 무영창 술법으로 순식간에 파괴하셨죠!"

응? 밖으로 나올 때 문을 파괴했다고? 토모에와 미오는 어떻게 안으로 들어간 거지? 언니가 말하기로는 소리도 없이 나타났다고 하니까, 안개나 어둠을 사용해서 전이라도 한 건가? 그렇다면 돌아올 때도 똑같은 방법을 쓰면 되잖아?

하지만 정화 능력은 유용할 것 같군……. 다음에 가르쳐 달라고 하자. 문을 파괴한 건 좀 도를 넘어선 느낌이 들지만 정화 능력하고 상쇄돼서 결과적으로 미오의 평가는 플러스 쪽이다.

하지만 언니가 무사히 돌아왔는데, 왜 리논은 침울한 표정인지 설명이 되질 않는다.

아마 그 남자로부터 돈을 훔쳐 오라는 명령을 듣고 숙소에 도착한 뒤, 토모에나 미오 둘 중 한 사람에게 사로잡힌 것 같지만…….

좀 거북스럽다고 한다면 알 것도 같다.

하지만 그녀의 진짜 목적인 언니의 생환이 이루어졌으니 좀 더 기뻐하는 쪽이 자연스럽다고 생각해.

고민에 가득 찬 표정의 리논은 꼼짝도 하지 않고 거의 고개를 숙이고 있었다.

"뿐만 아니라 토모에 님께서 경계 인원에다가 대기하고 있던 용병들까지 대단한 체술로 우드득우드득……!"

어?

뭔가 이야기의 내용이 은밀 행동에서 상당히 벗어나고 있는데……? 언니가 허풍을 떨고 있는 건가? 몇 시간 전에 토모에에게 주의를 준 지 얼마 시간이 지나지도 않았으니 그렇게까지 난장판을 피웠으리라고는 생각하기 힘든데?

"……!! 호, 호들갑이 너무 심하군, 토아. 우리는 그 정도까지는—."

멍청이들 중 한 녀석이 장난하다가 들킨 어린아이 같은 표정을 지었다. 나는 언니의 말을 가로막으려는 토모에를 거꾸로 제지했다. 그리고 나는 이마에 식은땀을 흘리는 미오의 모습도 똑바로 확인할 수 있었다.

내가 재촉할 필요도 없이 흥분 상태인 리논의 언니 — 그래, 토아라는 이름이었지 — 가 말을 이었다.

"호들갑이라니, 그게 무슨 말씀이시죠?! 저는 그 정도의 위력을 본 건 태어나서 처음이에요!! 대마술 방어용으로 가공된 특수 소재로 지어진 건물조차, 토모에 님의 검과 미오 님의 암흑 마술로 순식간에 무너져 내리고—!"

토모에와 미오가 벌벌 떨기 시작했다.

"이곳 길드에서도 최고 레벨인 에이스가 이끄는, 모험가와 용병의 혼성팀을 짓밟고—!"

……이, 이, 이봐아?!

어떻게 된 거야?! 무슨 일이 벌어진 거지?!

설마, 내가 잠자고 있는 동안에 여러 가지 일들이 한꺼번에 끝나 버린 거야?! 거짓말이겠지!!

내 표정은 토아의 이야기를 듣고 있는 동안 어지러울 정도로 빠르게 변화하면서 도저히 남들에게 보여줄 수 있는 모양새가 아니었다. 가면을 쓰고 있어서 정말 다행이다……. 어라? 지금 나 울고 있는 거야?

하지만 토아는 지금까지 했던 이야기가 그저 서론에 지나지 않는다고 납득할 수밖에 없는 진상을 나에게 가르쳐주기 시작한 것이다—.

◇◆ 토아 ◆◇

우리들 다섯 명은 파티를 조직해서 특별히 의뢰를 받는 일도 없이 세계의 끝에 위치한 황야를 탐색하고 있었다. 숲이건 동굴이건, 이 부근에 완전히 개척된 장소는 존재하지 않는다. 중간층까지의 탐색이 이루어진 장소가 간신히 몇 군데 정도 있을 뿐이다.

최근 베이스에서 7~10일 정도 걸리는 장소에 엘더 드워프들이 숨어 살지도 모르는 화산 지대가 새롭게 발견됐다.

하지만 그 장소를 발견한 파티는 직후에 재앙의 검은 거미에게 습격받아 겨우 목숨만 부지한 채 도망쳐 왔기 때문에 자세한 이야기를 들을 수는 없었다.

이 세계에서도 최고라고 할 수 있는, 무기나 방어구를 손에 넣을 가능성이 있는 탐색 장소가 발견된 것은 커다란 진전이라고 할 수 있었다.

엘더 드워프라고 하면, 대장장이를 생업으로 삼는 이들이 많은 드워프 종족 중에서도 최고의 기술을 지닌 것으로 전해져 내려오는 종족이다. 최근 바깥세상에서는 거의 모습을 드러내지 않고 있는데 이 세계의 끝에 숨어 살고 있다면 이해가 갔다. 여러 가지로 의심스러운 구석이 없지는 않지만 이곳은 무슨 일이 벌어져도 이상할 게 없는 장소다. 만약 그들이 단련한 무기를 손에 넣을 수 있다고 한다면—.

상인 패거리는 별거 아니라고 생각할지도 모르지만 모험가인 우리들 입장에서는 훌륭한 무기나 방어구를 직접 입수하는 것만큼 반가운 일은 없다.

뭐, 우리들 정도의 레벨로는 대규모 탐색 작전이 조직되었을 경우에 끼어드는 정도밖에 못 하겠지만—.

현재 평균 레벨 120 정도의 우리들이 진입할 수 있는 장소는 이 베이스에서 정말로 가까운 장소뿐이다. 자재 수집이나 우리들의 실력으로 싸울 수 있는 마물들로부터 매각할 수 있는 부위를 조달해 오는 정도가 고작이다.

본래 4대 국가를 비롯한 일반적인 국가에서 레벨 120의 파티는 비교적 상위에 위치하는 편이다. 이곳이 아니라면 우리는 대부분의 던전이나 마물 토벌에 대응할 수 있는 실력을 갖추고 있다. 사실 우리도 제국에서는 나름대로 이름이 알려진 파티 가운데 하나였다.

하지만 이 세계의 끝에서 우리는 그야말로 병아리에 지나지 않았다. 정말로 신출내기라고 해도 과언이 아니었던 것이다—.

베이스에 도착한 후에 실시한 최초의 탐색에서 두 사람이 죽었다. 세 번째 탐색에서 한 사람이 더 죽었다.

파티에 빈자리가 생길 때마다 추가 인원을 모집해서 보충해 왔지만, 얼마 전에 드디어 남아 있던 나머지 한 사람이 제국으로 돌아갈 것을 결심하고 탈퇴했다. 이 땅을 찾아왔을 때의 멤버는 나를 남기고 모두 사라진 것이다.

그리고 저번 탐색에서 리즈라고 불리는 머리가 두 개 달린 검은 개를 토벌하는 임무에 실패하고 말았다. 나는 새롭게 보충했던 네 사람의 일행을 한꺼번에 잃고 아무것도 얻지 못한 채 홀로 귀환했다.

빚을 내서 준비한 후에 성과로 그것을 갚으면서 이익을 얻어 온 나에게 있어서, 그것은 정말 치명적인 실패였다. 나는 당연하게도 대금업자에게 빚을 갚지 못하고 육체노동으로 빚을 갚는 선택을 할 수밖에 없었다.

그것은 두 번 다시 모험가로 복귀할 수 없는 은퇴를 의미한다.

자신보다도 훨씬 레벨이 높은 경호원을 거느리고 있는 대금업자에게 거역할 수단은 없었고 나의 여행은 결말을 맞이하게 된 것이다.

나는 여자인 데다가 얼굴이나 몸에 손상이 없었기에 대금업자가 나에게 할당하게 될 육체노동은 뻔했다. 그들은 나에게 몸을 팔게 했다.

이런 장소에서 스트레스의 배출구를 찾으러 다니는 녀석들을 상대하다 보니 내 몸은 얼마 안 가서 고장 났다. 그리고 그들은 쓸모가 없어진 나를 또 다른 곳으로 팔아넘겼다.

반항할 수 없도록 약을 투약해서 영문을 알 수 없는 인체 실험에 사용될 차례를 기다리는 방에 팔려 간 것이다……. 지금 생각해보면 빚을 졌을 때부터 이런 순서는 이미 정해져 있었는지도 모른다.

단 하나의 목표를 찾아서 시작한 여행이었다.

사실 나는 드워프의 무기나 돈 따위는 아무래도 좋았다. 하지만 **그것**만 손에 넣을 수 있다면 당장이라도 떠나려고 했던 장소에서, 나는 모든 것을 잃고 이제 죽으려고 했다.

동생도 아마 비참한 말로를 걷게 될 것이다. 유일한 가족인 데다가 아직 나이가 어려서 탐색에 동행시키지는 않고 항상 베이스에서 기다리라고 했다. 하지만 내가 죽어버리면 그런 배려도 의미가 없을 것이다.

동생은 당연히 모험가도 뭣도 아닌 평범한 소녀였고 이런 장소에서 어린아이가 혼자 힘으로 살아가는 것은 불가능하다.

분하다. 하지만 어쩔 방법이 없다.

—역시 나에게는 무리였던 것인가?

옛날 나의 선조가 아직 정령을 모시는 신전에서 제사를 책임졌던 당시에, 일족에서도 최고의 능력을 갖추고 있던 사람이 어느 파티에 참가하여 용을 퇴치하는 과업에 도전했다.

세계의 끝에서도 가장 깊숙한 장소에 잠들어 있다고 전해져 내려오는『무적』이라는 칭호를 지닌 상위 존재였다고 한다.

사람들은 토벌이 성공할 것이라고 믿었지만 결과는 실패로 끝났다.

누구 한 사람 돌아오지 못한 완전무결한 패배였다.

당시 선조가 참가했던 파티의 평균 레벨은 전해져 내려오는 말에 따르면 600 정도였다고 하지만 그래도 어느 정도는 승산을 기대할 수 있는 전투였다—.

그 파티가 100명을 넘는 엄청난 대규모였기 때문이다.

그 이후로 우리 일족은 신기라고 불리던 한 자루의 단검을 그 사람 때문에 분실했다는 비난을 받고 신전에서 추방당했다.

나의 선조는 그저 신전의 결정에 따라 모셔져 있던 신기를 부여받아 용 퇴치에 동행했을 뿐이었다. 누구 한 사람 돌아오지 못했는데, 왜 나의 선조만이 비난을 받았을까? 지금 내가 분노를 느껴봤자 별수 없는 일이지만 아무리 생각해봐도 화가 나는 일이다.

우리 일족은 마을로 쫓겨나 평민으로 정착할 때까지 계속해서 거주지를 바꾸며 우리 대에 이르렀다.

나는 그 이야기를 정말 귀에 못이 박힐 정도로 들으면서 성장했다. 따라서 나는 언젠가 세계의 끝으로 가서 잃어버린 단검을 손에 넣는 것을 철이 들었을 때부터 당연한 목표로 삼고 있었다.

모험가가 되어 힘을 갈고닦으며 그 기회를 기다리다가, 드디어 이곳 세계의 끝까지 찾아왔지만…….

용이나 단검에 대한 정보는 무엇 하나 손에 넣지 못하고, 그 목적조차도 약물 때문에 스스로의 의식에서 흩어져 버리는 것을 막을 수 없었던 나에게 기적이 일어난 것이다.

"이 계집아이 같군."

"아아, 다행이다. 아직 살아 있네요."

누군가의 목소리가 들린다. 하지만 나는 아무것도 할 수 없었다. 움직일 수도 없고 말도 할 수 없기 때문이다.

"응? 상태가 이상하지 않은가?"

"……약을 쓰고 있는 것 같네요."

"흠. 그렇다면 이대로 데리고 간다 한들 죽어버리지 않을까?"

"잠깐만 기다려주세요……. 이건 몸과 마음의 자유를 박탈하는 약인 것 같네요."

"호오, 네 녀석은 약물에 대한 지식 같은 것도 가지고 있나? 편리하군. 그래서 어떻지? 해결할 수 있겠나?"

"후후후, 물론이죠. 이 정도야……!"

흑발의 여성이 그 손을 내 머리 위에 얹었다. 그러자 몸의 감각이 순식간에 돌아와왔다. 흐릿했던 머릿속도 선명해졌다. 아까까지만 해도 아무것도 생각할 수 없었는데…….

"호오, 대단하군."

푸른 머리카락의 여성이 나를 보고 감탄한 듯 숨을 내쉬었다.

"그리고…… 덤이랍니다."

흑발의 여성은 그렇게 내뱉더니 틀림없이 강화되어 있을 이 방의 문을 아래에서 기어오르는 어둠으로 집어삼켜서 파괴했다.

……어? 이 두 사람은 어떻게 여기로 들어온 거지?

문이 방금 전까지 무사했다고 한다면 대체—.

"네 녀석이 토아로군?"

그때까지 팔짱을 끼고 있던 푸른 머리의 여성이 나를 내려다봤다.

뭐지? 무슨 일이 벌어지고 있는 거지? 나는 살 수 있는 건가?

"아, 네. 제가 토아인데요."

"몸은 어떻지? 큰 문제는 없나?"

걱정……해주는 건가? 그렇다면 적은 아닌가? 이건 어쩌면—.

“조금 나른하지만, 움직이네요.”

“그거 잘됐군. 좋아, 그럼 미오?”

“예, 어서 빠져나가도록 하지요. 토모에.”

“음, 아…… 아니 잠깐. 아, 위험했다. 또다시 도련님에게 속아 넘어갈 뻔했군.”

토모에라고 불린 사람이 불현듯 문으로 향하던 발길을 원래대로 돌렸다.

“도련님에게? 무슨 문제라도 있나요?”

“알겠나? 미오. 도련님께서는 우리에게 이 계집아이를 구해 오라고 명을 내리셨다. 그렇지?”

“예, 그래서 계집아이는 이렇게 무사하잖아요?”

“무르다! 너무 물러!”

“예에?! 뭐가 말이죠?”

여기는 적진 한가운데인데도 불구하고 그녀들은 목소리를 낮추지도 않은 채 평범하게 대화를 나누고 있었다.

나는 그 대화를 말려야 하는 입장이었을지도 모르지만 너무나 비현실적인 사태에 냉정한 판단을 할 수 없는 상태였다.

“도련님께서는 이 아이를 구한 우리에게 이렇게 말씀하실 거다. 토모에, 미오. 그런데 다른 사람들은? 이라고.”

“……핫!”

“알아차린 것 같군. 말인즉슨 우리가 이 아이만을 구해서 데리고 돌아갈 경우…….”

"도련님께서 노여워하신다고요?!"

미오라고 불린 사람이 비통한 표정으로 외쳤다.

"그렇고말고."

토모에라는 사람이 의기양양한 얼굴로 끄덕였다.

"그렇다면 우리가 해야 할 행동은—."

"귀찮긴 하지만 모든 사람들을 구출해서 데리고 나가는 게 정답, 이란 말씀이죠?"

"그런 거지. 이 아이를 제외한 다른 사람들은 돌아가는 길에 대충 해방시켜 주면 되겠지. 전원을 객실에 집어넣었다가는 방이 좁을 테니까."

"그렇군요. 공부가 되네요."

두 사람은 「흠. 흠」 하면서 납득이 갔다는 듯 고개를 끄덕이고 있다. 글쎄 지금은 그렇게 느긋한 상황이…….

"미안하지만 거기까지다, 침입자 누님들."

아아, 나는 머리를 싸쥐었다. 당연한 결과였다.

자물쇠로 잠긴 문을 파괴한 데다가, 이렇게 큰 목소리로 대화를 나누고 있으면 침입이 들통날 것이다.

이 목소리는 그 녀석이다. 이 베이스에 위치한 모험가 길드의 최고 레벨인 에이스—. 탐색보다도 부자들의 호위 같은 일을 받으면서 편하게 돈을 벌고 있는 녀석이다.

그렇다고는 해도 실력은 틀림없이 이 베이스의 정상급이라고 할 수 있었다. 넘버 2와의 레벨 차이는 뚜렷했다.

모처럼 찾아온 좋은 기회였는데 이대로 가면…….

"……들키고 말았나."

"어머나, 정말 큰일이네요."

하지만 두 사람은 전혀 동요하지 않았다.

상대는 레벨 444다. 세계에서도 유수의 모험가로 일컬어지는 인물인데 그녀들의 이 여유는 대체 뭐지?!

"응? 이 녀석들…… 이봐!"

에이스가 부하들을 불렀다.

"예!"

"이것들, 네가 말했던 그 괴상한 녀석들 아니냐?"

에이스가 그렇게 말하면서 부하 한 사람과 이야기하기 시작했다.

"아, 그렇네요. 이 녀석들입니다, 에이스 형님."

"헤에. 니들이 레벨 네 자릿수인 괴물이라는 녀석들이냐? 이거 참 요상한 데서 만나는군."

네 자릿수? 뭐가?

"흥, 벌써 알고 있었나? 귀가 밝은 녀석이군."

"도련님께서 말씀하신 대로, 신속하게 행동하는 쪽이 정답이었네요."

"나도 깜짝 놀랐다고……. 근데, 어디서 그 방법을 알아낸 거지?"

에이스는 야비한 얼굴로 두 사람을 값을 매기듯 쳐다봤다.

나는 이야기에 따라가지 못하고 있었다. 하여간 상황이 잘 파악이 안 돼서 공황 상태에 빠질 것만 같다.

"방법?"

"무슨 소리죠?"

"시치미 떼지 마. 『레벨을 조작하고 오인시키는 방법』 말이지. 그건 그렇고 너희들 너무한 거 아냐? 레벨 1320에 1500? 햐하하하하!"

레벨을, 조작? 오인?! 에이스는 대체 무슨 소리를 하는 거지?

"나도 우연히 알아낸 거지만, 설마 그 체액에 그런 효과가 있을 줄은 몰랐지……. 나만 알고 있는 비밀이라고 생각했거든."

"저도 에이스 형님께서 가르쳐 주셔서 납득이 갔습니다. 그랬구나, 라고 말이지요. 레벨이 네 자릿수라니 속임수가 틀림없어요."

토모에와 미오—. 그렇게 불린 두 사람의 여성이 탄식했다.

"네 녀석들이 어떻게 생각하건 알 바 아니다만……."

토모에라는 사람이 어이가 없다는 감정을 다분히 머금은 채로 입을 연 그때였다.

"……아, 그래, 네 녀석들도 몰랐냐? 이거 실언했군. 그렇다면 너희 패거리 중 또 한 사람이 수작을 부린 건가?"

에이스의 말을 듣고 두 사람의 분위기가 조금 변했다.

"대단한 사기꾼이구만?! 어딘가의 상회 아들내미라는 소리도 거짓말 같잖아?!"

에이스 일당이 왁자지껄 들끓었다. 술이라도 마셨는지 상당히 떠들썩한 분위기였다. 아마 수적으로 절대적인 우세를 차지하고 있는 것도 그들의 여유를 조장하고 있는 원인일 것이다.

……방금 전부터 오한이 멈추지 않는데, 이것은 에이스 일당에게서 느껴지는 것이 아니다. 이건 대체……?

"남자 주제에 분홍색 반지를 끼고 필담으로 지껄이는 가면이라고 했나? 요~기는 가면무도회장인가여~?!"

아, 이건…… 분노다.

"틀림없이 가면 속 얼굴은 고블린 아니면 이종족의 추남일걸?! 햐햐햐햐!!"

쿠과아아앙!!

무언가가 격돌하는 소리가 들려왔다.

에이스의 얼굴에 주먹이, 몸통 쪽에 어둠의 덩어리가 들이닥치는 모습이 보였다.

하지만 양쪽 다 에이스의 몸에 명중하기 직전에 멈춰 있다. 이건—.

"……크레이……이지스."

무심코 내 입에서 그 이름이 새어 나왔다. 그 정도로 눈앞에서 일어난 현상에 놀란 것이다.

저것은 크레이이지스라고 불리는, 이 베이스 부근에서밖에 채취할 수 없는 다수의 희소 금속으로 가공된 대(對)물리 마법 결계 발생 장치다. 횟수 제한은 있지만 상당히 강력한 방어벽을 전개한다고 들은 적이 있다.

방금 들린 소리는 결계가 두 사람의 공격을 가로막은 소리였다. 이 두 사람이 충격으로 이쪽까지 돌풍이 불어올 정도의 공격을 시전한 것이다.

"오—오—, 나름대로 힘은 있는 편인데? 준비해 두길 잘했군. 하지만 유감인데?"

"이봐, 미오. 너는 잽싸게 다른 이들의 세척을 시작하거라. 이놈은 이 몸이 처리하지."

"농담은 적당히 하시는 게 어때요? 도련님께 저런 폭언을 퍼부은 자는 머리카락 한 올까지 책임지고 제가 처리합니다. 그런데 토모에, 이 몸이라고 하시는 건 다음부터라고 하시지 않았나요?"

두 사람은 공격을 막아 낸 에이스의 말은 전혀 신경 쓰지 않고 마치 사냥감을 사이에 둔 쟁탈전 같은 말다툼을 나눴다.

"……이봐, 내 말을—."

"어차피 벌써 들켰어. 너는 포로들을 세척한 후에 가세하면 되지 않나? 적당한 연습 상대가 될 터. 어쨌든 이 녀석은 이 몸이 두들겨 팰 거다."

"흥, 제 몫을 남겨 놓지 않으면 용서하지 않을 겁니다. 특히 얼굴! 싸대기를 날려 줄 거니까요."

"알겠다. 이참에 이놈을 가지고 힘을 조절하는 연습을 하자고."

두 사람은 그렇게 에이스를 무시한 채로 대화를 끝냈다. 그리고—.

미오 양은 나와 함께 사로잡혀 있던 사람들을 향해 아까 나에게 했던 것과 마찬가지로 약을 세척하는 술법을 사용했다. 그것도…… 마치 당연한 듯 무영창 술법이었다.

토모에 양은 에이스에게 시선을 돌렸다.

"그럼 시작은 주먹부터 간다. 미오를 위해서라도 한 방에 죽진 말거라."

앞으로 뻗은 손을 한번 뒤로 잡아끌더니—.

콰직.

다시금 앞으로 뻗은 주먹은 크레이이지스의 벽을 꿰뚫고 에이스의 면상에 직격했다.

에이스는 벽에 파고들어 찍소리도 못 내고 쓰러졌다. 이 베이스 최강의 남자가…….

"자, 어서! 순서대로 잽싸게 덤비지 못하겠나!"

그렇게 내뱉으며 허리춤에 차고 있던 검 같은 무기엔 손도 대지 않고 칼을 들고 있는 용병들에게 달려들었다.

주먹으로 검을 가격하여 부러뜨린다. 묘령의 여성이 억센 남자들을 너무나도 간편하게 사정없이 두들겨 팬다.

"잠깐! 저도 낄게요!"

세척을 끝낸 미오 양도 난투에 난입하는 척하더니 벽에 파고들어 있던 에이스의 멱살을 잡고 들어 올린 후—.

푸다다다다다다다다다다다다다다다다다닥!

싸대기의 연타를 그의 얼굴에 때려 박았다. 동작이 너무 빨라서 그녀의 오른손이 보이지 않았다. 나중에 부어오르는 것을 기다릴 필요도 없이 에이스의 얼굴이 그 자리에서 둥그렇게 변형되고 있었다.

"휴우."

일단 기분이 풀렸는지 그녀는 이번에야말로 난투에 끼어들었다.

"오—! 왔구나, 미오! 알겠느냐, 가능한 한 힘을 조절해서 상대가 죽지 않을 정도의 아슬아슬한 경계선을 익히는 거다!"

"이 정도로 수가 많으니 익히고도 남을걸요? 별거 없어요. 아까 녀석도 아마 죽지는 않았을 거예요!"

"흠…… 공간을 약간만 넓히도록 할까?"

"그렇군요. 한바탕하기에는 조금 협소하니까요."

토모에 양이 검 같은 무기를 허리춤의 칼집에서 단숨에 뽑아 들었다.

미오 양은 소리도 내지 않고 그 가늘고 하얀 손에 어둠을 휘감고 있었다.

검이 번뜩인 직후에 벽이 무너지고, 퍼져 나가는 어둠 속으로 바닥이 잠겨 들어갔다.

견고하게 지어진 건물이 순식간에 무너져 내리면서 넓은 공간이 탄생했다.

이건…… 꿈인가?

두 사람은「좋아」라고 너무나 당연하게 그 모습을 확인하고는 어둠과 검을 거두었다. 그리고 움직이기 쉽게 소매를 걷어 올렸다.

여성 두 사람이 사방팔방으로 흩어져 달아나는 레벨 200에 가까운 패거리들을 때리고 걷어차고 던지면서 쫓아다녔다.

나는…… 레벨 1320과 1500이라는 어처구니없는 숫자를 믿을 수 있을 것 같다는 생각이 들었다. 이 광경에는 그 정도의 임팩트가 충분할 정도로 넘쳐흘렀기 때문이다.

나뿐만이 아니다. 나 이외에 이곳에 사로잡혀 있던 사람들도 모두, 마음을 빼앗긴 채 그 충격에 몸을 맡기고 있었다.

……단 몇 분도 안 지나서 모든 것이 끝났다.

이 건물 중에 남아 있는 부분은 우리가 잡혀 있던 방뿐이었다.

베이스 외곽에 자리 잡고 있던 커다란 저택이었던 건축물은 이미 폐허로 변해 있었다.

"허히하디하!!"

갑작스레 목 언저리에 차가운 감촉이 느껴졌다.

내 목에 칼날을 갖다 댄 무언가가 고함을 지르고 있었다.

방심하고 있었다. 이 녀석은 에이스다. 잔뜩 부어오른 얼굴로 내뱉은 그 목소리는 아무리 그 같은 인간 말종이라고 해도 동정심을 불러일으킬 정도였다.

아마 그는 지금 필사적으로 「거기까지다!」라고 말했을 텐데 전혀 그렇게 들리지 않았다.

토모에 양과 미오 양은 그의 부활을 전혀 눈치채지 못한 채 잔당들을 찾아내서 쥐어 패고 있었다. 굉장하다.

"허히하……!"

에이스가 다시 한 번 입을 열려고 하자—.

내 양옆에 두 사람이 서 있었다. 왼쪽에 토모에 양, 오른쪽은 미오 양이다.

""시끄러!""

토모에 양의 킥과 미오 양의 펀치를 맞고 에이스는 멀리 날아가 버렸다. 타격으로 사람이 별이 되는 모습을 태어나서 처음으로 목격했다.

"흠, 이 정도면 대충 정리됐나? 조금 과했는지도 모르겠군."

"그럴 리가요, 도련님에 대한 무례한 행동은 만 번 죽어 마땅합니다."

"뭐 그 말은 맞다만. 어쨌든 이걸로 한 건 해결이로군! 아하하♪"

"예. 결국, 반죽음으로 만들어 놓은 졸개들의 숫자는 제가 많았군요. 우후후후♪"

뚝, 토모에 양의 웃음소리가 잦아들었다.

어라…… 이제 싸움은 끝난 거죠? 이 긴장감 넘치는 분위기는 뭐지?

"무슨 잠꼬대를 지껄이는 거지? 분명 미오도 열심히 박살 내기는 했지만, 이 몸이 세 사람 정도 더 처리했잖아?"

"어머나? 계산이 서툰 편이셨나요? 제가 두 사람 정도 더 해치웠을걸요?"

"호오, 1 더하기 1도 모르다니 어이가 없군. 알겠나? 이 몸이 더 많이 해치웠다."

"아니요, 접니다."

두 사람은 나를 사이에 두고 언쟁을 시작했다. 무섭다. 그럴 수밖에 없는 게, 이 사람들은 아마 새끼손가락 하나만 가지고도 나보다 강할 것이기 때문이다.

"저, 저기. 그런 이야기는 일단 나중으로 미루시는 게……."

나는 견디지 못하고 그 언쟁에 끼어들고 말았다. 모처럼 건진 내 목숨을 두 사람의 충돌에 휘말려 잃고 싶지는 않았다.

"그럴 순 없지!"

"없고말고요!"

"히, 히익!"

토모에 양이 즉시 대답한 후 나를 뚫어지게 쳐다봤다. 뭐지? 무슨 짓을 하려는 거지?

"계집, 토아라고 했었지? 알겠나? 이 몸은 이런 능력도 지니고 있지. 그렇다면 이 몸이야말로 더 많은 상대를 물리쳤을 것이 틀림없지 않나?"

그렇게 말하고, 언제 뽑아 들었는지 모르겠지만 검을 한 차례 휘둘렀다.

저택 주변을 에워싸고 있던 높은 벽이 엄청난 굉음과 함께 무너져 내렸다. 어? 이거, 지금 그런 거야?

나는 공포에 휩싸여서 고개를 마구 끄덕였다.

정상적인 반응이라고 생각한다.

"엣! ……저, 토아 양? 저도 마음만 먹으면, 에잇. ……어때요? 제가 더 활약했을 것이 틀림없지요?"

좁은 길 저편에 보인 베이스의 건물 중 몇 채가 한순간에 어둠에 먹혀서 사라졌다.

이 정도로 거리가 있는데 「에잇」 하고 한마디로?!

나는 또다시 공포에 휩싸여서 고개를 마구 끄덕였다.

정상적인 반응이라고 생각한다.

"……! 오호, 어디까지나 승부를 보잔 뜻인가?"

"어머나, 제삼자의 눈으로 판단해 달라고 한 것뿐인데요?"

"하하하하."

"우후후후."

파직! 파직! 파직!

서로의 시선이 부딪히면서 푸르른 불꽃이 사방으로 튄다.

나는 굉장히 불길한 예감이 들었……지만 더 이상 막을 수 없을 것 같았다.

"이봐, 토아! 이 몸이라면 말이다?!"

"아니요, 토아 양? 저라면 말이죠?!"

정체를 알 수 없는 두 사람은 그렇게 말하면서, 이 세계의 끝에서 몇십 년이나 존속되어 온 베이스를—.

울상을 짓고 웃을 수밖에 없는 나에게 과시하듯 차례차례 파괴해 갔다.

그건 정말로, 한마디로 표현하자면 굉장했다.

대항하는 모든 세력이 저 하늘의 별이 되고 대부분의 건물들이 사라졌다.

그녀들이 지나간 자리에는 그저 수많은 크레이터와 폐허의 산이 남아 있을 뿐이었다.

그리고 이유는 알 수 없지만 홀로 무사히 남아 있는 베이스 최고의 고급 여관이 보였다.

눈에 보이는 모든 것을 파괴한 두 사람이 묘한 미소를 짓고 힘차게 악수를 나누고 있었다.

태풍은, 지나갔다.

다만, 모든 것을 집어삼키고서—.

그리고 우리는 여관 입구에서 기적적으로 목숨을 건진 동생을 보호한 뒤에 『도련님』이라고 불리는, 이 두 사람을 거느리고 있는 무언가와 대면하게 된 것이다.

◇◆◇◆◇

"없다! 없어! 아무것도 없다고!!"

나는 토아의 입에서 모든 것을 듣고 튀어 오르듯 걸터앉았던 침대에서 일어섰다. 그리고 그대로 기세를 유지한 채 창문으로 달려가 커튼을 열고 바깥을 확인했다.

아무것도 없다. 베이스가 평범한 공터로 변해 있었다.

두 녀석에게 고개를 돌렸다! 하지만 둘은 눈을 피하고 있다!

내 마음은 마구 고함을 지르고 싶다는 충동으로 가득 차 있었다. 하지만 묘하게 냉정한 부분이 남아 있어서 그 충동을 겨우 억누를 수 있었다.

나는 고개를 돌려 실내를 둘러봤다.

리논! 그렇구나……. 그런 일이 있어서 시무룩한 표정을 짓고 있었구나.

[무사해서 다행이다.]

내가 그 한마디를 보여주자 리논은 나를 끌어안고 엉엉 울기 시작했다.

그야 그럴 수밖에 없겠지.

대체 어떤 타이밍에 이 여관에 있었는지는 몰라도 눈앞에서 지금까지 생활해 왔던 터전이 사라지는 것을 목격한 데다가, 그 파괴가 끝난 후에 그 원흉인 두 사람에게 이끌려 언니가 돌아왔으니 그녀의 반응은 무리도 아니었다.

그녀는 한바탕 울고 나서 잠들어 버렸다. 긴장의 끈이 끊어진 것 같았다.

나는 말없이 토모에와 미오에게 시선을 돌렸다.

리논의 마음속에서 끊어진 것이 긴장의 끈이라면 내 안에서 끊어진 것은 사제의 끈이었다.

나는 드워프에게 부탁해서 만들어달라고 했던 특제 화살을 하나 꺼냈다. 그리고 오크가 선물해준 활을 손에 들고 창문을 열어젖혔다.

화살의 깃 부분에 끈을 두 개 묶어서 그 끈을 토모에와 미오가 입고 있는 옷에 묶었다.

나는 한마디도 하지 않았다. 정말 한마디도 하지 않았다.

그리고 활시위를 당겨—.

"자, 잠깐, 도련님?"

"아, 저, 이거 위험……."

두 사람은 곧이어 이어질 전개를 눈치챈 모양이었다. 하지만 때는 이미 늦었다.

"반성하고, 와라아아아아——!!"

"후오오오오오오오오오오오오오오오오오?!"

"우캬아아아아아아아아아아아아아아아아?!"

반짝, 이라는 효과음이라도 붙을 것 같은 느낌의 엄청난 기세로 두 사람은 하늘 저편까지 날아갔다.

옷이! 기모노가! 그 따위 소리가 들려왔지만 무시했다.

베이스를 괴멸시키다니 대체 앞으로 어쩌라고!!

이건 아니야, 이대로 가면 분명 가까운 시일 내에 일이 더 커질 거야! 언젠가 테러리스트가 되어버려! 아니, 이미 테러리스트나 다름없어! 들키면 이건 숨길 수가 없다, 어떡하지! 아아아아아아! 말이 막 이상하게 꼬인다!

일단 토모에는 따로 행동하게 하자. 무사 수행 같은 거 엄청 좋아할 것 같으니 얘기를 대충 꺼내면 스스로 행동을 일으킬 거야. 그렇게 해 버리자.

미오는 토모에에 비하면 그래도 순종적인 편이야. 전혀 다루지 못할 정도는 아니고 제어하기도 쉬운 녀석이야. 그녀를 호위로 데리고 빨리, 어쨌든 서둘러서 츠이게라는 마을까지 가자.

트러블 메이커인 토모에만 없으면 매번 귀찮은 일에 휘말리지는 않을……지도 몰라.

그래, 그렇게 하자. 서두르는 거야, 안식의 땅까지!

나는 앞으로의 예정을 얼추 머릿속에서 정리한 뒤, 두 멍청이가 토아와 함께 구해 왔다는 사람들을 소집했다. 그들은 토아가 가르쳐준 대로 객실 바깥의 복도에서 전원이 무릎을 꿇고 기다리고 있었다. 휴만과 엘프와 드워프가 한 사람씩이었다.

전원이 몹시 긴장한 분위기로 나를 바라보면서 머리를 조아리고 있었다. 토모에와 미오는 베이스에서 대충 해방시켜줄 예정이었던 것 같지만 보시다시피 베이스 자체가 이미 존재하지 않는다. 그래서 어쩔 수 없이 이 여관으로 데리고 온 듯했다.

그들은 객실이 협소하게 느껴진다는 멍청한 이유 때문에 객실 바깥에서 대기하고 있었다. 그것도 무릎을 꿇고—.

나는 겨우 냉정을 찾은 뒤에야 간신히, 단 한마디를 그 사람들에게 전달할 수가 있었다.

[다음 마을까지 바래다주지.]

에필로그 ~어느 성에서~

무거운 공기가 옥좌가 설치된 알현실을 가득 메우고 있었다. 그 방에는 각각 독특한 분위기를 풍기는 이들이 모여 침묵을 지키고 있었다.

옥좌에 걸터앉아 있는 마왕은 아정령으로부터 여신의 각성과 용사 소환에 대한 충고를 듣고 회의를 소집할 것을 결단했다. 그 표정은 그다지 유쾌하지 않았다. 그는 미간을 찌푸리고 있었다.

“이미 전달받았을 것으로 생각한다만—.”

마왕이 입을 열었다. 그 목소리는 위엄과 자신감에 가득 차 있었다.

“여신이 눈을 떴다. 정령들이 알려준 소식이므로 거짓일 가능성은 없다.”

“그렇다면 용사에 관해서도?”

“그렇다, 소환되었다고 한다.”

네 개의 팔을 지닌 장군의 질문에 마왕이 확실하게 대답했다.

사방에서 장군들의 한숨 소리가 새어 나왔다.

여신의 갑작스러운 휴면, 아정령들의 협력 요청—. 10년 전에 불모의 대지로 쫓겨난 마족들은 이러한 기회가 동시에 찾아온 것을 계기로, 세력권을 넓히기 위해 전쟁을 시작하기로 결의했다.

신의 가호조차 받지 못하는 마족 백성에게 조금이라도 풍족한 토지를 선사하기 위해 시작한 전쟁이었지만, 그 결과는 대승이었다.

여신에 대한 신앙이 가장 강한 강대국인 엘리시온을 멸망시키고 그 국토의 절반 이상을 제압했다. 격전이 예상되던 중앙 지역에서 대승을 거머쥔 마족에게 있어서 그 외의 지역을 제압하는 것은 손쉬운 일이었다.

그 결과 대국과 소국을 합쳐 10개가 넘는 나라들이 멸망하고 세계 지도는 크게 변모했다. 마족은 풍족한 대지뿐만 아니라 바다까지 손에 넣을 수 있었다. 수많은 백성들을 굶주림에서 구제해줄 것으로 기대된 부동항(不凍港)의 획득은 이미 놀라운 성과를 거두고 있다.

엘리시온에 필적하는 국가로, 더욱 남쪽으로 내려간 지역에 휴만의 국가 중에서 최대급의 군사력을 자랑하는 양대 강대국이 존재한다. 그 두 국가가 바로 리미아 왕국과 그리토니아 제국이라는 세력들이다.

사실 마족의 군세가 엘리시온을 공략했을 당시, 이 양대 국가의 파병으로 인해 마족은 그 국토를 전부 접수할 수 없었다.

이 양대 국가야말로 마족의 다음 목표였지만 우선 새롭게 지배하게 된 지역을 안정시키기 위해 내정의 강화를 우선할 수밖에 없었다. 때문에 마족은 엘리시온 이남을 향한 진군을 중단하고, 리미아와 그리토니아에 대한 간섭은 상대의 침공을 견제하기 위한 최소한의 군사 행동만을 간헐적으로만 벌이고 있는 상황이다.

이것이 지금 계속되고 있는『평화』의 실체였다.

새로운 국토는 완전히 반석에 오른 정도는 아니더라도 서서히 안정을 찾기 시작했다. 그리고 드디어 휴만에게 재침공을 시작하기 위해 행동을 개시하려고 한 바로 그 시점에 벌어진 최악의 사건—.

그것이 바로 여신의 각성과 용사의 강림이었다.

본래 예정대로라면 리미아와 그리토니아에 대한 경계를 엄격히 유지한 채, 서방의 끝에 위치한 황야를 거점으로 삼고 있는 각 종족을 마족의 협조 세력으로 끌어모을 계획이었다. 그리고 양대 국가보다도 남쪽에 존재하는 나머지 2개의 강대국인 아이온과 로렐을 우선 멸망시키고 리미아, 그리토니아 양대 국가에 대한 포위 전략을 전개할 속셈이었다.

세계의 끝에서 각 종족들을 회유하는 작업도 순조롭게 진행되고 있었는데…….

하지만 여신이 각성하고 용사가 나타나는 특대급의 이변이 발생한 이상, 이 전쟁에서 패배할 가능성이 생겼다.

"여기까지 와서, 지금까지의 모든 희생이 물거품으로 돌아갈 줄이야……!"

반인 반사(半人半蛇)의 모습을 한 장군이 벌레라도 씹은 듯한 표정으로 내뱉었다.

'조금만 더 여신이 잠자고 있었다면, 휴만 녀석들은 끝장난 것이나 다름없었는데…….'

마왕은 침통한 얼굴로 입을 다물고 있는 장군들의 모습을 둘러보면서 그런 일들을 생각하고 있었다.

마왕이 정적을 깨뜨리듯 입을 열었다.

"모든 것이 헛수고가 된 것은 아니다. 세계의 끝에 흩어져 있는 세력들은, 향후의 전쟁을 위한 복병으로 동원 가능한 상태다. ……그보다 중요한 것은—."

안 그래도 험악한 표정의 마왕이 미간의 주름을 더욱 깊게 만들면서 말을 계속했다.

"리미아와 그리토니아에 용사가 강림한 것은 틀림없는 사실이다. 녀석들의 강렬한 마력이 느껴진다. 아마도 아직 마력을 숨기는 방법조차 깨우치지 못한 것 같군……. 마력의 양으로 치면 이 나를 능가할 것으로 예상된다."

"무슨 말씀을?!"

"그럴 리가! 인간의 몸으로 말입니까?!"

"이세계에서 대단한 강자를 데리고 온 것 같다. 그들이 이 세계에서의 전투 방법을 배우고, 전투력으로서 기능을 발휘하게 된다면 우리에게 상당히 벅찬 전개가 찾아오리라는 것은 명백하다. 여신도 분명히 용사에게 상당한 양의 가호를 부여했을 것이다."

발언의 내용과는 반대로 마왕의 말투에서 절망은 느껴지지 않았다.

"녀석들이 지니고 있는 마력의 양이 이 나를 능가하고 있다는 것뿐이다. 사용 방법을 완전히 익힐 때까지, 아직 많은 시간이 필요할 것이다."

신하들의 불안을 털어 내고 그들의 사기를 북돋우려는 의도인지 마왕은 용사의 출현에 조금도 당황한 분위기를 내보이지 않았다.

"문제는—."

마왕은 연이어 말을 계속했다.

“이번에 출현한 것은, 이 두 사람뿐만이 아니다. 또 한 사람 있을지도 모른다는 것이다…….”

“세 번째 용사가 존재한다고요?!”

장군 중 한 사람이 자리에서 일어서며 외쳤다.

“그렇게 허둥대지 마라……. 용사는 두 사람뿐이다. 여신의 가호를 받은 자들은 리미아와 그리토니아에 강림했다. 그것은 틀림없다. 그 또 한 사람이라는 존재는—.”

마왕이 차마 말을 잇지 못하는 그 모습은 실로 보기 드문 광경이었다. 신하들도 불안을 감추지 못하고 그의 말을 기다렸다.

“……세계의 끝에 있는 느낌이 든다.”

희미하긴 하지만 마력을 느꼈다. 하지만 대륙의 북단에 위치한 이 성에서, 세계의 끝에 위치한 황무지에서 발산된 마력 따위를 감지할 수 있을 리 없다.

그러나 느껴진다. 이건 대체 무슨 현상이란 말인가?

그 해답은 마왕 스스로도 알 수 없었다. 따라서 차마 말을 잇지 못한 것이다.

“아무리 나라고 해도, 세계의 끝에 위치한 황야의 존재로부터 확실한 마력을 감지할 수 있을 리 없다. 거리가 너무 멀다. 그렇기 때문에 확실하지는 않지만 아마도 한 사람 더 있는 것으로 느껴진다. 용사가 아닌 이세계인이—.”

어떤 사명을 지니고 온 것인가? 여신과의 관계는?

차라리 용사라고 확정해주는 편이 대책을 세우기 쉽다. 아무리 마왕이라고 해도 정체를 알 수 없는 존재에 관해서는 불안을 느낄 수밖에 없다. 기분 나쁜 존재다.

마왕은 탄식했다.

"물론, 용사보다 낮은 우선순위라도 상관없다. 하지만 세계의 끝에서 임무를 수행하고 있는 이에게 명을 내리고, 이 자에 관해서도 조사를 진행해라."

대외 공작을 담당하고 있는 장군이 진지한 표정으로 고개를 끄덕였다.

"전선의 병력을 재편성하겠소. 이만 실례하지."

지금까지 침묵을 지키고 있던 팔 네 개의 거한이 그 말을 남기고 자리에서 일어섰다. 마왕도 그런 모습을 책망하려는 낌새는 없었다. 리미아와의 최전선을 통괄하고 있는 그의 판단을 지지했기 때문이다.

"믿음직스럽군."

마왕은 알현실에서 나가는 장군의 등을 바라보며 중얼거렸다.

'……하지만 만약에, 정말로 만약에 세계의 끝에서 여기까지 마력을 느끼게 할 수 있는 괴물이 실제로 존재하고, 그 자를 우리 군세에 가담시킬 수만 있다면……. 그때는 용사는 물론이거니와 어쩌면 여신의 목구멍에까지 염원하던 칼날이 도달할지도 모른다……. 휴만 측에는 두 사람의 용사뿐만 아니라, 여신의 가호까지 있단 말이다. 그렇다면 이쪽에도 그러한 존재가 있어야만 평등한 전쟁이라고 할 수 있지 않은가…….'

마왕은 존재조차 확실하지 않은 황야의 인간에게 깊은 흥미를 느꼈다.

미스미 마코토—.

그는 이 세계에 일어나고 있는 동란의 중심인 마왕의 흥미를 끌고 있었다. 그의 고난은 아직 시작에 불과했다.

달이 이끄는 이세계 여행 1

1판 1쇄 발행 2017년 5월 10일
1판 6쇄 발행 2022년 4월 8일

지은이_ Kei Azumi
일러스트_ Mitsuaki Matsumoto
옮긴이_ 정금택

발행인_ 신현호
편집장_ 김승신
편집진행_ 권세라 · 최혁수 · 김경민 · 최정민
편집디자인_ 양우연
관리 · 영업_ 김민원

펴낸곳_ (주)디앤씨미디어
등록_ 2002년 4월 25일 제20-260호
주소_ 서울시 구로구 디지털로 26길 111 JnK디지털타워 503호
전화_ 02-333-2513(대표)
팩시밀리_ 02-333-2514
이메일_ lnovellove@naver.com
L노벨 공식 카페_ http://cafe.naver.com/lnovel11

ISBN 979-11-278-4113-3 04830
ISBN 979-11-278-4112-6 (세트)

값 8,800원